WARRIORS

貓戰士

星預兆

四部曲之 IV

月亮蹤跡

Sign of the Moon

艾琳・杭特(Erin Hunter) 著
高子梅 譯

晨星出版

特別感謝基立・鮑德卓

鼠鬚：灰白相間的公貓。

煤心：灰色母虎斑貓。見習生：藤掌。

獅焰：金色公虎斑貓。見習生：鴿掌。

狐躍：紅色公虎斑貓。

冰雲：白色母貓。

蟾蜍步：毛色黑白相間的貓。

玫瑰瓣：深奶油色母貓。

花落：玳瑁色與白色相間的母貓。

蜂紋：帶有灰色條紋的淺灰色公貓。

薔光：黑棕色母貓。

見習生（滿六個月大以上的貓，正在接受戰士訓練）

鴿掌：灰色母貓。導師：獅焰。

藤掌：白色母虎斑貓。導師：煤心。

貓后（正在懷孕或照顧幼貓的母貓）

蕨雲：綠色眼睛，淺灰色（帶有暗色斑點）母貓。

黛西：來自馬場的乳白色長毛母貓。

罌粟霜：玳瑁色母貓，和莓鼻生下小櫻桃和小錢鼠。

長老（退休的戰士和退位的貓后）

鼠毛：嬌小的黑棕色母貓。

波弟：肥胖的公虎斑貓，口鼻灰色，以前是獨行貓。

本集各族成員

雷族 *Thunderclan*

族長　**火星**：英俊的薑黃色公貓。

副手　**棘爪**：琥珀色眼睛、暗棕色的公虎斑貓。

巫醫　**松鴉羽**：灰色公虎斑貓。

戰士　（公貓，以及沒有年幼子女的母貓）

灰紋：長毛灰色公貓。

蜜妮：嬌小的銀色母虎斑貓，原為寵物貓。

塵皮：黑棕色的公虎斑貓。

沙暴：淡薑黃色的母貓。

蕨毛：金棕色的公虎斑貓。

栗尾：琥珀色眼睛，雜黃褐色的母貓。

雲尾：白色的長毛公貓。

亮心：白色帶薑黃色斑點的母貓。

刺爪：金棕色的公虎斑貓。

松鼠飛：綠色眼睛，暗薑黃色的母貓。

葉池：琥珀色眼睛，淺棕色的母虎斑貓，以前是巫醫。

蛛足：琥珀色眼睛，四肢修長，下腹部棕色的黑色公貓。

樺落：淺棕色公虎斑貓。

白翅：綠色眼睛的白色母貓。

莓鼻：乳白色公貓。

榛尾：灰白相間的嬌小母貓。

見習生（滿六個月以上的貓，正在接受戰士訓練）

荊豆掌：毛色灰白相間的母貓。導師：石楠尾。

礫掌：體型龐大的淺灰色公貓。導師：風皮。

長老（退休的戰士和退位的貓后）

網足：暗灰色公虎斑貓。

裂耳：公虎斑貓。

風族 *Windclan*

族長　**一星**：棕色的公虎斑貓。

副手　**灰足**：灰色母貓。

巫醫　**隼翔**：雜色的灰色公貓。

戰士　（公貓，以及沒有年幼子女的母貓）

鴉羽：暗灰色公貓。

鴞鬚：淺棕色公虎斑貓。

白尾：嬌小的白色母貓。

夜雲：黑色母貓。

鬚鼻：淺棕色公貓。

鼬毛：腳爪白色的薑黃色公貓。

兔躍：棕白相間的公貓。

葉尾：暗色公虎斑貓，琥珀色眼珠。

蟻皮：棕色公貓，有一個耳朵是黑的。

燼足：灰色公貓，有兩隻暗色腳爪。

石楠尾：淺棕色母虎斑貓，藍色眼珠。見習生：荊豆掌。

風皮：黑色公貓，琥珀色眼珠。見習生：礫掌。

莎草鬚：淺棕色母虎斑貓。

燕尾：暗灰色母貓。

陽擊：玳瑁色母貓，前額有一大塊白色印記。

見習生（滿六個月以上的貓，正在接受戰士訓練）

穴掌：暗棕色公虎斑貓。導師：蘆葦鬚。

苔掌：毛色棕白相間的母貓。導師：鯉尾。

柳光：灰色的母虎斑貓。導師：蛾翅。

貓后（正在懷孕或照顧幼貓的母貓）

塵毛：棕色母虎斑貓。

苔皮：藍色眼珠，玳瑁色母貓。

長老（退休的戰士和退位的貓后）

斑鼻：雜灰色母貓。

撲尾：薑黃色和白色相間的公貓。

河族 *Riverclan*

族長 霧星：灰色母貓，藍色眼珠。

副手 蘆葦鬚：黑色公貓。見習生：穴掌。

巫醫 蛾翅：有斑紋的金色母貓。見習生：柳光（灰色的母虎斑貓）。

戰士 （公貓，以及沒有年幼子女的母貓）

灰霧：淺灰色母虎斑貓。

薄荷毛：淺灰色公虎斑貓。

冰翅：藍色眼珠的白色母貓。

鯉尾：暗灰色母貓。見習生：苔掌。

卵石足：雜灰色的公貓。

錦葵鼻：淺棕色公虎斑貓。

知更翅：玳瑁色和白色相間的公貓。

甲蟲鬚：毛色棕白相間的公虎斑貓。

花瓣毛：毛色灰白相間的母貓。

草皮：淺棕色公貓。

鱒流：淺灰色母虎斑貓。

急尾：淺棕色公虎斑貓。

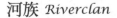

見習生（六個月大以上的貓，正在接受戰士訓練）

焰尾：薑黃色公貓，巫醫見習生。導師：小雲。

貓后　（正在懷孕或照顧幼貓的母貓）

扭毛：毛髮賁張的長毛母虎斑貓。

藤尾：黑白褐三色母貓。

長老　（退休的戰士和退位的貓后）

杉心：暗灰色公貓。

高罌粟：長腿的淺棕色母虎斑貓。

蛇尾：有一根虎斑條紋尾巴的暗棕色公貓。

白水：長毛白色母貓，有一隻眼是瞎的。

黑暗森林 *Dark Forest*

虎星：暗褐色的虎斑大公貓，前爪特別長。

鷹霜：肩膀很寬的深棕色公貓。

碎星：黑棕色的長毛虎斑貓。

暗紋：烏亮的黑灰色公虎斑貓。

雪叢：白色公貓。

破尾：暗棕色公虎斑貓。

楓影：玳瑁色母貓。

雀羽：有多處傷疤的雜棕色嬌小母貓。

薊爪：有著長尾巴，灰白色相間的公貓。

影族 *Shadowclan*

族長　**黑星**：白色大公貓，腳爪巨大黑亮。

副手　**花楸爪**：薑黃色公貓。

巫醫　**小雲**：非常嬌小的公虎斑貓。見習生：焰尾。

戰士　（公貓，以及沒有年幼子女的母貓）

橡毛：矮小的公虎斑貓。見習生：雪貂掌（乳白和灰色相間的公貓）。

煙足：黑色公貓。

蟾蜍足：暗棕色公貓。

蘋果毛：雜棕色母貓。

鴉霜：黑白相間的公貓。

鼠疤：棕色公貓，後背上有一條很長的疤。見習生：松掌（黑色母貓）。

雪鳥：純白色母貓。

褐皮：綠色眼睛，玳瑁色母貓。見習生：歐掠掌（薑黃色公貓）。

橄欖鼻：玳瑁色母貓。

鴞爪：淺棕色公虎斑貓。

鼩鼱足：有四隻黑足的灰色母貓。

焦毛：暗灰色公貓。

紅柳：棕色和薑黃色相間的雜色公貓。

虎心：暗棕色公虎斑貓。

曦皮：奶油色母貓。

古代貓族 *The Ancients*

捲蕨：藍色眼珠，暗薑色公虎斑貓。

石歌：藍色眼珠，暗灰色公虎斑貓。

碎影：琥珀色眼珠，體型纖細的橘色母貓。

追雲：藍色眼珠，灰白色公貓。

升月：藍色眼珠，四肢和尾巴有白色尾端的灰色母貓。

半月：綠色眼珠的白色母貓。

落葉：薑黃色與白色相間的公貓。

鴿羽：藍色眼珠，灰白相間的母貓。

松鴉翅：藍色眼珠，灰色公虎斑貓。

鉤雷：黑白相間的公貓。

梟羽：黃色眼珠，纖瘦結實的淡棕色母虎斑貓。

暗鬚：藍色眼珠，皮毛厚、體型大的黑色公貓。

羞鹿：琥珀色眼珠，土棕色母貓。

魚躍：棕尾公貓。

輕風：藍眼珠，銀色母虎斑貓。

曙河：琥珀色眼珠，玳瑁色貓。

吟風：藍色眼珠，有著修長纖細長腿的銀灰色母貓。

雲日：綠色眼珠，白色口鼻的薑黃色老母貓。

奔馬：黃眼珠，黑褐色、毛皮稀疏的老公貓。

悍爪：梟羽的小貓。

奔狐：梟羽的小貓。

疊波：梟羽的小貓。

急水部落 *The Tribe of Rushing Water*

部落巫師

尖石巫師：琥珀色眼睛的公虎斑貓。

狩獵貓

灰濛：淺灰色公虎斑貓。

翅影：灰白色母貓。

暴毛：灰色公貓，曾是部族貓。

尖嗓：黑色公貓。

水花：淺棕色母虎斑貓。

護穴貓

鷹崖：暗灰色公貓。

陡徑：暗棕色公虎斑貓。

撲兒：暗薑黃色母貓。

半大貓（部落的見習生）

水影：黑色的公貓（狩獵貓）。

迅雨：灰色斑點的母貓（護穴貓）。

雪兒：雪白色母貓（護穴貓）。

貓媽媽（正在懷孕或照顧幼貓的母貓）

溪兒：棕色母虎斑貓，育有兩隻小貓：雲雀（虎斑母貓）、松石（棕色小公貓）。

無星之夜：黑色母貓，懷著陡徑的小貓。

長老（已經退休的狩獵貓和護穴貓）

鷹爪：棕色的公虎斑貓。

飛鳥：灰棕色的母虎斑貓。

雨兒：有斑點的棕色公貓。

被遺棄的兩腳獸窩
月池
舊雷族小徑
雷族營地
天空橡樹
風族營地
斷半橋
兩腳獸地盤
馬兒地盤
轟雷路
雷族
河族
影族
風族
星族

綠葉
兩腳獸地盤
兩腳獸窩
兩腳獸小徑
空地
兩腳獸小徑
影族營地
半橋
小轟雷路
綠葉
兩腳獸地盤
湖
半橋
小河
小島
河族營地

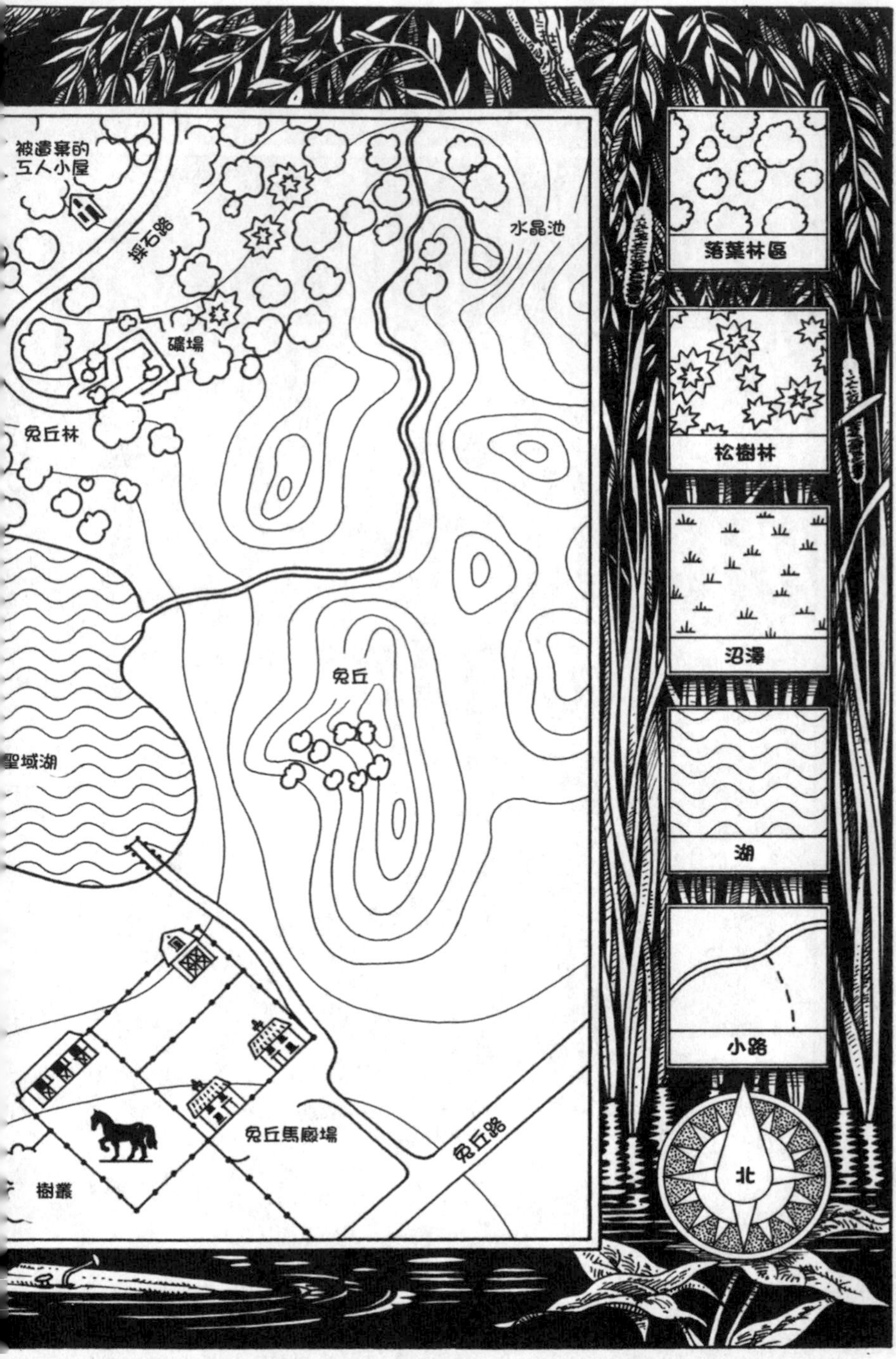
被遺棄的
石人小屋
採石路
水晶池
礦場
兔丘林
兔丘
聖域湖
兔丘馬廄場
兔丘路
樹叢
落葉林區
松樹林
沼澤
湖
小路
北

觀兔露營區
聖域農場
塞德勒森林區
小松路
小松乘船中心
小松島
艾柏河
飄特高奇路

序章

水聲隆隆從山頂傾瀉而下，粼粼發光的瀑布像水幕一樣遮住洞口。幽光滲入，陰影猶如柔軟的黑色羽翼堆積在洞穴深處。水幕旁，有兩隻小貓在一坨羽毛上面扭打，小虎斑母貓的淺色毛髮和小公貓的棕色毛髮在暗色的岩地裡交融到幾乎難以分辨。他們不斷拉扯羽毛，嘴裡興奮地尖叫。

洞穴後方有隻棕色的老虎斑公貓蜷伏在地道口。他瞇著眼睛，琥珀色眼珠緊盯著小貓，除了偶爾抽抽耳朵之外，身子幾乎動也不動。

小虎斑貓騰空躍起，揮爪想抓羽毛。她才抓到羽毛，跳回地面，她的哥哥就往她撲來，兩隻小貓翻來滾去，猛扯羽毛，露出尖細雪白的小牙齒。

「夠了！」旁邊傳出溫柔的聲音，一隻優雅的虎斑母貓站起身來，緩步走向小貓。「你們最好離水邊遠一點，還有松石，你為什麼不能像雲雀一樣跳高一點？如果要當狩獵貓，恐怕得再多練習一下。」

「我情願當護穴貓，」松石喵聲道。「我會打跑所有想入侵我們領地的壞貓。」

「你不行，我才行，」雲雀反駁道。「我一定會成為護穴貓和狩獵貓。」

「我們這裡不是這樣，」他們的母親開口道，同時回頭瞥了一眼，顯然她很清楚老貓正在陰暗處看著他們。「部落裡的每隻小貓都必須……」

她的話被小徑上傳來的腳步聲打斷，那條小徑可以通往瀑布後方，也能進入洞穴。從小徑上走出一隻肩膀很寬的灰貓，後面跟著他的巡邏隊。小貓們瞬間歡呼尖叫，朝他奔去。

「小心點！」他們的母親跟在後面，拿尾巴圈住小貓。「你們的父親剛巡邏完回來，一定累壞了。」

「我很好，溪兒。」灰色公貓親暱地朝她眨眨眼，快速舔舔她的耳朵。「今天的巡邏滿輕鬆的。」

「暴毛，我真搞不懂，這種話你也講得出來！」一隻黑色公貓突然插嘴，同時跳下崖壁小徑。「我們光是巡邏那條邊界就浪費好多時間，腳都磨破了，這到底是為了什麼？」

「為了和平與安定。」暴毛語調平和地回答。「我們不可能擺脫得了那些擅自闖入的貓兒，我們頂多只能希望自己保護得了領地。」

「這整片山都是我們的領地！」黑貓啐口道。

「別再說了，尖嗓。」一隻暗薑黃色的母貓喵聲道，她煩躁地抽抽尾巴。「暴毛說得沒錯，現在的情況和以前不一樣了。」

「可是我們安全嗎？」溪兒問道。她看了小貓們一眼，他們正在搶奪一小坨兔毛。

「我們目前還守得住大部分的邊界，」暴毛告訴溪兒，琥珀色眼睛裡有憂慮的神色。「不過我們在兩三處聞到了其他貓。岩石上也有散落的老鷹羽毛。他們又在偷我們的獵物了。」

薑黃色母貓聳聳肩。「我們也不能怎麼樣啊。」

「撲兒，我們不能就這樣善罷甘休，」暴毛喃喃低語。「不然他們會以為他們能為所欲為，如果現在就放棄，當初又何必設置邊界。我認為我們應該加派巡邏隊，隨時準備應戰。」

「加派巡邏隊？」尖嗓憤怒地甩著尾巴。

「這是很合理的……」

「不行！」陰影處突然傳來一個刺耳的聲音，嚇了暴毛一跳，這才看見那隻老虎斑貓站在離他一條尾巴遠的位置。

「尖石巫師！」他大聲地說。「我沒看見你在那裡。」

「顯然你是沒看見。」老貓的頸毛豎得筆直，眼裡有憤怒的神色。「不能再加派巡邏隊了，」他繼續說道。「部落裡的食物已經足夠，更何況雪快融了，馬上就會有更多獵物，不然也可以從鳥巢偷點蛋和雛鳥回來吃。」

暴毛看起來好像還有話要說，但他看見溪兒向他使眼色，搖頭示意，他只好心不甘情不願地朝尖石巫師垂下頭。「好吧。」

老貓趾高氣昂地走了。暴毛努力壓下性子，恢復頸毛的平順，然後轉過頭來對小貓們說：「你們今天乖不乖？」

「他們都很乖，」溪兒告訴他，眼裡盡是溫柔。「雲雀愈來愈強壯結實了，松石的跳躍動作也做得非常好。」

「我們一直在狩獵。」雲雀用尾巴指指那坨髒兮兮的羽毛。「我抓到三隻老鷹！」

「才沒呢，」松石駁斥她。「要不是我宰掉一隻，牠早就把妳抓走了！」

溪兒迎視暴毛。「看來我還是沒辦法讓他們兩個搞懂，當上半大貓後是得各司其職的。」

「他們現在還小，還不必決定，」暴毛才開口，就看見溪兒用尾巴朝尖石巫師的方向彈了一下，後者還沒走遠，仍然可以聽見他們的談話。他嘆口氣。「他們會懂的，」他低聲道，語調有點氣惱。「還有剩下的獵物嗎？我餓死了。」

溪兒帶暴毛往獵物堆走去，半大貓們和他們的導師也都往洞裡走，暴毛的小貓卻衝過去，攔住他們。

「跟我們說說外面的事情吧！」雲雀尖聲說道。「你們有抓到什麼獵物嗎？」

「我好想出去哦！」松石追問道。

其中一位半大貓回頭輕聲打斷：「你還太小，老鷹一口就吃掉你了。」

「不，才不會呢，我會跟他打。」松石大聲說道，蓬起全身棕毛。

那個見習生輕聲一笑。「我倒是想看看！不過你還是等到你八個月大的時候再說吧。」

「哼，老鼠屎！」

尖石巫師站著看半大貓們和小貓嬉鬧，過了一會兒，才轉身往地道走去。當他快走到時，一隻灰棕色的母貓站起來，緩步朝他走來。

「尖石巫師，我必須跟你談一下。」

老虎斑貓瞪著她看。「飛鳥，妳又不是知道，我該說的都已經說了。」

飛鳥沒有回答，還是等在那裡，老貓最後長嘆一聲。「好吧，妳來吧，不過妳別以為我會給妳什麼不同的答案。」

尖石巫師帶頭走進第二條地道，飛鳥跟隨在後。後方的小貓嬉鬧聲漸漸隱沒，取而代之的是規律的水滴聲。

這條地道所通往的洞穴比前面那個洞穴來得小。地上有尖錐狀的石柱嶙峋突起，洞頂也有尖石垂掛而下，有些尖石甚至上下相連。**兩隻貓兒彷彿穿梭在一座石森林裡。**水從尖石和穴壁上方涓流而下，在地上形成一畦畦的水塘，灰濛濛的幽光透過洞頂參差不齊的縫隙滲了進來，反照水面。一切靜悄悄的，只有水滴聲，連遠處瀑布的隆隆水聲都變得低沉。

尖石巫師轉身面向飛鳥。「有什麼事？」

「我們以前就談過這問題，你自己也知道你早該選出繼任者了。」

老貓不屑地哼了一聲。「有的是時間。」

「不要再用這個理由搪塞我，」飛鳥道。「我母親是你妹妹，所以我很清楚你的歲數。你是部落以前的巫師，也就是上一任尖石巫師從那窩小貓裡挑出來的，我知道你對部落貢獻良多，但你不可能永遠霸佔著這個位置。你早晚會被殺無盡部落召喚回去。所以必須盡快選出下一任尖石巫師才行！」

「有什麼好選的？」老貓粗聲地回嗆，飛鳥身子一縮，尖石巫師繼續說道：「選出來好讓這個部落世世代代在這些亂石堆裡苟延殘喘嗎？」

飛鳥回答時，聲音帶著顫抖驚懼。「這裡是我們的家！我們比誰都有權利住在這裡！我們擊退過那些入侵者，記得嗎？」她悄悄走近尖石巫師，哀求地伸出一隻腳掌。「你怎麼可以違背祖靈，不好好保護祂們所草創的這一切？」

尖石巫師別過頭去。他的眼裡有某種閃爍，這使得飛鳥警覺到他其實沒對她說實話。

就在這時，彎彎的月牙兒從雲朵後方探出頭來，月光從穴頂洞口斜射而入，灑在一池水塘上，水色瞬間銀白。尖石巫師凝視水面。

「今天是新月之夜，」他低聲說道。「今晚殺無盡部落會透過水裡的光影和我溝通。好吧，飛鳥，我答應妳我會看看今晚有什麼預兆。」

「謝謝你，」飛鳥低語道。她用尾尖輕柔地觸碰尖石巫師，然後悄悄走出洞穴。「祝你好運。」消失在洞口前的她這樣說道。

等她走了，尖石巫師才走近水塘邊，低頭看進水裡，抬掌往水面用力一拍，水上光影碎散搖曳，消失無蹤。「我再也不要聽祢們的鬼話了！」他咬著牙，一個字一個字狠狠地說。「我們那麼信任殺無盡部落，可是當我們最需要祢們的時候，祢們卻棄我們而去。」

他轉身離開那座水塘，在尖石林之間來回踱步，爪子在粗糙的穴地摩擦。「我討厭我們的部落變成這樣！」他咆哮道。「我討厭我們必須按照部族貓的方式做事。為什麼我們不能靠自己的方法活下來？」他在穴頂的岩縫下方停住腳步，抬頭望向新月，目光灼熱。「如果我們註定失敗，當初為什麼帶我們來這裡？」

第一章

鴿掌從荊棘隧道裡悄悄地走出來，站在林地裡等她的妹妹藤掌和她們的導師。冷冽的寒霜將她腳下的草葉全凍成扎人的刺，而垂掛於光禿樹枝間的冰柱，在朦朧晨光裡瑩瑩閃爍。冰凍的寒意直竄鴿掌的毛髮，讓她忍不住發抖。新葉季仍遙不可及。

鴿掌焦慮到胃不斷翻攪，尾巴垂了下來。

這是專屬於妳的戰士評鑑，她告訴自己，**妳為什麼不能開心點呢？**

她知道她的答案是什麼。在她當見習生的那幾個月，發生了太多事，而且都是很重要的大事，相形之下，能不能成為戰士反而就變得無關緊要了。鴿掌深吸口氣，聽見隧道裡傳來腳步聲，於是抬起尾巴。她不能讓那些導師們看見她的不安。她必須盡最大的努力向他們證明，她已經做好準備要成為戰士。

獅焰第一個現身，他蓬起金色毛髮，抵擋黎明寒氣。蛛足緊跟在後。鴿掌瞥了那隻乾瘦的黑色戰士一眼，不免好奇如果是他和獅焰一起為她評鑑，那結果會如何。蛛足似乎很嚴厲。

煤心隨後出現，緊跟在後的是見習生藤掌，蜜妮殿後，她是評鑑藤掌的第二位導師。鴿掌**我真希望只有獅焰**，鴿掌心裡想道。**真倒楣，火星竟然決定由兩個導師來做評鑑。**

鴿掌的鬍鬚微微顫抖，目光射向她妹妹。藤掌看起來神情很害怕，深藍色的眼睛裡盡是疲憊。

鴿掌緩步趨近，想舔舔藤掌的耳朵。「嘿，妳會過關的。」她低聲道。

藤掌別過臉去。

她連話都不想跟我說，鴿掌難過地想。**每次我想接近她，她就故意去忙別的事，而且夢裡總是在哭喊。**鴿掌回想她們夜裡一塊睡在見習生窩時，常常看見藤掌的身體不斷扭動抽搐。她知道那是因為她妹妹正在夜訪黑暗森林，幫雷族到那裡當臥底，這是松鴉羽和獅焰給她的任務。可是每回她想問藤掌那兒的情況如何時，藤掌總是回答她，沒有什麼消息可以回報。

「我建議我們去廢棄的兩腳獸巢穴，」蛛足大聲說。「那裡有遮蔽處，獵物會比較多。」

獅焰眨眨眼，彷彿很驚訝蛛足竟然想主導這場評鑑，但還是點點頭，帶著他們穿過林子，往舊的兩腳獸小徑走去。鴿掌加快腳步，走在他旁邊，其他貓兒跟在後面。

「妳準備好了嗎？」獅焰問道。

鴿掌還是滿腦子都在想著妹妹的事，結果被他的話嚇一跳。「對不起，」她喵聲道，「我正在想藤掌的事，她看起來好累。」

獅焰回頭看了一眼那隻白色虎斑母貓，又轉頭過來看著鴿掌，琥珀色眼睛裡交織著驚訝與不安。「那是因為她在黑暗森林裡受訓的關係吧。」他低聲道。

「那這個錯要怪在誰的頭上呢？」鴿掌瞪著他看。就算必須十萬火急地找出黑暗森林裡的貓究竟在打什麼主意，也犯不著要藤掌一肩扛起，去冒這種險吧。

藤掌又不是戰士！

獅焰嘆口氣，等於是暗自承認他同意她的想法，只是不打算明說。

「現在不適合談這件事，」他喵聲道。「妳應該把心思放在戰士評鑑上。」

鴿掌生氣地聳聳肩。兩腳獸的老巢穴映入眼簾，獅焰停下腳步。鴿掌聞到松鴉羽的園子裡傳來的藥草味道，雖然藥草的莖葉大都受到了霜害。此外，她還聽見草地裡和樹下的垃圾堆裡傳來微弱的搔抓聲。蛛足說得沒錯，這裡是個不錯的狩獵點。

「好，」獅焰開口道。「首先我們要評估妳們的追蹤技巧。煤心，妳要藤掌抓什麼？」

「我們抓老鼠，好不好，藤掌？」

白色虎斑母貓緊張地點點頭。

「可是不能進兩腳獸的老巢穴裡抓哦，」蜜妮補充道。「那太容易了。」

「我知道。」藤掌回答，可是鴿掌總覺得藤掌的聲音聽起來好像累到連路都走不動，更別提要她去抓老鼠了，可是她還是毫無遲疑地走進林子裡，煤心和蜜妮遠遠跟在後面。

鴿掌目送她們，直到三隻貓兒的身影被霜白的蕨葉擋住，在視線裡消失不見為止。可是她繼續使用她的特異能力追蹤藤掌，感應到她正走進廢棄的巢穴後方，朝松樹林而去。老鼠正在地上的針葉堆裡吱吱作響，互相扭打。鴿掌希望妹妹能聞到牠們的味道，交出好成績。

她太專心追蹤藤掌的進度，反倒忘了自己也得接受評鑑，直到蛛足用尾尖彈了彈她耳朵。

「嘿。」她喵聲道，旋身一轉，看見黑色戰士。

「獅焰說，他要妳去抓隻松鼠，如果妳真的想當戰士，這就是妳的任務。」蛛足喵聲說。

「我當然想。」鴿掌咆哮道。「對不起，獅焰。」獅焰一臉惱色地站在蛛足後面。鴿掌氣自己沒聽見他下達的命令，但更氣的是蛛足故意損她。

這是什麼爛主意，竟然派兩個評審來，她嘴裡咕噥抱怨。**由導師評鑑自己的見習生，是再天經地義不過的了。**

她抬起頭，嗅聞空氣。一聞到附近有松鼠的味道，立刻提起精神。那味道是從刺藤叢的另一頭飄過來的，於是她放輕腳步，繞過荊棘，進入一處小空地，一眼就看見那隻松鼠正在覆滿長春藤的橡樹底下啃堅果。

有風揚起，光禿的枝椏窸窣作響。鴿掌繞著空地邊緣悄悄走過去，利用蕨葉作為掩護，來到獵物的下風處。空氣裡充斥著松鼠的氣味，令她口水直流。

她蹲下身子，開始朝松鼠匍匐前進。但又忍不住放出特異能力再次確定藤掌的情況，結果她忽然聽見一聲微弱的尖叫，身子驚跳一下，原來是有隻老鼠魂斷在妹妹的利爪下。

可是這突如其來的驚跳動作害她不小心碰到一片枯葉，嘎吱作響，拖著蓬鬆尾巴的松鼠立刻衝到樹上逃之夭夭。鴿掌馬上衝過草地，撲向樹幹，但松鼠早已消失在樹枝間。她攀住樹上的常春藤，想聽出風聲和樹枝嘎吱聲以外的聲響，卻什麼也聽不見。

「老鼠屎！」她呸口道，身子跳回地面。

蛛足趾高氣昂地朝她走來。「我的老天，妳到底在幹什麼啊？」他質問道。「育兒室裡出來的小貓都抓得到那隻松鼠。還好沒被別的部族看見，要不然他們還以為雷族根本不懂得訓練見習生呢。」

鴿掌聳起頸毛。「你就從沒失誤過啊？」她嘴裡嘀咕道。

「來吧。」黑色戰士質問道，「妳自己說說妳剛犯了什麼錯。」

「也沒那麼糟啦，」獅焰搶在鴿掌開口之前說道，「妳走到松鼠的下風處，那段跟蹤技巧很不錯。」

鴿掌感激地看他一眼。「我想我剛有點分心，才會踩到葉子，嚇到松鼠。」

「如果妳追得快一點，」蛛足告訴她，「再加快速度，搞不好也抓到了。」

鴿掌鬱鬱地點點頭。**又不是每隻貓都像你一樣腿長！**「這意思是不是說我的評鑑沒過？」

蛛足彈彈耳朵，沒有回答。「我要去蜜妮那邊看看藤掌的情況如何。」他大聲說道，隨即奔向廢棄的巢穴。

鴿掌看著她的導師。「對不起。」她喵聲道。

「我猜妳大概是太緊張了，」獅焰回答道。「妳平常在狩獵隊裡的表現比今天來得好。」

眼看評鑑就要不及格了，鴿掌這才明白自己有多想成為戰士。**我情願當戰士，也不要靠那所謂的特異能力成為預言的一部分。**然後她突然想到一件事，因而緊張起來。**萬一藤掌當上戰士，我卻沒當上，那怎麼辦？**

鴿掌知道戰士封號是妹妹應得的。藤掌沒有任何特異能力，卻仍願意每晚冒險幫獅焰和松鴉羽前往黑暗森林裡臥底。

藤掌比我厲害多了，我連隻笨松鼠都抓不到！

「振作點，」獅焰喵聲道，「妳的評鑑還沒結束。但看在星族的份上，專心點好不好！」

「我會盡全力的，」鴿掌承諾道，「接下來要考什麼？」

獅焰用耳朵指指他們剛來的方向。鴿掌跟著轉身，結果看見冰雲正小心穿過結霜的草地，朝他們走來。

「嗨，」白色母貓喵聲道，「棘爪派我來幫你們忙。」

「妳來得正是時候。」獅焰垂頭致意。「第二階段是和隊友一起狩獵。」他向鴿掌解釋。

鴿掌精神一振，她喜歡團隊狩獵，冰雲也很好配合。可是當冰雲歪過頭來問她：「妳要我怎麼做？」她反而不知所措了起來。

「我……呃……」鴿掌不習慣指使戰士。**妳這鼠腦袋！拜託妳長進點好不好！**

「我們抓烏鴉好了，」她提議道，「不過冰雲，妳的毛是白的，恐怕會有點問題。」

「這還用妳說嗎。」白色母貓沮喪地說道。

「所以我們得先找個地方把妳藏起來。等我找到烏鴉的時候，我會偷偷接近牠，把牠趕到妳那兒去。」

「千萬別讓牠飛起來，不然……」

獅焰故意咳了一聲，打斷冰雲，不准她出言提示。

「哦，對不起，」冰雲喵聲道，「我忘了，妳繼續說，鴿掌。」

「烏鴉通常會在兩腳獸老巢穴的另一頭築巢，」鴿掌想了一會兒，繼續說道，「我知道現在築巢對牠們來說還太早，不過還是可以去那裡看看有沒有機會。」

獅焰點點頭表示肯定。「然後呢？」

「呃……那裡有個斜坡。冰雲可以躲在斜坡那兒。」

「好，讓我們看看妳的辦法是什麼。」獅焰喵聲道。

鴿掌才走了幾步路，蛛足又出現了，他從蕨叢裡鑽出來，一句話也沒吭。鴿掌非常好奇，很想知道妹妹的近況，但沒時間多問。她走在冰雲前面，覺得很怪，好像狩獵隊改由她帶隊似的，更怪的是，她還得負責發號施令。鴿掌開始心慌，身上像爬滿了螞蟻，腦袋一片空白，她以前學到的知識，此刻竟像枝頭小鳥一樣一哄而散。

我花太多時間竊聽別族的動靜，結果反而沒有時間好好接受訓練！

鴿掌不想靠自己的特異能力來考試。**藤掌就沒有靠特異能力，這樣才公平啊。**可是她老是好奇妹妹在做什麼，難以抑制住自己的特異能力。再說，每當她想專心聽一些離身邊最近的聲音時，就會覺得自己好像被這些樹給困住，悶在裡頭很不舒服。

別的貓兒都是怎麼應付這種事的？她不免納悶。**我快不能呼吸了！**

鴿掌帶頭爬上舊轟雷路，再轉進烏鴉築巢的林子裡。冰雲緊跟在後，獅焰和蛛足則留在原地觀看。鴿掌躡足走進榛木叢，突然揚起尾巴要冰雲別跟過來，免得她的白色毛髮嚇到獵物。這時她發現一隻烏鴉正在榛木叢底下啄食，心裡竊喜。

鴿掌退了回來。「妳走另一邊，到斜坡那兒去，」她以尾巴示意，低聲對冰雲說道，「我去嚇那隻鳥，把牠趕到妳那裡。」

冰雲點點頭，躡腳離開，像一股輕裊白霧，悄無聲息。鴿掌目送她離開，直到在視線裡消失。但即便白色母貓已經離開，鴿掌還是忍不住延展特異能力繼續追蹤白貓。她總覺得怪怪的，因為冰雲的腳好像不是踩在地面上。

不太對勁。結果鴿掌沒去跟蹤那隻烏鴉，反而急忙穿過層層的榛木叢，朝隊友那裡走去。蛛足不以為然地哼了一聲。但鴿掌沒聽見，因為她的腦袋裡只聽見冰雲如雷聲隆隆的腳步聲，至於其他聲音全被掩蓋了。

腳步聲不應該這樣，感覺好像是很遠的回聲。鴿掌恍然大悟。**天啊！那裡一定有坑！**

她加快腳步，衝出榛木叢，奔下斜坡，烏鴉撲撲飛上枝頭。

「她搞什麼鬼啊？」蛛足倒抽口氣。

鴿掌飛奔過去的時候，耳裡仍可聽見獅焰尷尬地嘟囔了幾句。她衝出成團糾結的荊棘叢，剛好瞄見斜坡下方的冰雲。說時遲那時快，冰雲腳步突然一個踉蹌，驚聲尖叫，在她腳下突然出現大洞，身子往下墜。

「冰雲！」鴿掌喊道。「我來了！」

她撲了過去，趕在白色母貓在鬆軟的土石邊掉下去前及時咬住她的頸背。冰雲慌亂地伸出前腳，死命想攀住什麼，但整個斜坡好似都在往下塌陷，什麼也抓不住。

鴿掌想把她同伴拖出來，可是腳下的地面也跟著滑動，再加上冰雲的身子懸在洞口的重量，根本讓鴿掌撐不住。冰雲的頸背慢慢從她齒間滑了出來。鴿掌驚恐看著白色戰士不斷下墜，沒入黑暗。冰雲淒厲慘叫，土石跟著傾瀉而下，將她掩埋。

第二章

獅焰繞過荊棘叢，巴不得自己的個子小一點，可以像鴿掌一樣直接穿過去。他氣喘吁吁地在另一頭煞住腳步，看見鴿掌蹲在半山腰處一個坑洞的邊緣，身子突然後傾，接著傳來一聲尖叫，有隻白色腳掌不斷揮舞，接著冰雲就不見了。

一定是掉進某條地道了！獅焰想起姊姊冬青葉的經驗，頓時驚恐起來。腦海裡再度浮現以前的畫面，當時冬青葉無視他和松鴉羽的警告，回頭衝進地道口，接著就看見土石不斷崩落，她被永埋地底。

「發生什麼事了？」蛛足的聲音令獅焰瞬間回神。

黑色戰士從他身邊衝過去，站在鴿掌旁邊，後者正低頭看著那個地洞。獅焰環目四顧，發現附近有株眼熟的金雀花叢，而且在兩塊板岩之間有條地下水流出，這才明白他們就站在離冬青葉失蹤處不遠的山坡上。原來冰雲也掉進了同一條地道之中！

獅焰的胃猛地一抽。**偉大的星族，地道裡到底有什麼？**

他衝下斜坡，來到地洞邊，擠開蛛足。鴿掌嚇了一跳，顯然是因為看見他臉上的驚恐表情。地道裡只有一點微光可讓低頭的獅焰看清洞內的情況。冰雲掉在幾條尾巴深的地底下，此刻正拚命地從一堆土石裡爬出來，抖掉身上的砂土。

「快把我救出去！」她抬頭看見獅焰，大聲喊道。

「妳有沒有受傷？」他問道。

「還好，只有肩膀。」冰雲呸出嘴裡的砂石，「拜託快把我救出去。」

獅焰的身子探進洞口，上下檢視。這條地道深入山坡底下，盡頭漆黑一片。再往深處看，可以看見坍塌的土石堵住了以前的洞口。

冬青葉在那底下嗎？獅焰不免好奇。他刻意壓抑住身子的顫抖。「蛛足，快去找幫手。」他發號施令。

黑色戰士立刻銜命跑開。獅焰又往下查看，冰雲正蹲在土堆上，毛髮凌亂，眼睛瞪得斗大，滿臉驚恐。

「我們很快就會把妳救出來。」他保證道。

「謝謝你，獅焰。」年輕母貓的聲音微顫，「下面真的好黑。」

「我儘量把洞挖大一點，」鴿掌喵聲道，「讓那裡亮一點。」

可是她才開始挖，就有更多的土石往下落到冰雲身上。

「不要挖，快停下來！」她喊道。

「對不起。」鴿掌停止挖掘，在地洞邊緣坐了下來。

獅焰湊在她耳邊說。「除了我以外，不准其他貓進入這個地洞，聽見沒？」

灰色見習生驚訝地瞪大眼睛，但還是點頭答應。獅焰輕輕吁了口氣。他心知肚明如果洞裡真有什麼見不得光的祕密，他必須是第一個知道。他在等候的同時，胃正不斷地翻攪。他懷疑他的族貓們是否真的相信灰毛是被一隻路過的無賴貓殺死，並且相信冬青葉的失蹤和這件事完全無關。

我不希望讓族貓再想起以前那件事。我得保護冬青葉的名譽。

他終於聽見矮木叢裡發出雜沓的腳步聲。蛛足跑了出來，後面跟著雲尾、樺落和狐躍。狐躍馬上衝到洞的邊緣，低頭查探他姊姊的狀況。

「我們來了，馬上就會救妳出來。」他為她打氣。

冰雲朝他眨眨眼睛。「快一點。」

「我們得用個什麼東西把她拉出來。」樺落大聲說出自己的想法，「也許找根粗藤蔓，不要用刺藤，用常春藤或牽牛花藤。」

「那棵樹上有常春藤。」雲尾的尾巴迅速指向一棵老橡樹，它的樹幹爬滿油油亮亮的墨綠色葉子。狐躍爬上樹，用力啃咬其中一截，等到快斷了，雲尾便把它扯下來，拖了過來。

「把藤蔓的這一頭繞過那棵小樹，」樺落命令道，耳朵同時指向洞旁一棵初長成的白蠟樹，「再把另一頭丟進洞裡給冰雲。」

等藤蔓固定好之後，狐躍立刻把另一頭丟下去給冰雲。冰雲用牙齒緊緊咬住，可是其他貓兒才開始拉，她就嘴一鬆，又掉回土堆裡。

「我太重了！」她上氣不接下氣地說道。「我咬不住。」

「那把它綁在妳身上好了。」獅焰提議道。

冰雲試著這麼做，可是受傷的肩膀顯然使不上力。「沒有用的，」她放聲哭喊，「我一輩子都出不去了！」

「胡說！」獅焰喵聲道，「我們再想別的辦法。」

「要不我們再丟點砂土下去？」蛛足往下瞄了一眼，這樣提議道。「把那個土堆墊高，讓她自己爬上來。」

「這一招或許可以，」樺落低聲道，「不過也可能會把她活埋了……」

「不，拜託不要！」地底下傳來冰雲驚恐的聲音。

這時有更多的腳步聲朝這兒來，轉移了獅焰的注意力。他轉頭看見松鴉羽和花落正繞過刺藤叢，於是轉身走上斜坡去找他們。

「我聽說了這裡的事，是蛛足回部族裡跟大家說的。」當獅焰跳過來的時候，松鴉羽這樣說道，但隨即打住，沒再往下說。獅焰察覺到松鴉羽也發現這裡是冬青葉最後失蹤的地方。

獅焰一直等到花落走到地洞那邊去找其他貓兒，才低聲說：「我看了一下，下面除了冰雲之外，沒有其他東西。那些先前坍掉的土石是在更深、更裡面的地方。」

「你絕對不能讓別的貓兒下去！」松鴉羽嘶聲道。

「我當然知道！」獅焰豎起頸毛喵聲道。他的胃又開始翻攪，但還是領著松鴉羽往前走了幾步去找其他貓兒會合。

「我下去好了。」狐躍大聲說道，「你們把我放進洞裡，我來幫冰雲綁藤蔓，然後你們再拉她上來。」

「不行，」獅焰上前一步，「這太危險了，我來就好。」

「什麼？」樺落揮著尾巴。「別傻了，你太重了。」

「怎麼會危險？」狐躍反駁道，並上前一步質問獅焰，「下面除了冰雲之外，什麼也沒有。」

「這種事很難說。」獅焰厲聲回答。

雲尾一直在洞口邊緣低頭探看，他好奇地上下打量，然後縮回身子問道：「這地道是不是風族當年攻打我們時所用的地道？」

獅焰點點頭。想到這些錯綜複雜的地道就是當年他和石楠尾先發現的，他的心裡有罪惡感。

狐躍嚇得倒吸口氣，「天啊，所以下面可能有風族戰士會攻擊冰雲囉？」

雲尾翻翻白眼，「是哦！風族一定是沒事就待在底下，等雷族戰士掉下去。」

雖然白色戰士只是在調侃，但獅焰感覺得到圍在旁邊的貓兒都變得更緊張了。這時地底傳來悲切的喵聲。「快把我救出去。」

「我下去好了。」鴿掌自願道，並刻意看了獅焰一眼，那眼神似乎在告訴他，她沒忘記他剛交代過別讓別的貓兒下去這件事。**你的意思是連我在內嗎？**她好像在問他。

松鴉羽點頭，「讓她下去總比讓別的貓下去好。」他在獅焰耳邊低聲說道。

「但她只是個見習生。」狐躍抗議道。獅焰感覺到這事再拖下去，狐躍就會無視資深戰士的阻攔，奮不顧身地跳進洞裡。

「我的體重比你們輕，」鴿掌直言道，「而且我只是跳下去幫冰雲把藤蔓綁好而已。」然後轉身小聲地問獅焰：「我到了下面之後，有什麼需要特別注意的地方嗎？」彷彿這件事已經決定了。

有啊，我那死去的姊姊。獅焰艱難地吞下這句話，改而回答她：「只要睜大眼睛，小心危險，這些地道不是貓兒該去的地方，所以必須把它當成敵營的領地。」

樺落幫鴿掌綁好藤蔓，再由他和雲尾把她放下去。她瞪大眼睛，身子漸漸消失在洞口。獅焰低頭看她解開身上的藤蔓，綁在冰雲身上。

「好了！」她喊道。

樺落和雲尾開始用力拉藤蔓，冰雲發出痛苦的哀號，但馬上忍住。「對不起，」她咬著牙根說道。「我的肩膀真的好痛。」

白色母貓被緩緩拉出地洞。她一出洞口，狐躍立刻衝上前去，用肩膀撐住她。「來吧，」他喵聲道。「我們帶妳回營地，松鴉羽會幫妳檢查。」

「我沒事。」冰雲低聲道，不過她有隻前腳無法著地，而且呼吸顯得急促痛苦。他們往營地走去，一路上她都緊緊地倚著狐躍。

雲尾扶住冰雲另一邊，藍色眼睛往後瞄了一下，表情有些驚訝，因為他發現松鴉羽根本沒移動腳步，這隻雷族巫醫仍在洞口探看，歪著頭像在傾聽什麼。

「走了啦，」雲尾催促道。「他們會幫忙拉鴿掌上來的。」

松鴉羽遲疑了一下，才跟上去。

這時，樺落和蛛足已經把藤蔓丟回洞裡，準備拉鴿掌上來。過了一會兒，她從洞口爬出來。獅焰彎下身子，咬住鴿掌的頸背，拉她一把。

「謝了！」鴿掌氣喘吁吁，抖掉身上砂土。「下面好恐怖哦。」

獅焰很想問她有沒有在地道裡看見什麼，但他知道什麼也不能問，至少不能在其他貓兒面前問。**再說，如果鴿掌真的在下面看見一隻死貓，恐怕早就尖聲大叫了。**

「我們要怎麼處理這個洞？」樺落喵聲道。「不能再讓別的貓兒掉下去了。」

「這洞太大，很難填平，」蛛足表達了他的意見，「而且就算蓋住，要是有貓踩到，也會掉下去。」

「也許我們可以在四周弄個什麼東西來警示。」花落提議道。

「好主意！」獅焰讚許地朝年輕戰士點點頭。「我們先在洞口四周圍些木條，等一下再找塵皮和蕨毛來蓋點什麼永久性的警示標誌吧。」

他們開始收集木棍，搭建臨時圍籬，這時的獅焰仍滿腦子想著要是能親自下去看看就好了。可是別的貓兒一定會有很多疑問。木棍圍好了，他得跟他們回去，卻又忍不住回頭看了一眼，最後心不甘情不願地跟著其他貓兒爬上斜坡。

鴿掌走在他旁邊。獅焰感覺得到她對地道很好奇，但他還沒想清楚該告訴她多少實情。還好當他們朝舊的轟雷路走去時，她一看見蛛足，就想到別的事情去了。

「完了！」她大叫道。「我忘了我的評鑑了，我是不是不及格？」

「我還不知道，」獅焰承認道，「狩獵時，妳沒有完全發揮自己的實力，不過妳的確幫了冰雲很大的忙，妳自願下洞裡去救她，證明妳很勇敢。」

鴿掌一臉沮喪，又看了蛛足一眼，不過走在前面的黑色戰士離他們太遠，聽不見他們的談話。獅焰很想叫她放心，但除非他和蛛足先討論過，否則他也無法給她任何保證。他們才進入山谷，藤掌就衝出營地，在鴿掌面前煞住腳步。

「發生什麼事了？」她質問道。「你們去哪裡了？冰雲出什麼事了？」她不斷追問，「我看見她一跛一跛地走進松鴉羽的窩裡。」

「她掉進地洞裡了。」鴿掌答道，接著把他們營救冰雲的過程說了一遍。

榛尾跑過來聽，後面跟著煤心和蜜妮。亮心和蜂紋從戰士窩裡鑽了出來，連小錢鼠和小櫻桃也從育兒室裡蹦蹦跳跳地出來，罌粟霜追在後面。鼠鬚、莓鼻和白翅也擠在後面聽。

「我聽說冰雲掉進地下的井裡！」蜂紋打斷鴿掌的話，喵聲說道，「然後妳也跟著掉下去了。」

「不是啦，」白翅糾正道，「樺落跟我說，那只是一個地洞。」

「鴿掌沒有掉進去，」獅焰決定為他的見習生說幾句話。「她是下去幫忙冰雲的。」

「哇，好勇敢哦！」蜂紋非常佩服地看了鴿掌一眼。

「冰雲的背會不會斷了，像薔光那樣？」莓鼻倒抽口氣，瞪大眼睛，表情驚恐。

亮心用尾巴彈彈他的耳朵，「鼠腦袋！她是自己走進松鴉羽的窩裡頭的。」

鴿掌抽抽鬍鬚，「你們到底要不要聽事情的真正經過？」

「妳真倒楣欸，竟然沒完成評鑑。」等鴿掌一說完經過，蜂紋隨即說道。

鴿掌的尾巴垂了下來，眼神不安。「我知道啊。也許火星不會給我戰士封號。」她抖抖身子，轉身去問藤掌，「妳的評鑑進行得怎麼樣？」接著又追問道：「妳是和誰合作狩獵？」

「榛尾，」藤掌眼睛一亮地回答，「我們合作得很好，總共抓到兩隻老鼠。」

「真好！」

獅焰看得出來雖然鴿掌為藤掌感到高興，但其實是在強顏歡笑，心裡的失望就像枝頭上的雪塊沉甸甸的。他正要上前鼓勵幾句時，藤掌已經挨近她姊姊，用鼻子抵住鴿掌的肩膀。

「別擔心，」她低語道，聲音小到只有鴿掌和獅焰聽得到，「火星知道妳對雷族很重要，妳根本不必靠抓松鼠來證明自己的本事。」

鴿掌不屑她的說法，「我只是想像大家一樣接受評鑑！」她反駁道。

藤掌一臉不解地瞪著她，「可是妳跟我們不一樣啊。」她直言道。

「別說了！」獅焰出聲警告她們。這時他看見火星從松鴉羽的窩裡出來，應該是已經探望過冰雲了。

雷族族長從空地那頭跑了過來，從空地上的山毛櫸樹幹一躍而過，奔上亂石堆，站在擎天架上，一身火紅色的毛髮閃閃發亮，在冷冽的禿葉季裡猶如一團溫暖的紅色火光。

「請所有有能力捕捉獵物的成年貓都到擎天架下方集合，參加部族會議。」他大聲宣布。

聚在空地上的貓兒都向擎天架的方向坐定下來。小錢鼠和小櫻桃在大夥兒前面蹦蹦跳跳，卻被罌粟霜的尾巴一掃攏住，要他們安靜下來。黛西和蕨雲出現在育兒室的入口，挨著彼此坐好。長老窩的洞口被許多山毛櫸的枝葉遮蔽住，鼠毛從洞口現身，蹣跚地和波弟相偕走進空地。狐躍從巫醫窩裡緩步出來，松鴉羽推開刺藤簾幕，以便讓蓄光從入口處看見外面的動靜。沙暴、塵皮、雲尾和栗尾全都悄悄走出戰士窩，各自在崖底找到位置坐下。栗尾抬起一隻後腳，搔搔耳朵，似乎在趕跳蚤。

火星抬起尾巴，要大夥兒安靜。「族貓們，」他開口說道，「我想你們都聽說了冰雲的遭遇。她掉進地洞，肩膀脫臼，不過松鴉羽已經幫她接回去了。」火星語氣堅定地保證道。獅焰看得出來他曉得族貓們在經歷過蓄光的不幸遭遇之後，對這種事都格外的害怕。「松鴉羽說她只需要多休息，」火星繼續說道，「再過四分之一個月圓，便能下床活動了。」

釋懷的低語聲在群眾間嗡嗡響起，有兩三隻貓兒放聲為松鴉羽歡呼：「松鴉羽！松鴉羽！」

「我等一下會親自去看看那個地洞，」族長繼續說道，綠色眼睛閃閃發亮，同時往獅焰掃了一眼，顯然是要獅焰帶他去。獅焰點頭表示同意。「另外塵皮和蕨毛，你們最好快點動工，我希望趕在今天太陽下山之前，就能有紮實的屏障將那個地洞圍起來，絕對不能用填的。希望以後不會再有貓兒掉下去。」

「沒問題，火星，」塵皮喊道，「等蕨毛巡邏回來，我們就開始動工。」

「你們兩個不准給我接近那個地洞。」罌粟霜警告她的小貓，還用尾巴彈彈他們的耳朵，以示嚴重性。

「怎麼可能，」小錢鼠抱怨道，「我們又不能離開山谷。」

「一點也不公平。」他的姊姊也有同感。

「集合大家，其實還有另一個原因，」火星繼續說道，「有兩位見習生今天完成了她們的戰士評鑑。」

興奮的聲音如漣漪般在群眾間盪漾開來。藤掌的眼睛閃閃發亮，鴿掌卻低下頭看著自己的腳。獅焰不免有點擔心，他看了蛛足一眼，只見黑色戰士面無表情，神色深藏不露。

希望蛛足不會太挑剔她，他心想，他懊惱沒在部族大會召開前，先找黑色戰士談一談。

「煤心？」火星揮揮尾巴，請藤掌的導師講評。

灰色戰士站起身來。「藤掌很認真、很努力，」她開口道，「她的戰鬥技巧尤其出色，不過狩獵技巧還有待加強。她今天單獨狩獵時，抓到一隻田鼠，但身手不夠俐落。她讓田鼠站在下風處，差點讓田鼠跑掉。」灰色戰士轉身很有禮貌地朝蜜妮垂頭致意。「妳認為呢？」她問道。

蜜妮站起來，上前一步，站在煤心旁邊。「我同意她的看法。」她喵聲道，「當藤掌和榛尾一起合作狩獵時，我感覺得到她不太好意思告訴對方該怎麼做。如果將來想帶領巡邏隊，這部分還需要再加強。」她溫柔地看了藤掌一眼，後者瞪大眼睛，聽得很仔細，表情有些不安。

「不過榛尾和藤掌合作無間，她們抓到兩隻老鼠，動作乾淨俐落，獵物根本沒有機會逃命。」她愈說愈激昂，「所以依我看，藤掌絕對有資格成為雷族戰士，她的加入對我們來說絕對有加分作用！」

現場爆出歡呼聲，鴿掌舔舔妹妹的耳朵。「恭喜妳，」她喵嗚道，「蜜妮說得沒錯，妳的確有資格！」

藤掌兩眼發亮，總算放下心來。「煤心提到那隻田鼠時，我本來好擔心，」她承認道，「我的確處理得不夠乾淨俐落。」

「獅焰？」火星開口問道，大夥兒又安靜下來。「鴿掌表現如何？」

獅焰不安地站起來。他想幫自己的見習生說點好話，但又無法隱瞞她沒抓到獵物的事實。「鴿掌絕對是導師們夢寐以求的見習生，」他開口道，「她很認真，學習力也很強。今天她先從抓松鼠開始。她很快就找到一隻，潛行追蹤技巧也非常高明，馬上能就定位，松鼠根本不知道她在附近。」他掃了鴿掌一眼，後者還是沒抬眼看他。「可是在她要偷偷接近獵物時，」他繼續說道，「不小心碰到一片葉子，松鼠發覺後立刻逃到樹上去了。」

「如果她動作再快點，搞不好可以抓到。」蛛足起身說道，「可是牠已經跑進樹枝裡，根本不可能再找到。」

獅焰瞪著那位黑色戰士。**沒必要把這件事形容得那麼糟吧！**

「那她的合作技巧呢？」火星追問道。

「她的組織力不錯，」獅焰喵聲道，「她要求冰雲躲進矮木叢裡，先把白色毛髮隱藏起來，然後再把烏鴉趕到冰雲那兒，可是那時……」獅焰遲疑了一會兒，他知道接下來的內容恐怕不會有貓兒想聽，但他又不能用鴿掌的特異能力來解釋她為什麼突然去追冰雲。「那時她可能聽到了什麼聲音，」他繼續說道，「就把烏鴉丟在一邊，衝過刺藤叢去救快掉進地洞裡的冰雲，烏鴉當然也飛走了。」

「所以鴿掌今天什麼也沒抓到？」火星詢問道。

獅焰搖搖頭，覺得全身發燙。「沒有。」他難過地想，**雖然鴿掌是族裡最厲害的狩獵者之一，但能不能成為戰士，還是得看今天的表現。**

「連根羽毛也沒有，」蛛足斬釘截鐵地說道，「如果你要問我意見，我覺得她太容易分心，如果再專心一點，一定能抓到那隻松鼠和那隻烏鴉。」

獅焰看得出來族長的眼神失望。「如果是這樣……」火星開口道。

「等一下，火星，我話還沒說完，」蛛足打斷道，「鴿掌的狩獵成績的確很差，不過她義無反顧地跑去救自己的夥伴，無視刺藤叢的另一邊可能有什麼危險等著她。而且當我們不知道該怎麼把冰雲救出來，也不清楚地洞裡可能藏有什麼危險的時候，她卻馬上自願下地洞去幫忙。」他讚許地看了鴿掌一眼。「這些都是雷族求之不得的特質，」他繼續說道，「勇敢、忠心，還有願意捨身幫助族裡的貓兒。所以依我看，如果不把她升格為戰士，我們就太鼠腦袋了。」

鴿掌一臉驚訝地看著他，群眾瞬間歡聲雷動。她想到自己今天就要成為戰士了，兩眼頓時發亮。藤掌繞著她跳來跳去，像小貓一樣興奮。

火星揮揮尾巴要大家安靜。「謝謝你，蛛足，」他等到聲浪平歇，才又開口說道，「雷族多了這兩位戰士，將會變得更強大。」他跳下亂石堆，站在群眾面前，彈彈尾巴，示意藤掌上前。貓兒們都靜默下來，等待族長進行晉封儀式。

火星抬起頭，環顧族貓，以清楚的聲音說出古老的誓言：「我，火星，召喚戰士祖靈們守護這位見習生。在經過嚴格的訓練之後，她已能明白祢們崇高的行為規範。在此我向祢們推薦，將她升格為戰士。」他低頭看著藤掌，繼續說道：「藤掌，妳願嚴守戰士守則，誓死保衛部族嗎？」

「我願意。」藤掌的聲音顫抖。

獅焰不禁全身發顫，因為他知道藤掌早就在實踐她剛許下的諾言。鮮少有貓兒能像她那樣冒險犯難，每晚進入夢裡，與黑暗森林裡的貓兒周旋。

「在星族力量的見證下，」火星繼續說道，「我將賜予妳戰士封號。藤掌，從此刻起，妳將更名為藤池。星族將以妳的勇氣和忠誠為榮，歡迎妳成為雷族的全能戰士。」他上前一步，口鼻抵住藤池的頭。她舔舔他的肩膀，作為答謝之意。

「藤池！藤池！」族貓們齊聲呼喊她的名字，恭賀這位新戰士。等到聲浪稍歇，藤池才退回塵皮和煤心之間。灰色戰士的尾巴快速撫過前任見習生的肩膀，塵皮也讚許地對她點點頭。

火星揚起尾巴，向鴿掌示意。獅焰看著他的見習生走上前去，停在火紅色的公貓面前。她眼睛眨也不眨地迎視族長，聽他召喚星族守護她。「鴿掌，」他問她，「妳願嚴守戰士守則，誓死保衛部族嗎？」

「我願意。」鴿掌回答道。

獅焰清楚知道這誓言對他的見習生來說有多沉重。鴿掌已經為雷族貢獻良多，但成為一名戰士，意謂未來將會有更多責任加諸在這隻年輕母貓的身上。獅焰不免好奇待會兒火星會用哪些特質來形容鴿掌。**他絕對不能提到她的特異能力，至少在雷族面前不能。**

「在星族力量的見證下，」火星繼續說道，「我將賜予妳戰士封號。鴿掌，從此刻起，妳將更名為鴿翅。星族將以妳的智慧和上進心為榮，歡迎妳成為雷族的全能戰士。」

族長再次低頭以口鼻抵住新戰士的頭。鴿翅舔舔他的肩膀，作為答謝。

「鴿翅！鴿翅！」族貓們熱情歡呼她的名字。

鴿翅退後一步，轉身跳到獅焰旁邊。

「做得好！」他低聲道，「這世上最有資格獲得戰士封號的貓兒，就是妳。」

鴿翅開心地大聲喵嗚，無暇回答，眼睛閃閃發亮。

等到聲浪漸息，火星才揚起尾巴，「我想提醒大家，現在族裡沒有見習生了，」他喵聲說道，「未來年輕戰士恐怕得先暫代見習生的工作。」

「我就知道，」蜂紋嘆口氣，「又要回去幫長老抓蝨子了。」

「我們快要當見習生了。」小錢鼠大聲喊道，「到時我們會很認真地工作。」

「我相信你們會，」罌粟霜喵嗚道，「可是得等到你們滿六個月才行。」

「為什麼？」小櫻桃反問道。

「因為戰士守則是這樣規定啊，」火星帶著興味回答，「等時候到了，你們一定會是很厲害的見習生。不過目前若是有些工作需要大家多分擔，務必請見諒。」

「說到這點，其實我們可以自己抓蝨子，」波弟提議道，同時甩甩凌亂的虎斑色毛髮。

「我們年紀或許大了，但也不是做不動嘛。」

「謝謝大家。」火星向族貓們垂頭致意，「會議結束了。」

貓兒們各自帶開，獅焰緩步走向煤心。「恭喜妳，」他喵聲道，「我們的見習生都當上戰士了，感覺不錯吧？」

煤心垂頭致意，「也恭喜你，獅焰，我早就知道鴿翅一定會成功。」

她的語調友好，卻也遙遠的如同來自別的部族。獅焰聞到她身上那甜美的味道，心痛了起來。

煤心，妳明知道我要的是什麼，為什麼妳就是不肯答應呢？

但他很清楚煤心為什麼拒絕他。他曾告訴她那個預言，她卻自認自己不夠格，配不上他。

對我來說，族裡最特別的貓兒就是妳。獅焰恨自己不能在他心愛的貓兒面前大聲表白。煤心擔心她會害他分神，無法專心成為三力量之一。

我真希望自己只是隻普通的部族貓，這樣我們就能長相廝守了。

第三章

「妳有感覺嗎？」松鴉羽用爪子戳戳蕾光的後腿。

「沒有，」蕾光不耐煩地扭扭肩膀和前腿，「我一點進步也沒有，對不對？」

「當然有，」亮心正在巫醫窩裡幫忙松鴉羽，她熱心說道，同時舔舔蕾光的耳朵，「妳變得愈來愈強壯了。」

「這倒是真的，」蕾光的聲音開朗了起來，「冰雲，如果妳願意的話，我可以教妳一點我的絕活。」

「還不行，」松鴉羽告訴她。他感覺到這隻小母貓有些失望，於是加了幾句：「過一陣子再說，如果到時她的腿和肩膀覺得很僵硬，可以做點運動，現在還是得先充分休息。」

他在冰雲旁邊蹲下，後者蜷伏在巫醫窩另一頭的臥鋪裡。「妳來摸摸看，亮心，這裡沒有腫脹，也沒有燒燙感。所以應該很快就會好了。」他滿意地點點頭，「如果很痛的話，可以吃顆罌粟籽止痛。」

「不要，我很好，」冰雲堅持道，「我只想趕快回去工作。我應該去狩獵，而不是躺在這裡張嘴等吃飯。」

「真是夠了妳。」亮心親暱地斥責她。「難道妳會介意去捕獵物來餵薔光或患了白咳症的貓兒吃嗎？」

「不會，可是……」

「亮心說得沒錯，」松鴉羽彈彈尾巴，打斷她們，「如果我們不幫忙生病的貓兒和受傷的貓兒，那我們跟獨行貓和無賴貓有什麼兩樣？」

冰雲長嘆口氣，「我知道，可是我想多盡點心，就算待在這裡。我也可以丟青苔球給薔光，幫忙她鍛鍊身體。」

「好啊！」薔光興奮地蠕動身子。「我敢打賭我一定接得到妳丟過來的每顆球。」

「好啊，不過別太累了。」亮心警告白色戰士。「妳的休息愈充足，就好得愈快，才能馬上回到全能戰士的崗位上。」

冰雲忙著用爪子把青苔抓成球狀。為了騰出空間給兩隻年輕的貓兒，松鴉羽退後幾步，岩壁上方有山泉涓流而下，形成水塘，松鴉羽坐在水塘邊，伸長頸子，想舔幾口沁涼的水。

「我很高興沙暴好多了，」他對正要在他旁邊坐下的亮心說道，「可是她還有點咳嗽，希望她能在新葉季來臨之前完全復原。」

亮心點點頭。「小櫻桃也恢復以往生氣了，」她喵聲道，「其他貓兒也都熬過了白咳症的肆虐期。」

「對啊，」松鴉羽站起來，弓起背，伸伸懶腰，又坐下來用尾巴圈住四隻腳，「我寧願醫治傷患，也不願像前幾個月那樣處理那麼多病患。」

「我也是啊。」亮心的語氣誠摯。「至少不必擔心冰雲的肩傷會傳染給別的貓。」

松鴉羽發出愉悅的喵嗚聲。「真希望新葉季快點來，」他繼續說道，「天氣要是再暖和點，就能抓到更多獵物來幫忙部族恢復體力，藥草也會更多。到時兩腳獸巢穴那裡的植物也有機會再長出來。」只不過當他一想到他曾被迫拿藥草和影族交易，原本的好心情頓時消失殆盡，喉間忍不住發出低吼聲。

「怎麼了？」亮心問道。

「我只是想到，那時我必須拿貓薄荷去跟影族換回藤掌，哦，不，是藤池，就有點生氣，」松鴉羽告訴她，「我也很難過小雲生病了，但不能因為這樣就剝奪我們雷族用藥的權利啊。」

而且當時其他巫醫的態度也讓我很不爽，他在心裡對自己這樣說道，但不願明白告訴亮心。那時候別族的巫醫都聽從自家祖靈的警告，置身事外。**他們完全違背了巫醫世代以來的合作傳統。**之後他又捫心自問，自己還不是一樣，也不想給小雲藥草。**但情況不同**，他頑固地告訴自己，**我得把族貓的健康擺在第一位啊。**

附近的興奮尖叫提醒了松鴉羽，冰雲和薔光有點玩過頭了。

「我去跟她們說，」亮心用尾尖輕碰他的肩膀，喵聲說道。「嘿，妳們兩個別鬧了！冰雲，妳想在這裡一直待到綠葉季嗎？」

「可是我們玩得正起勁！」冰雲抗議道。

松鴉羽把她們留給亮心處理，自己則踱步走到巫醫窩洞口，坐在刺藤簾幕旁。入口處進進出出的貓兒們，早就將原先擋在前面的山毛櫸枝葉踩平，現在他又可以在洞口吹到風了。

該是清掉這些枝枝葉葉的時候了，每次進出，都不知道腳該往哪裡踩，這種感覺真討厭。

他抬起頭探查山谷裡的動靜，鬍鬚微微顫抖。

罌粟霜正把小貓聚攏起來，趕回窩裡。太陽下山了，原有的一點暖意也跟著消失了。沙暴從戰士窩裡出來，爬上亂石堆，去找窩裡的火星。荊棘隧道口附近，獅焰和煤心正在教剛誕生的戰士如何守夜。

營地裡很平靜，但松鴉羽耐不住想出去走走的衝動。他知道他想去哪裡。他想去查探冰雲跌下去的那個地洞。他幾乎感覺得到在地底下，到處都是迷路的貓兒，他們沒能離開地道，成為所謂的利爪。

還有磐石！磐石或許也在那裡！

松鴉羽想起以前他想從湖裡救起焰尾時，那隻古代貓曾來告訴他，他的死期還沒到。也許這表示磐石會再和他說話。

「別忘了保持安靜。」獅焰的聲音從營地另一頭傳進松鴉羽的耳裡。「不過這不表示妳們不能互相幫忙，如果其中一個看起來快睡著了，另一個要設法叫醒對方。」

「好了，妳們去吧。」煤心喵聲道。

松鴉羽聽見兩位新戰士爭先恐後地鑽進荊棘隧道。煤心則往戰士窩的方向走去，獅焰轉身跟著她，松鴉羽站起來，跳了過去，擋住他的去向。

「帶我去那個地洞。」他要求道。

「你確定？」

「我當然確定。」松鴉羽甩打著尾巴，「你以為我是問假的啊，鼠腦袋！」

「好啦，好啦，」獅焰氣呼呼的，「你不用吹鬍子瞪眼，我陪你去就是了。」

「那我們走吧。」

松鴉羽跟在哥哥後面，走進林子，同時察覺到正守在山谷入口處的兩隻母貓身上傳來好奇的味道。他心想若不是礙於守夜不能出聲，她們一定會開口問的。

「我們有……有點事要辦。」獅焰喵聲對新戰士說道。

松鴉羽哼了一聲。**說得不清不楚，反而更容易讓她們起疑！**「是巫醫的事啦。」他厲聲道，「所以我得找戰士陪我去。」

他感覺得到當他跟獅焰往兩腳獸舊巢穴走去時，兩隻母貓一直目送著他們的背影。等到終於進入矮樹叢，脫離視線之後，他才覺得鬆了口氣。可是當他跟著哥哥走下舊轟雷路，轉進斜坡時，又感覺到自己的腳步沉重了起來。太多回憶在他心底縈繞，他彷彿又聽見冬青葉逃進地道的聲音，高漲的地下水在她身後怒吼。

我們阻止不了她，她就是不理會我們的警告。

松鴉羽感覺到獅焰溫暖的毛髮輕輕刷拂著他，瞬間將他拉回現實。「靠得近一點，」他的哥哥低聲道，「這裡的路很難走，還有刺藤。」

松鴉羽覺得獅焰不是怕這條路對他來說太難走，而是和他一樣想起以前種種，心裡不安。彼此靠近或許可以好過一些，不過松鴉羽此刻並不想去探查他哥哥腦海裡的回憶，因為他不願一遍又一遍地重溫那可怕的一刻。

有一次經驗就夠了，更何況這種經驗會讓你一輩子也擺脫不了。

「我們正經過舊的入口，」過了一會兒，獅焰這樣喵聲道，「至少我認為是在這裡。不過現在全長滿了刺藤，不會再有貓兒從這裡進入地道。」

兩隻貓兒又爬了幾條狐狸尾巴長的距離。松鴉羽感覺到腳下的地面愈來愈平坦，於是愈走愈快，幾乎變成小跑步。

「小心點！」獅焰喊道，在松鴉羽的鬍鬚才觸到臨時堆在洞口四周的圍籬時，獅焰便立刻將他推開。

「你自己才要小心點，」松鴉羽站穩身子，嗆了回去，毛髮豎得筆直。他伸出一隻爪子去碰，發現圍籬搖搖晃晃的。「我想塵皮和蕨毛應該會蓋一座比較堅固的圍籬吧。」

「他們已經開始進行了，」獅焰喵聲道，「只是沒辦法馬上完成，我們現在還是可以下去。」

「那好。」

「但是得讓我先下去，」獅焰繼續說道，「你等我，我先看看裡頭的情況怎樣再說。」

松鴉羽張開下顎，很想尖酸地反嗆回去：**我又不是小貓，不必照顧我。**但又把話吞了回去。獅焰的聲音聽起來緊張又憤怒，松鴉羽猜想他應該是想起了冬青葉，而不是在擔心他的瞎眼弟弟。他聽見獅焰鑽進臨時的圍籬，樹枝喀噠作響。他也跟了進去，小心摸索著洞口邊緣，鬍鬚微微顫抖。

「小心點！」獅焰警告他。

「我是很小心啊。」松鴉羽嘴硬回道，同時繞著洞口走，想確定地洞有多寬。他探頭進去大喊一聲，仔細傾聽從地底下傳來的回音。「很深，」他咕噥道，「難怪冰雲爬不出來。」他的耳朵往前彈，想聽聽地底下的流水聲，但今天什麼也聽不見。**水位一定很低。**

「我必須下去，進到地道裡。」松鴉羽大聲說道。

他聽見他哥哥無奈的嘆氣聲。「我覺得你是個十足的鼠腦袋。」獅焰的聲音帶著怒氣，但也有恐懼……恐懼若太追根究柢，恐怕會發現什麼。

「難道你不想知道真相嗎？」松鴉羽問他。

「什麼真相？」獅焰質問他，「都已經瞞了這麼久，乾脆永遠瞞下去算了。冬青葉已經死了，我們兩個都知道這樣的結果也好，何苦再去翻陳年舊帳呢？」

松鴉羽伸長尾巴，碰碰哥哥的肩膀。「山坡底下的這些洞穴早在四大部族還沒來定居前就已不是祕密，」他喵聲道，「那底下是沒有任何祕密的，完全沒有。」

松鴉羽總覺得地底深處，好像可以聽到落葉的微弱聲音，祂也是因為沒能成為利爪，而被永遠困在地道裡。

「救救我，快救我出去！」那隻古代貓的聲音還在迴盪。

獅焰重重地嘆了口氣。「你想怎樣就怎樣吧。不過如果你堅持要下去，你不可以自己去，得由我陪你下去。」他站在松鴉羽旁邊，探頭查看。「太深了，不能直接跳下去，」過了一會兒又說道，「除非我們想像冰雲那樣扭傷肩膀。」

「那就用他們拉冰雲和鴿翅上來的常春藤好了。」松鴉羽提議道。他急著想下去，快失去耐心，心裡急得很。「那條藤蔓還在嗎？」

「在啊，」獅焰回答道，「可是它撐不住你的重量，更何況是我的。我們得想想別的辦法。」

松鴉羽聽見獅焰躍過圍籬，樹枝東倒西歪的聲音。他沮喪地摳摳洞口邊緣鬆軟的泥土，心想，**如果他再不想點辦法，我就直接跳下去算了。**

這時他聽見哥哥回來的聲音，好像拉著什麼很重的東西。他把它從東倒西歪的圍籬上方拉過來，重重地丟在松鴉羽旁邊。

「我在地上找到一根大樹枝，」獅焰氣喘吁吁，「可以把這一頭放進洞裡，再順著爬下去，像爬樹一樣。」

松鴉羽等著哥哥把大樹枝伸下去放好，情緒隨著心跳愈來愈不耐，最後終於聽見獅焰發出滿意的聲音。「好了，為了安全起見，我先下去。」

木頭的嘎吱聲響告訴松鴉羽，此刻的獅焰正在往下爬。他緊張到爪子都戳進鬆軟的土裡了，毛髮豎得筆直。

「我到下面了！」獅焰的聲音從地洞裡傳來。「來吧，那根樹枝離你站的地方大概有一條尾巴長的距離。」

松鴉羽摸索著前進。他最恨這種無助感，至少別的貓都看得到哪裡有危險。

但這可是你自己要求的，不是嗎？你這個鼠腦袋！快爬下去吧。

松鴉羽終於摸到樹枝，爪子戳進去，笨拙地攀了上去。枯葉摩擦著他的毛髮，他的重量壓得樹枝上下晃動，他只好倒著身子慢慢爬下去。

「就是這樣，你做得很好。」獅焰喊道。

他發現愈往下爬，枝幹愈粗，上頭還有節瘤可以牢牢抓住，於是放下了心，速度開始變快，直到被一根小樹枝戳到，害他差點鬆手，放聲大叫。

「你還好嗎？」獅焰問道。

「不好！你找的樹枝刮到我的皮了！」松鴉羽穩住自己，又開始往下爬，直到獅焰喊道，「你快到了，現在可以跳下來了。」

松鴉羽一躍而下，笨拙地跌在鬆軟的土堆上。他蹣跚爬起，吁口氣。「總算到了！」

「我不確定這主意好不好，」獅焰咕噥道，「下面真的很暗。」

對我來說沒什麼差別，松鴉羽心裡想道。**反正不管暗不暗，瞎眼貓看到的都一樣。**

陳腐的冷空氣突然迎面襲來，傳來曾經住在這裡的古代貓，他們的低語與幽冥的回憶。

「等一下，」松鴉羽聽見爪子摩擦岩石的聲音，知道獅焰正在搬開舊入口前面的石堆。

「你在做什麼？」

「把上次塌下來的石塊搬開啊，」獅焰吼道，「反正都下來了，就乾脆看看裡頭到底有什麼。」

可是你真的想看到你找到的東西嗎？松鴉羽沒有大聲問，因為他很清楚哥哥已經決定了，多說無益，於是蹲在獅焰旁邊，也用爪子去挖那些土塊與石頭。堅硬的土塊弄傷了他的腳爪，隨著時間分秒過去，他的腿開始痠痛。連身邊的獅焰都氣喘吁吁。

這不是愚公移山嗎！

松鴉羽總覺得他隨時可能挖出冬青葉的屍體，摸到她柔軟的毛髮。他的腦海裡迅速閃過各種腐臭氣味，但什麼也沒聞到，只聞到土石和地下水的味道。他停止挖掘，張開下顎，小心舔聞空氣，仍然沒聞到姊姊的味道。

獅焰推開一塊大石頭，停下動作。「我好像看見什麼。」他喵聲道。

「什麼？是……？」

「不是，」獅焰的聲音緊繃，「只是一坨毛……黑色的毛。」

「冬青葉的毛……」松鴉羽呼了口氣。

「那時她被落石砸到。」

「但她不在這裡面。」松鴉羽努力穩住自己的聲音。「如果她被這裡的石頭砸到，但又沒被埋在這裡。」他轉身朝地道深處的方向仔細傾聽。只聽見古代貓的低語聲，而且微弱到根本聽不清楚究竟在說什麼。就算他們知道冬青葉的下落，也不會告訴他。

「你知道這代表什麼，是不是？」獅焰湊近松鴉羽的耳朵說道，「冬青葉還活著！」

第四章

有那麼一瞬間，松鴉羽的胸口被喜悅漲滿。**我姊姊沒死！**剎那間，時光彷彿回到還是小貓時的育兒室時光，那時他們都相信松鼠飛是他們的母親，完全不知道有一天灰毛會威脅到他們的平靜生活。

但現實很快將他拉了回來。「我們也不能確定。」他說道。「因為冬青葉可能傷得很重，從這裡爬走，死在地道裡的某個角落，或者根本找不到路出去。」

「是啊，」獅焰語調悲傷，「我們兩個都知道要出去有多難，尤其風族又把他們那邊的入口封住了。」

「就算她活著出去了，能去哪裡？」松鴉羽試圖想像他姊姊爬出地道，甩掉身上砂土，也許坐了一會兒，先清乾淨傷口。然後接下來她會做什麼呢？她不可能再回雷族。就算沒有貓兒知道灰毛是被謀殺的，冬青葉也無法接受葉池是她的親生母親，而風族的鴉羽是她親生父親的事實。她更無法忍受她向來信任的貓兒竟然欺騙了她，害她不得不放棄過去的學習成果，再也無法成為雷族戰士。

「她不可能再回雷族。」他低聲道。

「可是她很擅長狩獵，也懂得打鬥，能保護自己，」獅焰直言道，「所以可能在某個地方以獨行貓的身分定居下來也說不定。」

松鴉羽搖搖頭。「部族……戰士守則……這些都是冬青葉最在乎的。」**再說……**他對自己說道，**如果她還活著，我怎麼可能感應不到她呢？我應該感應得到才對。**

「來吧，」獅焰催他道，「我們去看看這些地道，瞭解一下這裡頭發生過什麼事。」

可是松鴉羽畏縮不前。古代貓的低語聲愈來愈大，他聽見了腳步聲，而且比以前還要雜沓。落葉一直在找出口，一心想當上利爪。松鴉羽回想有一次他穿過地道，竟發現自己回到前世，成為古代貓之一，當時的古代貓正在苦惱要不要離開家園，前往遠方的山裡定居。他們猶豫不決，最後因為松鴉羽丟出贊成的石頭而離開了湖畔。

我該對落葉說什麼呢？祂知道祂的夥伴們是因為我才拋棄了祂嗎？

「你還在等什麼？」獅焰質問道。他已經站在地道口。松鴉羽心不甘情不願上前一步，與他會合，結果突然一大顆雨滴掉在他頭上，他立刻停下來。

「下雨了，」他喵聲道，「我們現在不能下地道，太危險了，地下水可能會漲起來。」

「老鼠屎！」獅焰低吼道。

松鴉羽有點不好意思，因為他不像哥哥那麼生氣，反而有種解脫的感覺。等到他和獅焰一前一後地攀住樹枝往上爬時，雨勢更大了。當他們都爬出洞口，已經變成傾盆大雨，他們的毛全沾滿泥巴，溼漉漉地黏在身上。

松鴉羽全身發抖地站在一旁，獅焰大喝一聲，用力抬起整根樹枝，丟進地洞裡。「好了，」他氣喘吁吁。「這樣一來再也不會有貓兒在裡面迷路了，到了早上，塵皮和蕨毛就會蓋好這裡的圍籬。」

松鴉羽跟著他哥哥走回營地，雨水不斷打在臉上，他們穿過泥地，泥水濺溼了矮木叢。等到抵達入口時，他發現藤池和鴿翅雖然還在值勤，但都瑟縮躲進荊棘圍籬底下避雨。連他們穿過隧道，往窩裡各自走去時，她們都沒察覺到。

「這件事我們以後得再討論一下。」獅焰和松鴉羽分手前，這樣咕噥說道。

松鴉羽胡亂地點點頭。經過地洞裡的那番折騰，又沒找到冬青葉的屍骨，再加上回來的路上淋雨，他簡直累壞了。

松鴉羽穿過刺藤簾幕，蹣跚地走向臥鋪，薔光這時坐了起來。「你去哪裡了？」她喵聲道。

「出去走走。」松鴉羽草草回答後，才發現窩裡只有一隻貓的味道。「冰雲呢？」

「她回戰士窩了。她說她在那裡也可以休息。」

松鴉羽聳聳肩。他累到不想開口罵那些戰士。他們總是自以為懂得比巫醫多。他決定早上再過去看看冰雲。

「你全身都溼了，而且都是泥巴。」薔光大聲說道。

是啊，連爪子也髒了！這麼明顯的事還用妳來告訴我嗎？

「沒關係啦。」松鴉羽大聲回答。

「不，有關係，」薔光堅持道，「你全身溼得像隻淹死的老鼠，站都站不穩。你過來，我幫你舔乾。」松鴉羽沒回答，於是她淘氣地加上一句，「我答應你，我不會纏著問你去了哪裡。」

松鴉羽累到不想爭辯，拖著腳步朝薔光走去，啪地一聲躺了下來。過了一會兒，他感覺到她的粗糙舌頭正在舔他，很有節奏地來回舔乾肩上的毛。有那麼一瞬間，他突然不好意思起來，竟然輪到她來照顧他，不過她真的舔得他很舒服，舒服到都打起瞌睡來了，心裡卻也不免納悶，他的母親以前也曾這樣舔過他嗎？

可是是哪一個母親呢？葉池還是松鼠飛？

他好像看見有張臉正低頭看他，一開始他以為是葉池，但模模糊糊地又變成了松鼠飛，最後換成冬青葉，綠色眼睛炯炯地盯著他看。松鴉羽倏然驚醒，半坐起身子，發現毛髮都乾了，整個身子輕鬆許多。

「你還好嗎？」薔光焦急的聲音點醒了他身在何處。

「我沒事。」松鴉羽嘆口氣。他突然好希望能找誰傾吐一下心事，不是跟星族的貓兒傾吐，而是像獅焰那樣找到一位像煤心一樣的好朋友。可是他不認為薔光可以當他的好朋友。

「你一定累了，要為族裡做這麼多事，還得守住星族所有的祕密。」她喃喃說道。

星族的祕密可比我們的祕密簡單多了。

「我是個巫醫，這是我分內的事，」他回答道，「妳不必為我心煩。」

「是啊，」薔光的聲音低到松鴉羽都不太確定她這句話是否另有含意，「反正我這輩子是沒用了，不是嗎？」

松鴉羽站了起來，他知道雖然薔光經常幫忙他處理巫醫方面的工作，但終究彌補不了她當不成戰士的遺憾。「謝謝妳幫我把毛舔乾。」他喵聲說完便緩緩走回自己的臥鋪。

蜷伏在蕨葉叢裡的松鴉羽睜開眼睛，驚覺自己竟然回到了地洞。雨已經停了，洞外的天邊有雲彩快速飛掠而過，但松鴉羽卻感覺不到一絲絲風的動靜。他往地道深處走去，發現前面有微弱的光影，彷彿是頭頂上的星光透過土石的細縫滲了進來。他繼續往前走，豎直耳朵，捕捉任何可能的聲響，但空氣裡只有寂靜迴盪著。

古代貓都到哪兒去了？

松鴉羽繼續朝發光處走去，直到抵達地下水流經的洞穴。現在的水勢看起來有氣無力，黑漆漆地流淌在岩石之間，水位不像上次那麼高，也沒有憤怒的激流。他抱著一絲希望，抬頭望向磐石常坐的那塊岩架，卻無絲毫磐石的蹤跡。

微弱的腳步聲從松鴉羽身後響起。他立即轉身，看見一個模糊的身影從另一條地道走來。

「落葉嗎？」他喵聲道。

「不是。」一個熟悉的聲音厲聲回道。

「磐石！」

古代貓朝松鴉羽走來，又彎又長的爪子喀噠喀噠地敲打地面。磐石的兩隻瞎眼凸在外面，光禿的身子裹著一層慘白的光影，神情肅穆地站定在松鴉羽面前。

「你為什麼折斷我的棍子？」磐石問道。他的語調不帶憤怒，也不帶悲傷，松鴉羽完全聽不出來他的情緒。

「我……我想找祢說話，但老是找不到祢。」松鴉羽說得結結巴巴。「那麼留下那根有刮痕的棍子又有什麼用？」話雖這麼說，但其實他知道那根棍子的功用不只如此。

「我一直都在這裡，」磐石回答道，現在松鴉羽終於聽出來他的語調悲傷。「我有話要對你說的時候，自然會去找你，不用你召喚我。」

松鴉羽垂下頭，覺得自己像隻偷偷溜出營外的小貓，正在被責罵。

「那個棍子代表你們的過去，」磐石繼續說道，「你不能把它丟了，歷史就在你四周上演。曾當過戰士的貓兒，還會再回來成為戰士。」

松鴉羽繃緊全身，爪子刮著岩地。「祢是指冬青葉嗎？」他急忙問道，「祢看到了她嗎？她還活著嗎？」

磐石眨眨眼睛，松鴉羽突然想到這隻古代貓的灰色盲眼其實看得到他，不禁全身起了個寒顫。「你的過去就在那座山裡，」磐石告訴他，「那兒是我出生的地方，也是貓兒們曾回去的地方。你必須再回到那裡，完成整個輪迴。」

「回到急水部落？」松鴉羽焦急問道，「他們有麻煩了嗎？」

磐石沒有回答。這時他身後的石塊突然發出聲響，松鴉羽分心去看，等回神過來，古代貓已經消失不見。

「磐石！」他大喊道，但只聽見自己的回音，最後一切歸於寂靜，沒有答案。

松鴉羽站在水邊，心情沮喪，突然聽見輕微的腳步聲朝他接近，他環目四顧，看見一隻黃白相間的年輕公貓從地道裡出來。

落葉朝松鴉羽走過來，垂下頭，眼裡盡是哀傷。「你好，松鴉翅。」祂喵聲道。

松鴉羽聽見落葉喚他前世的名字，不禁神經繃緊。「你好。」

「其他貓兒都已經離開了，是不是？」

祂的語調平靜，不像是在指控什麼，松鴉羽更覺得有罪惡感，因為他在前世曾力促大夥兒離開湖畔。**不知道落葉曉不曉得我做了什麼？**「是的，他們都走了。」他承認道。

「我感覺得到他們已經離我而去，這種感覺很空寂。」落葉喵聲道。「可是你的貓兒還在這裡。來吧，我帶你去找他們。」祂沒等松鴉羽回答，便逕自穿過洞穴，進入另一條地道的入口。松鴉羽猶豫了一下，才跳著追上去。

落葉帶他沿著地道走，松鴉羽原本以為不可能走得出去，沒想到竟又回到洞口那根樹枝前面。**落葉當然找得到路……畢竟祂已經在這裡這麼久了，自然知道捷徑在哪裡。**

松鴉羽一想到又得獨自留下祂，頓時感到一陣於心不忍。「跟我一起走。」他催促道。

落葉搖搖頭。「我們都知道不可能。」祂抬頭仰望天空。雲已經散了，天上的星族戰士正發出冷冽的光芒。「這些星星還亮著，」落葉低聲說道，眼裡有著驚訝，「我還以為我再也見不到他們了。很高興他們都還在，感覺好像從來沒有離開過。歷史一直在我們四周上演。」

松鴉羽嚇一大跳。**磐石也說過同樣的話。**

「你的天命在那裡，是不是？」落葉用尾巴指著天空，喵聲道。「你不屬於這裡。」祂伸出尾巴，松鴉羽也抬起尾巴碰觸祂的。

「祝你好運，我的朋友。」落葉繼續說道。「只要你需要我，我隨時在這裡。」

「謝謝祢。」松鴉羽低聲道。他小心走過鬆軟的土石堆，爬上那根樹枝，等他再低頭朝洞裡看時，落葉已經走了。「嘿，落葉！」松鴉羽渴望再見他一面，於是朝洞裡探下身子。

這時他感覺到有種尖銳的東西正在戳他。他倏地睜開眼睛，視線變回黑暗，他才知道自己正斜躺在臥鋪邊緣，側臉靠在巫醫洞的地上。

「松鴉羽？」薔光的聲音像被蒙住了，松鴉羽發現原來是她叼著一根棍子戳他。

「別戳了。」他咕噥道，坐起身來，甩掉身上的青苔屑。

「你剛剛好像做了噩夢，」薔光喵聲道，現在她的聲音清楚多了。「你說了一些很奇怪的話……什麼落葉啊落葉的……你到底怎麼了？」

松鴉羽沒有回答她的問題，勉強站了起來，搖搖晃晃地穿過刺藤簾幕，走進營地，差點撞上正要去獵物堆吃東西的鼠鬚。年輕公貓匆匆繞過他，松鴉羽嘴裡咕噥著對不起。

他經過育兒室，罌粟霜的小貓們正翻來滾去，尖聲叫嚷，而他們的母親坐在旁邊看著他們。藤池和鴿翅從荊棘隧道裡出來，蹣跚穿過空地，朝見習生窩走去，她們站了一晚上的崗，此刻都是腳步沉重，筋疲力竭。

有那麼一瞬間，松鴉羽奇怪她們怎麼還是回以前的見習生窩，後來才想到是因為戰士窩的空間太小，不夠住。**還好現在已經沒有見習生了，她們應該可以好好睡一覺。**

站在山谷中央的他，聽見棘爪正抬高音量，向今天的第一班巡邏隊下達指令。「灰紋，這支黎明巡邏隊交給你指揮，你帶松鼠飛、樺落和亮心一起去。」

「我們馬上出發。」灰紋回應道。

「注意一下影族邊界，」棘爪警告他，「我們不想多惹麻煩。」灰紋的巡邏隊離開後，副族長又繼續說道：「刺爪，你可以組支狩獵隊，沿著風族邊界的溪流走，河岸邊可能還有些獵物。」

「好的，棘爪，要我帶誰去？」

副族長猶豫了一下才說道：「花落、莓鼻和獅焰。煤心，妳帶另一支狩獵隊往湖那裡去……」

松鴉羽一聽見哥哥的名字被點到，便顧不得棘爪後面說了什麼，急忙穿過營地，攔住正往荊棘叢走去的獅焰。「獅焰，等一下，我們得去山裡！」

「什麼？」獅焰表情驚訝且不安。「松鴉羽，我正要去巡邏，你不能這樣突然要求我去做別的事情。」

松鴉羽無所謂地彈彈尾巴。「我做了個夢，」他執意道，「我們的天命就在那裡。」

他感覺到獅焰開始有興趣了。「這是來自星族的夢嗎？」

「不是，是一隻比星族還要古老的貓說的，我認為祂知道那個預言是從哪裡來的。獅焰，我們一定要去。」

第五章

藤池跌跌撞撞地走進窩裡，噗通一聲躺在青苔和蕨葉鋪成的臥鋪上，累到以為腳上的爪子會掉光。「總算結束了，我可以睡上一個月。」

「可是很值得啊。」鴿翅緊挨著她妹妹躺下來。「我們當上戰士了！」藤池開心地往她溫暖的毛髮貼近，她趁機又輕輕說了句，「今晚別再去黑暗森林了，妳需要休息。」

這種事要是能自己決定就好了，藤池難過地想。鴿翅難道不知道去不去無星之地這種事，由不得她控制嗎？**要是能夠永遠不必再去那裡，要我付出什麼代價，我都願意。**可是她不敢說出來，她不想讓鴿翅擔心她的安危。

依偎在姊姊的體溫裡的藤池，漸入夢鄉。當她再度睜開眼睛的那一剎那，多麼希望看見的是熟悉的見習生窩和洞口懸垂下來的雜草，還有從穴縫裡透進來的陽光。然而，四周卻盡是黑暗森林慘白的幽光。她蹲伏在蕨葉叢的陰影裡，枯黃的蕨葉垂在她頭上。前方約一條尾巴遠的地方有條通往矮木叢的曲折窄徑。

藤池長嘆一聲。**早就知道會這樣。**

她還沒移動身子，便聽見有喵嗚聲朝她接近，好幾隻貓正穿過矮木叢。藤池等著看誰先衝進空地裡。

「你有沒有看到薊爪教我的那一招？」風皮誇口道。「等有機會，你看我怎麼拿來對付雷族那些癟三。」

「薊爪太厲害了。」他的同伴陽擊跟在風皮後面走進空地，旁邊還跟著一隻毛色灰白相間的見習生，但藤池不知道對方是誰。「實在很難相信他以前竟然是雷族的貓。」

風族貓根本沒注意到藤池，他們從她身邊跑了過去，身影消失在遠處。**這是當然的，現在已經是黎明，**她心想道，**他們都要趕回去。**正當她要走出蕨葉叢時，突然聽見更多貓兒的腳步聲朝她接近，而且還聞到影族的味道。

虎心！

藤池只得繼續躲在陰影處，虎心這時繞過附近的刺藤叢，緩緩朝她走來。鼠疤和蘋果毛跟在身邊。虎心愈走愈靠近，最後停住不動，要他的同伴先走。一直等到他們走遠了，他才一張一合著他的鼻孔。

「我聞到妳的味道了，」他終於說道，「沒必要再躲了。」

藤池從陰暗的蕨葉叢裡跳出來，面對虎斑戰士。「我沒有躲，」她反駁道，「我才剛到。」

「那妳在這裡做什麼？」虎心冷冷地問她。「妳以為妳別的時間來，就躲得掉我嗎？不過現在是想躲也來不及了，」他不等藤池回答，繼續說道，「我知道妳的真面目是什麼，妳想要是鴿翅知道妳曾想殺掉一隻無辜的貓，她會怎麼想？」

藤池一想到那個恐怖的瞬間，當場愣住，那時星族的焰尾無意中走進黑暗森林，碎星要她殺了祂，以示自己的忠誠。

要不是虎心打斷，我真的會殺了祂嗎？

「我沒有選擇的餘地……」她開口道。

虎心尾巴一揮，打斷她的話。「妳當然可以選擇。」他斷聲道。

她的怒火像野火燎原，突然升了上來。「你意思是，就像你選擇利用我姊姊找到雷族的藥草一樣？難怪她不想再見到你！」

「我沒有利用她。」虎心的琥珀色眼睛頓時陰暗下來。「不過我也不期望妳相信我。」他扭頭一轉，趾高氣昂地跟著他的同伴走了。

藤池看著他消失在小徑彎處，這才轉身朝另一個方向走。不過才走了幾條狐狸尾巴的距離，就在轉彎處的荊棘叢那兒差點撞上薊爪。

「真高興又見到妳，」灰白相間的戰士喵嗚說道，「藤掌，很高興妳最後決定加入我們。」

「我的名字叫藤池，」她很驕傲地糾正他，「我現在是戰士了。」

「在這裡不是，」薊爪告訴她，「我說了才算。」他的語調諷刺。「但如果妳肯不嫌麻煩地準時來這兒報到練習，應該很快就能當上戰士了。」

「我剛剛去守夜。」儘管藤池的胃不斷翻攪，但還是把頭抬得高高的。

「跟我來。」薊爪只是這樣回答她，然後離開小徑，帶著她穿過矮木叢來到一處空地，空地四周都是結瘤的橡樹，中央堆著幾根樹幹，上頭覆著黏滑的青苔還有灰白的真菌，看上去像是正散發著慘白的光。

「現在……」薊爪開口道。但他的話隨即被穿過蕨叢而來的貓兒聲響打斷。藤池聞到風族的味道，不一會兒，蟻皮衝了出來。

「對不起，薊爪，」他氣喘吁吁，「一星派我去夜間巡邏。我才剛入睡而已。」

一股寒意頓時襲上藤池。蟻皮跟她一樣，也是整夜沒睡。在那個清醒的世界裡，現在已是白晝，禿葉季時，灰濛濛的陽光會斜灑進林間，但黑暗森林裡還是漆黑一片。

這裡永遠是黑夜嗎？她有點好奇。

「我有個新任務給你，」薊爪喵聲道，根本無視蟻皮的道歉。「看見地上堆那些樹幹了嗎？你去那裡展開攻擊，至於妳……」他轉身面對藤池，灰白斑駁的口鼻只離她的臉一隻老鼠的距離。「就負責防守。蟻皮，如果你能把藤池逼上木堆頂，就算你贏了。」

薊爪尾巴一彈，藤池立刻銜命跳上最下面的一根樹幹，全身上下不由得亢奮起來，隱約有種期待。她非常自豪自己的戰技。**我會讓這位風族戰士嚐嚐雷族貓的本事。**

蟻皮朝她撲來，像在族裡受訓一樣沒有使用爪子。藤池撐起後腿，伸出前爪朝他耳朵猛揮，當然爪子也沒有出鞘。蟻皮退後一步，又撲了上來，試圖從旁邊撞她，使她失去平衡。藤池俐落地側身一閃，朝他肩膀輕輕揮出一掌。

「搞什麼啊？你們是小貓嗎？」薊爪咆哮道。「我要你們真的打起來！」

蟻皮再次攻擊，這次利爪出鞘，尖牙盡出，飛撲上來，試圖咬她頸背。藤池朝他揮掌，卻被他爪子戳到腰腹，頓時一陣痛楚。他離她太近了，以致於她的那一掌完全落空，而且當她奮力想掙脫時，蟻皮便趁機把她推擠到上面的一根樹幹。

薊爪發出嘶聲。「現在雷族訓練出來的戰士就只會這一點皮毛嗎？」

藤池憤怒地撲向蟻皮，尖喊聲震耳欲聾。可是當她跳起來的時候，腳爪竟在灰白色的真菌上打滑，身子笨拙地跌了下去，撞上最低處的樹幹，口沫噴飛。藤池想趕快爬起來，以免蟻皮再度攻擊，但抬頭一看，只見他退到一旁，打算等她起來之後再繼續打。

藤池朝他點點頭，表示感激，好不容易站了起來，但還沒展開攻擊，薊爪就從她身邊一躍而過，露出尖牙，怒聲一吼。蟻皮瞪大眼睛，不斷後退，試圖拉開距離，遠離憤怒的戰士，最後竟被逼到木堆頂，搖搖晃晃地想站穩腳步。

「膽小鬼！」薊爪出言奚落，前掌朝他用力一揮。「拿點膽子出來，行不行？」

蟻皮怒吼一聲，撲上灰白相間的公貓，尖牙戳進薊爪的頸背，利爪劃過對方肩膀。但薊爪把他像枯葉一樣甩掉，壓制在樹幹上。蟻皮的後腿不斷踢打，扯落了薊爪好幾坨腹毛。

「這樣還差不多！」薊爪咆哮道。「現在你給我像戰士一樣好好打架！」

他的爪子用力戳進蟻皮肩膀，不斷搖晃他。藤池驚駭看見風族戰士身上的毛髮染成血色，溫熱的血腥味瞬間灌進她的喉嚨。

「薊爪，夠了！」她吼道。

戰士沒理她，反而伸長頸子，露出尖牙，咬住蟻皮的頸背，把他往木堆底下用力一丟，重重跌在藤池前面。

蟻皮虛弱地動了動身子，想站起來，但呻吟一聲後又趴了下去。驚恐萬分的藤池蹲在他旁邊，伸掌撥他毛髮，想知道到底哪裡流血了。

「別理他！」薊爪在木堆頂喝斥。「他已經輸了！」

「可是他受傷了。」藤池反駁道。

「他會好起來的。」戰士吼道，說完步下木堆，朝兩名年輕戰士走來。

藤池趁他還沒走過來之前，趕緊彎身在蟻皮耳畔說道：「快醒來，你不是真的在這裡，你正躺在風族自己的臥鋪裡。」

薊爪的腳步聲愈來愈近。

「快點回去。」藤池嘶聲道。

蟻皮出聲嗚咽。藤池伸掌摸摸他肩膀，只聽見他長嘆一聲，雙眼緊閉，沉沉睡去，身體微微抽動，漸漸消失不見，只在草地上留下一灘血。

這時薊爪已經跳回地面，綠色眼睛燃著熊熊怒火。「膽小鬼！」他呸口道，兩眼瞪著蟻皮剛剛消失的地方。「風族貓跑得快……就是為了逃命嗎？」

「我早就知道他跟狐狸一樣狡猾。」藤池很清楚自己必須附和薊爪。「怎麼辦，我現在沒有對手可以練習了。」

「哦，不，妳有。」薊爪目光轉向她，伸舌舔舔嘴巴，彷彿在等著一隻肥美的獵物入口。「妳可以找我練習啊。」

藤池的心狂跳，好像心臟隨時會從嘴裡蹦出來。「好啊。」她喵聲道，聲調裝得很熱衷。但她還沒來得及喘口氣，戰士就撲上來，她一個重心不穩，跌在地上，被他壓制住，肩膀還被他的利爪狠狠劃過。藤池故意癱軟身子，直到感覺薊爪放鬆了戒心，不再使力，立刻扭身從底下掙脫，逃開時，還順道往他腰腹迅速補上幾拳。

她覺得頭昏腦脹，四條腿像石頭一樣沉重，但薊爪的怒號聲使她不得不打起精神。只見他旋身一轉，準備再度攻擊，她趕緊蹲下來，伺機等候，尾巴左右甩打。薊爪縱身一躍，藤池立刻往前一滑，鑽進他腹部下方，從後面鑽出，反身揮爪猛擊對方的後腿。他的尾巴往她臉上一掃，她趁機狠狠一咬，他立刻慘痛哀叫。她得意極了。薊爪扯回尾巴，迅速轉過身來，速度快到無法想像。藤池睜大兩眼瞪著他，但過度疲憊令她的視線有些模糊，她揣測他會從哪裡撲上來。突然他騰空一躍，她趕緊閃開，他卻伸出一隻爪子，猛地一揮，她應聲倒地，和他在草地上扭打翻滾，爪子互戳彼此，尖聲大叫。

藤池抬頭抵住薊爪的頸子，將尖牙用力戳進他的喉嚨。他呼聲一吼，用力推開，害藤池砰地一聲撞在木堆下方。藤池氣喘吁吁地爬上木堆，青苔和真菌被她蹬得四處飛濺，沾上毛髮，她終於站上木堆頂端。

「我贏了！」她大喊道。

薊爪從地上爬起來，瞪著她看。「站上木堆頂的是輸家，妳這個鼠腦袋！」他呸口道。

「可是不是你逼我上來的，」藤池得意洋洋地說道，「是我自己爬上來的。而且我還打算從這裡跳下去，撲在你身上，所以是我贏了！」

「規則是我訂的……」薊爪開口道。

「那位年輕戰士說得一點也沒錯，」一聲低吼打斷了他的話，楓影的黑影從一株老橡樹後方走了出來。藤池不免好奇她在那兒站多久了。「薊爪，你就認輸吧，去把你的傷口舔一舔。」

薊爪嫌惡地哼了一聲，趾高氣昂地轉身穿過空地，走進林子，藤池看見他走路有點跛，心裡暗自得意。

楓影緩步走到木堆底下，朝藤池彈彈耳朵，示意她下來。「我本來很懷疑妳的忠誠度，」藤池下來後，楓影這樣粗聲說道，「不過現在我的想法改變了，等到開戰時，妳可以和我一起聯手作戰。」

「什麼時候要開戰？」藤池問道，語氣故意裝作很熱衷，希望楓影能透露一點消息給她，好讓她回去向松鴉羽和獅焰稟告。

「沒那麼快，」楓影低聲道，眼裡閃過讚許的光芒，「妳或許擊敗了薊爪，不過在妳能打敗四大部族裡那些最有經驗的戰士之前，還有許多需要學習的地方。」

「我只想趕快讓自己準備好。」藤池再次向她保證。

「妳會的，」楓影保證道，「而且就快了……」

楓影和她點個頭之後，就離開消失在林子裡。藤池總算鬆了口氣，打鬥耗盡了她的體力，再加上睡眠不足，累得她癱倒地上，閉上眼睛，感覺到周遭的黑暗森林正慢慢消失。

藤池鼻子癢癢的，聞到乾青苔的土味，還有她姊姊身上熟悉的味道。她嘆了口氣，睜開眼睛。鴿翅還在睡，身子緊偎著她，其中一隻腳橫在她肚皮上。藤池不想吵醒她，小心地掙脫開來，一拐一拐地走進空地。天空灰濛濛的，但她相信現在應該快正午了。蕨毛、栗尾和蛛足在獵物堆旁閒話家常。蕨雲在育兒室入口那裡打瞌睡。長老窩的外面坐著波弟，旁邊是鼠毛。藤池猜想曾當過獨行貓的波弟一定正在跟鼠毛細數他那些千篇一律的故事。

棘爪從金雀花叢裡走出來，嘴裡叼了隻松鼠，後面跟著的樺落和白翅，也都各自叼著老鼠。墊後的玫瑰瓣則帶了隻田鼠回來。

這一切是如此平靜祥和，藤池心想。

但她的腦海裡老出現開戰後的畫面：貓兒尖聲嚎叫，利爪亂揮，血流成河，貓屍遍地，傷痕累累……

難道得靠我來阻止這場戰爭嗎？要是我阻止不了呢？我真的能救得了我的族貓嗎？

第六章

鴒翅坐在見習生窩外，趁大夥兒還在等著參加大集會，仍在她身邊走來繞去時，趕緊先梳洗自己。此時最後一道陽光正從山谷消失，圓月慢慢爬上夜空。鴒翅伸長脖子整理後頸毛髮，試著壓下牽掛的心情。**如果藤池能跟我一塊兒去參加大集會，該有多好。**

可是幾天前她們才成為戰士，藤池就在黑暗森林裡受了傷，現在仍在休養當中。那天鴒翅醒來，看見妹妹的傷勢時，簡直嚇一大跳，她的身體兩側和肩膀都有很深的爪痕，毛髮上也黏了血塊，傷勢嚴重到鴒翅得趕緊去叫松鴉羽過來處理。松鴉羽在傷口上敷了些蜘蛛絲和木賊，還幫她編了個謊言來瞞騙族貓，說她是掉到刺藤叢裡受的傷。

那時候鼠毛聽說藤池受傷了，似乎是讓她想起冰雲也曾掉進地洞裡頭，於是有好一陣子都在嘀嘀咕咕現在的小夥子行動太莽撞，而當時藤池只能默默地聽她數落，拒絕向任何貓兒透露她受傷的真正原因，就連對鴿翅也絕口不提。

鴿翅對藤池的事一直放心不下，既然大夥兒沒有馬上要走的意思，她乾脆溜回窩裡去看她妹妹。藤池蜷伏在臥鋪裡，抬起頭來，看見鴿翅滿臉焦慮地走進來。

「妳一定要答應我，今晚別再去黑暗森林了。」鴿翅懇求她。

「我沒有選擇。」藤池頑固地搖搖頭。「就算我有，也還是非去不可，因為我們對那場戰爭的瞭解還不夠多。」

「可是……」沮喪的鴿翅終於沒再說下去，她多麼希望妹妹能像以前一樣把心事都告訴她。**她還在生氣我以前沒把特異能力的事告訴她嗎？**「我只是很擔心妳。」

「我不會有事的，」藤池喵聲道，語氣有一絲高傲，「我可以應付得來。」

鴿翅強忍住心裡的一絲嫉妒。**就因為她做的這一切全是為了部族，便以為自己比我厲害了嗎？**「藤池，我只是想……」她開口道。

「鴿翅，原來妳在這裡！」棘爪的聲音打斷了她。鴿翅轉身看見雷族副族長從洞口的雜草下方鑽進來。「來吧，我們要走了。」

「對不起，」鴿翅喵聲道，「待會兒見，藤池。」她爬出窩外，跑向荊棘圍籬，族貓們都等在那裡，依序走進隧道。

「嗨，鴿翅，」榛尾跟她打招呼，「藤池還好吧？」

「她很好。」鴿翅回答道。

她瞄見煤心神情憂慮地朝她走來，心想可能是想問藤池的情況，但因為沒時間了，只得轉向走進隧道，鴿翅跟在後面。

火星腳步輕快地穿梭在林間。月亮在小徑上拉出長影，地上的青草和蕨葉都結了霜，在月光下熒熒發亮。鴿翅衝出林子，氣喘吁吁地站上通往湖邊的坡頂。銀白月光從小徑這頭漫向另一頭，微微波浪輕刷礫岸。

她跟著族貓們沿湖邊奔跑，穿越風族邊界的小河，水花四濺，一路往馬場前進。她想到這裡的河水曾被冰封，焰尾因掉進裂縫裡而被河水吞沒。更早之前，這座湖曾是一座大型的沼澤，僅有幾座逐日縮小的水坑零星散布其中，水坑裡的魚兒拍打求生，貓兒忍著饑渴，結夥尋找最後救命的水源。

一切都變得不一樣了，鴿翅終於明白，**除了那個預言以外，一切都變了，只有那個預言還是像以前一樣不清不楚。**

「嘿，鴿翅，」狐躍的聲音打斷她的思緒，「我跟妳比賽，看誰先跑到樹橋那裡。」

鴿翅暫時拋開煩惱，跟在他後面往前衝，終於在跨過河族氣味記號區的瞬間趕上他。他們比其他族貓更早到達樹橋終點，並雙雙停下腳步，上氣不接下氣。

「妳跑得好快！」狐躍語帶讚美，氣喘吁吁。

「你自己也不賴啊。」鴿翅回答道，尾巴彈彈他的肩膀。

其他族貓也都陸續到了，火星跳上樹橋，帶頭走向小島。鴿翅釋放出特異能力，發現其他三族早已抵達。不過她嗅到某種強烈的不安味道。她小心翼翼地爬過樹橋，越過湖岸，從巨橡樹附近的灌木叢裡走出來，但不安的感覺依舊不斷地從刺癢的腳底下傳來。

空地上，各族的貓兒焦躁地走來走去。鴿翅察覺他們都與各自的族貓為伍，不像以前那樣會在大集會上找別族的貓兒聊天。當雷族出現時，她感覺到一股敵意從影族那邊傳來。有一兩隻影族貓甚至伸長頸子，發出憤怒的嘶吼聲，或者故意轉過身去，背對他們。

鴿翅忍不住尋找虎心的蹤影，瞄見他藏在冬青樹的灌木叢底下，她的目光不小心與他的琥珀色眼睛交會，趕緊看向別處，全身不由得發燙。她永遠無法原諒這隻虎斑公貓竟然利用她取得松鴉羽的藥草。**害我變成影族的奸細。**

但是她同樣忘不了曾和虎心共處的時光，他們在影族領地邊緣兩腳獸的老巢穴裡嬉戲玩耍，他們的月光之約對她來說曾經比任何事情都來得重要。

「鴿翅？」她感覺到有誰正用尾尖輕觸她的肩膀，一轉身，看見了蜂紋。「別讓那些影族貓兒打壞妳的興致，」年輕公貓繼續說道，「他們本來就像狐狸一樣狡猾。」

鴿翅咕噥同意他的說法。蜂紋用耳朵指指雷族貓兒，於是她跟著他走近族貓身邊，但還是忍不住回頭看了虎心最後一眼。他正在和一隻她不認識的河族貓聊得起勁。

也許是黑暗森林的另一個戰士吧，她想到這裡，不禁打起寒顫。**我以前怎麼會這麼信任虎心？他終究是虎星的孫子，任誰都知道虎星很邪惡！**

她突然有點內疚，因為她想起棘爪也是虎星的孩子，**但棘爪一點也不邪惡，他是忠心耿耿的雷族副族長。**

現在四大部族的族長都已經在巨橡樹上就定位。火星在一根叉狀的樹枝上落腳，試圖穩住身子。起初鴿翅完全看不到黑星，直到瞄見他藏身在一根大樹枝的枯葉叢裡，樹影斑駁，灑在他白色的身子上，而他的眼睛閃閃發亮，俯瞪著下方空地。

坐在蜂紋旁邊的鴿翅，在溼冷的空氣裡打著哆嗦。這時一星宣布大集會開始。

「雖然天氣寒冷，但並不缺乏獵物，」他報告道，「鬚鼻已經被封為戰士。」

「鬚鼻！鬚鼻！」風族為這隻年輕公貓大聲歡呼，後者垂下頭，看起來既興奮又有點不好意思。

鴿翅也加入歡呼的行伍，不過她注意到為他歡呼的別族貓兒很少。**大集會理當是四大部族和平共處的時光，我們之間到底怎麼了？**

一星坐了下來，目光掃過所有貓兒，彷彿也在問自己同樣的問題。黑星從葉叢裡現身，他掃視下方貓兒，直到大家安靜下來，才開口說話。「我們的巫醫小雲曾患了輕微的白咳症，」他大聲說道，「不過他現在已經恢復健康，影族的其他貓兒也是。」說完立刻閉上嘴巴，退了下去。

「哈！輕微的白咳症？」鴿翅咕噥道。「他差點一命嗚呼了。這件事全雷族都知道。黑星感謝我們一下會死嗎？」

蜂紋對她眨眨眼。「影族就是這副德性。」

霧星站了起來。「河族很高興湖面的冰已經融化了，」她喵聲道。「我們又能開始抓魚。過去這個月來，我們的部族也多了兩位新戰士：急尾和鱒流。」

「急尾！鱒流！」有更多的他族貓兒加入歡呼隊伍，大家的心情彷彿已經開始放鬆。鴿翅也加入他們，心想著或許也是因為霧星的自信和友好態度贏得了大家的心。畢竟河族族長向來很願意與他族合作。

「還有一件事，」霧星等到歡呼聲暫歇，才繼續說道，「我們在領地裡發現一隻獾，不過蘆葦鬚已經帶著知更翅和花瓣毛追蹤過牠，直到確定牠離開了為止。」

「牠是往哪個方向走？」風族副族長灰足大聲問道。「我們需要小心嗎？」

「我想應該不用擔心，」霧星回答道，「牠從馬場那裡出去了，往小山丘的方向走，如果我覺得有危險，」她很有禮貌地補充道，「一定會通知大家。」

霧星報告完了，朝火星點個頭。鴿翅一臉崇拜地看著樹上的火星，他的體格強健，毛髮光滑，如火焰般鮮紅。「雷族也有個好消息，」他喵聲道，「幾天以前，我任命了兩位新戰士：鴿翅和藤池。」

當族長大聲說出她和妹妹的名字時，鴿翅感到激動又驕傲。**真希望藤池也能在這裡一同分享這份榮耀。**

「嘿，藤池呢？」當貓群的歡呼聲再度停歇時，風族的莎草鬚這樣問道。

「是啊，這是她第一次以戰士的身分現身大集會，應該要來參加的。」河族的錦葵鼻也追問道。

「藤池出了點意外，」火星趕在鴿翅開口前喵聲說，「她出去狩獵時，在刺藤叢裡出了點意外，不過我們的巫醫已經做了妥善治療，很快就能回到工作崗位。相信她一定可以參加下次的大集會。」現場發出同情的低語聲。

蜂紋輕推鴿翅，害後者嚇了一跳。「妳看巫醫那邊！」他低語道，「他們看起來很不自在，是不是起了什麼爭執？」

鴿翅這才發現他說得沒錯。其他貓兒都開始打成一片了，那些巫醫還是壁壘分明。蛾翅和柳光正在小聲交談。小雲緊緊跟在黑星旁邊。隼翔蹲伏在一株刺木叢底下，瞇起眼睛，一臉猜疑地打量著這場大集會。松鴉羽坐的地方離巨橡樹的樹根很近，尾巴圈住自己的腳。

「我敢說一定是松鴉羽惹禍了，」鴿翅半帶玩笑地對她的同伴說道，「他很難相處，如果是他惹惱了其他巫醫，我一點也不意外。」

不過她心裡還是有小小的掛慮像蟲一樣在啃食。**巫醫又不像我們，他們不是應該不分部族嗎？到底出了什麼事？**

她環目四顧，看見風族的裂耳和網足正與影族的高罌粟交頭接耳，不免好奇這些長老是不是在聊大遷移的陳年往事，這好像已經成為他們大集會上的必聊話題。有兩三個見習生則在空地的另一頭玩起戰技模擬的遊戲。莎草鬚和花瓣毛也談得興起，或許正在追憶與河狸交戰的那段往事。鴿翅的不安感終於稍稍減輕。

「嘿，蜂紋！」草皮跳了過來，他是一隻年輕的河族公貓。「薔光怎麼了？我好久沒在大集會上看到她了！」

蜂紋的表情訝異。火星從沒在大集會上正式宣布過薔光的病況。鴿翅心想他大概以為如果說出來，恐怕會讓別的部族認定薔光……或整個雷族都很脆弱可欺。更何況現在也不適合把這種事告訴其他部族。

「哦，是這樣的，」她插話進來，試圖幫蜂紋解圍，「她很好，就是太忙了，跟我們一樣啊，忙東忙西的。」

草皮眨眨眼。「是哦。」他喵聲道，語氣有些失望，說完便回自己族貓那裡去了。

蜂紋看見那隻年輕的公貓終於離開，這才嘆了口氣。「謝了。」他對鴿翅低聲說道。

鴿翅聳聳肩。「我只是說實話而已。」

蜂紋瞪大眼睛。「別自欺欺人了。」

鴿翅聽得出來他聲音裡的痛。於是伸出尾巴，溫柔地碰觸他的肩膀。「我知道你妹妹傷成這樣，你心裡一定不好過。」

「妳不會懂的。」蜂紋低下頭。

「不，我懂。」鴿翅想到藤池。**我也很擔心我妹妹。**

「我儘量不為薔光感到難過，」蜂紋繼續說道，「因為我知道她不希望我難過。可是我真的很難過，即便我也很以她為榮，因為當她知道她的腳再也不能走路時，她還是非常勇敢地面對現實。」

「我相信薔光會懂的，」鴿翅尷尬地答道，暗自希望自己能說點什麼來安慰同伴，「她很幸運，有你這麼好的哥哥。」

蜂紋眨眨眼，兩眼發亮。「謝謝妳，鴿翅。」

薄荷毛和知更翅從風族那兒緩步走過來，朝他們點頭致意。「雷族的獵物充裕嗎？」薄荷毛問道。

蜂紋開口回答，鴿翅趁機退後一步，環顧四周空地上成群的貓兒。**我才不是在找虎心呢，**

我才沒有呢！她往島上的如廁處走去，發現自己離網足、裂耳及高罌粟交頭接耳所在的荊棘叢很近。

「……從沒見過像那種傷勢，又不是在打仗。」網足喵聲道。

「可憐的蟻皮，」高罌粟喃喃道，「我在上次的大集會裡見過他，他看起來很有前途，怎麼會傷得這麼重？」

裂耳搖搖頭。「我們也不知道，他的傷勢嚴重到根本無法開口。一定是碰到狗了。那些傷口是被咬的，很難痊癒，他病得很重。」

網足壓低音量補充道，「隼翔覺得他可能撐不下去。」

可憐的風族。鴿翅難過地想。**好險雷族領地裡沒有狗出沒。**

她鑽進灌木叢裡去方便，聲音消失在後方。等她方便完了，撥土要掩埋時，突然聽見棘爪的呼喊。

「雷族！我們該回去了！」

鴿翅從灌木叢裡出來，卻瞄見前面有個黑影，她趨近一看，竟然是虎心，後者上前一步攔住她。

「我們聊聊好嗎。」他喵聲道。

「我們沒有什麼話可以說。」鴿翅斷聲道。

「拜託妳！」虎心的琥珀色眼睛瞪得大大的，表情痛苦。「我沒有利用妳，我保證我沒有。好吧，我是把松鴉羽有藥草的事告訴了黑星，但這並不能改變我對妳的感情。」他停頓一下，壓低音量又補了一句，「我對妳的感情從來沒有變過。」

鴿翅的前爪不安地刮抓著地面，內心有些動搖，很想相信他說的這一切。「現在不方便談這件事，」她語帶防備地說道，「會被別的貓聽見。」

「那我們在老地方見。」虎心慫恿她。

「不行，虎心，我對你沒有感情了。」鴿翅撒了謊，心情沉重。影族公貓的眼裡閃爍著怒火。「妳妹妹是不是在背後說我什麼？」

鴿翅心上一驚。「說你什麼？」

「算了，不過你可能不知道妳妹妹其實跟妳想的不一樣。」

鴿翅瞪著他看。**他的意思不可能是指藤池在黑暗森林裡受訓的事吧，虎心知道我很清楚這件事啊。**

虎心突然挨近，熟悉的味道瞬間包覆住她。「藤池和妳想的完全不一樣。」他低聲道。

而我也和你想的不一樣啊，鴿翅很想大聲說出來，但不知道怎麼搞的，虎心那副彬彬有禮的模樣令她害怕。**好像他覺得對不起我，很想補償我的樣子！**

還好這時棘爪大聲召喚雷族貓集合，打斷了他們的談話。

「我得走了，」鴿翅喵聲道，「而且我也不希望再聽見你對我說任何一句話。」

虎心沒多爭辯，只是在她離開時，垂下頭。即便躲得了他，鴿翅還是覺得自己的心留了一半在他那兒。

為什麼我就是忘不了他？

從大集會回來的路上，鴿翅注意到蜂紋一直走在她身邊，而且靠得比平常還近。可是虎心的熟悉味道仍縈繞在她四周，她彷彿還能看見他那雙琥珀色眼睛正凝視著她，還能聽見他那低沉的嗓音。

這時她發現蜂紋正在跟她說話，她嚇了一跳，沒好氣地答了一句：「什麼事啦？」

蜂紋眨眨眼。「我……我只是說希望下次藤池也能一起來。」

「哦，對不起，」鴿翅試圖揮開虎心的影子，「我不是故意兇你的，我大概是太累了。」

蜂紋點點頭。「我也是啊。」

他加快腳步，趕上前面的莓鼻和鼠鬚。鴿翅靜靜地走了一會兒，隨後發現花落竟取代了她弟弟，走到她旁邊。

「妳知道嗎？妳已經偷走我弟的心了。」玳瑁色的年輕戰士低聲說道。她的語調帶點調侃，不過當她轉頭看著鴿翅時，那眼神竟很嚴肅。

她的話聽起來好像帶點警告意味。「蜂紋？妳在開玩笑吧！」花落沒有回答，鴿翅於是又說道：「老實說，我相信他沒那個意思。」

花落似乎接受了她的說法。「太棒了，現在妳也是戰士了，」她自顧自地說道，「以後我們可以一起去巡邏，一起做很多事！」她的眼睛睜得大大的，眼裡映著月光。「我真搞不懂那些獨行貓和無賴貓是怎麼靠自己過活的，妳覺得呢？鴿翅？」

「是啊，還是當戰士好。」鴿翅回答她，但其實心不在焉。她真希望能像花落一樣對這話題很感興趣。

虎心剛剛想告訴我什麼？藤池又到底隱瞞了什麼？

鴿翅還沒走進窩裡，就聽見妹妹的嗚咽聲。蕨葉臥鋪裡的藤池正在抽搐，尾巴甩來打去。鴿翅蹲在臥鋪旁邊，輕輕搖她肩膀。

「嘿，藤池，快醒來！」

藤池突然驚醒，眨眨眼睛，費力地爬起來，眼睛瞪得斗大，爪子已經出鞘。「什麼事？發生什麼事了？」

「沒事。」鴿翅低聲道，事實上卻坐立難安。「這裡只有我在。妳是不是又去黑暗森林了？」

藤池搖搖頭。「沒有，我只是做了個夢。」她在臥鋪裡坐下來，開始梳理毛髮。「大集會怎麼樣？」

鴿翅聳聳肩。「其實去不去都沒差，族長們也沒有什麼新鮮事可以報告。」

「火星一定已經對外宣布，說我們現在是戰士了。」藤池說道。

「是啊，很多貓都很遺憾妳沒能參加。風族和河族也有新戰士了。」鴿翅告訴她，「哦，我想風族八成有狗出沒，一星是沒說啦，不過我無意中聽見他們的長老說有隻狗咬傷了蟻皮。」

「蟻皮！」藤池僵在原地。「他們還說了什麼？」

鴿翅眨眨眼睛。**哦，天啊，拜託別告訴我，她愛上了風族戰士。**

「快告訴我！」藤池追問道。

「我沒注意聽，」鴿翅承認道，「他們也沒告訴我。只是聽他們說……蟻皮的傷勢嚴重到無法開口說話。隼翔覺得他可能熬不下去。」

「哦，不！」藤池發出驚恐的哀號。「都是我的錯！」

「這話什麼意思？」鴿翅開口問道，但立刻恍然大悟。「這件事和黑暗森林有關，是不是？」

藤池點點頭，爪子在臥鋪蕨葉裡不安蠕動，過了好一會兒才開口說道：「薊爪想訓練我和蟻皮，」她小聲說道，「我們的打法就像妳我平常練習戰技那樣不想傷到彼此。然後我在地上滑倒，蟻皮就在旁邊等我爬起來。」她吞了吞口水。「可是這讓薊爪很火大，他罵蟻皮是膽小鬼，一直嘲笑他和風族，結果蟻皮就跟他打起來了。薊爪把他傷得體無完膚，我好怕他殺了他，所以我跟蟻皮說快醒來，然後他就消失不見回風族去了。」

「這不是妳的錯啊！」鴿翅嚴正說道。她強壓下內心的恐懼，但全身還是止不住地顫抖，彷彿被泡進冰冷的水裡。「藤池，妳這樣太危險了，」她喵聲道，「妳得去告訴獅焰和松鴉羽，妳不能再幫他們去當臥底了。」

「我不能現在抽手！」藤池反駁道。「我就快知道他們開戰的時間了。楓影是黑暗森林裡資格很老的貓，大家好像都懼怕她三分，連虎星都懼怕她。妳知道嗎，最近楓影對我特別感興趣，她現在很信任我，我就快找到答案了！」

鴿翅心想，她怎麼聽都覺得楓影這隻貓不可能對她有興趣，但她沒說出來，反而低聲說道：「我跟妳保證，我不會跟別人說這件事的。妳要不要再睡一會兒，馬上就要天亮了。」

藤池張大嘴巴，打了個哈欠。「我再睡一會兒好了。」她在蕨葉叢裡蜷伏下來，閉上眼睛，沒多久呼吸聲開始均勻起落，鴿翅知道她睡著了。

鴿翅躺在她妹妹旁邊，無法成眠。藤池在黑暗森林裡當臥底，再加上她發現原來還有別的戰士也在那裡祕密受訓，這一切的一切就像蜜蜂一樣在她腦袋裡不停地嗡嗡作響。**原來大集會上的每隻貓兒都有可能和黑暗森林掛勾，即便是我們自己族裡的貓……**

鴿翅嘆口氣，不禁懷疑自己以後還能相信誰。

第七章

松鴉羽從荊棘圍籬裡出來時，正好瞄見火星和沙暴並肩走向族長窩。儘管松鴉羽已經累了，但他知道必須現在就找族長談一談。因為他已經花太多時間猶豫自己該怎麼跟火星說，才能讓他同意再給他一次旅行的機會。於是他加快腳步，在亂石堆底下追上了火星。

「火星，我得和你談一談。」他喊道。

他感覺得到族長的驚訝。「現在？可以等到早上嗎？」

「不行。」

火星遲疑了一會兒才回答：「好吧，跟我回窩裡。」

「我去看看罌粟霜和她的小貓，」沙暴刻意說道，「他們昨晚吃太多松鼠了，一直在鬧肚子疼。」

「我已經給過他們水薄荷了，」當她往育兒室走去時，松鴉羽在她背後這樣說道，「如果還需要水薄荷，再跟我要。」

火星已經爬上岩石，松鴉羽跟在後面，他小心地傍著崖壁走，以免離小徑邊緣太近。

「什麼事這麼急？」火星的聲音從洞穴後方的臥鋪裡傳來。

松鴉羽也鑽進洞裡。「我必須去一趟山裡，」他大聲說道，「我是被召喚的。」

「被星族召喚？」

「不是，是別的貓兒。」

「哦？」火星好奇心大起。松鴉羽突然覺得火星的目光像道刺眼的陽光射向他。「別的貓是誰？」

「呃……這有點難解釋……」松鴉羽承認道。雷族族長會相信他能和古代貓溝通嗎？「不過我覺得這件事很重要。」

火星懊惱地嘆口氣。松鴉羽想像得到他那薑黃色的尾尖一定在抽動。「我們不能再去幫那個部落的忙了，」最後他終於說道，「星族很清楚，雖然我也很同情他們，但他們有他們的生活方式，我們也有我們的。」

「我不是要去幫忙那個部落，」松鴉羽告訴他，「我只是想從過去的歷史裡找出一些對未來可能有益的蛛絲馬跡。我是說我們的未來，不是部落的。」

「你可不可以說得清楚點？」火星不斷用爪子刮著地面。「老實說，松鴉羽，你以為我……」

「我很抱歉，火星，」松鴉羽打斷他，「我已經盡可能告訴你所有真相了，看在預言的份上，你必須信任我。」

「不，」火星的聲音有點尖銳，「我信任你是因為你是忠心的巫醫，你會把部族擺在第一位。」

松鴉羽深吸口氣。「我就是以忠誠的巫醫身分向你請求讓我去急水部落一趟，因為我相信這是為了我們部族好。」

火星沉默不語，不過松鴉羽感覺得到族長心裡有各種思緒在交戰。「你需要有貓兒護送你去，」他終於說道，「不過我也不想讓族裡因此少了最棒的戰士或巫醫，因為我們必須隨時準備迎戰。」

雷族族長雖沒有提到黑暗森林，但松鴉羽知道他的想法。**他說的沒錯，不過我還是得去！**

「你確定那隻貓沒有騙你？」火星追問道。

松鴉羽搖搖頭。「我很肯定。」**磐石根本不可能和黑暗森林的陰謀扯上關係。**「我很相信提供我消息的這隻貓，」他繼續說道，「他對我們的戰事沒有興趣，他也不在乎誰輸誰贏。他只知道這是我們的天命，他有責任促成。」

「很好，」火星喵聲道，「你可以去。我也會挑選戰士陪你去，不過獅焰不能去。」

「什麼？」松鴉羽大獲全勝的感覺突然消失了，取而代之的是憤憤不平。「可是獅焰必須去啊，他是三力量之一。」

「鴿翅可以陪你去，」火星的語氣毫不讓步，「但獅焰得留下來。他將是戰場上最重要的主力。你不會是要上山去作戰吧？」

「我怎麼會知道？」松鴉羽不服氣地咕噥道。但其實很清楚雷族族長的心意已決，多說無益。「好吧，」他大聲說道，「但我不喜歡這個決定。」

「我沒有要你喜歡，」火星反駁道，「就像我說的，你可以帶鴿翅一起去，還有……我想想……狐躍和松鼠飛吧。」

「松鼠飛？」松鴉羽不想和這隻曾欺騙他們三姊弟的貓兒一起去旅行，她欺騙了他們那麼多年，害他以為她是他們的母親。

「我不在乎你對松鼠飛過去的作為有什麼看法，」火星咆哮道，彷彿能讀透松鴉羽的心思，「過去的事已經過去了，更何況她比你我都熟悉那片山區，她在那個部落裡也有朋友。」

松鴉羽垂下頭。「好吧，火星。」他嘆口氣。

「你不在的時候，」火星繼續說道，「我會請葉池暫代巫醫的工作，以免有什麼緊急狀況發生。如果真要開戰的話，我們也需要她的經驗。」

松鴉羽一聽到另一個曾背叛他們三姊弟的母貓名，不由得氣得頸毛倒豎。**是哦……你以為她做了那種事之後，星族還會再理她嗎？**

不過他也知道借助葉池的專業知識這件事有多重要，只好隨便點點頭。「薔光也受過一點巫醫訓練。」他說道。

「這倒也是，所以就這麼決定了。」火星的語調聽起來還是很不高興，不過松鴉羽知道他同意的事就不會再反悔。「你們可以明天出發。」

松鴉羽爬下亂石堆，獅焰立即朝他走來。松鴉羽感覺得到他的好奇與興奮。**你不會想聽到這消息的**，他心想，但還是大聲說道：「你怎麼這麼晚才起床。」

「我在如廁處的圍籬附近發現一個破洞，所以就去補洞啦。」獅焰解釋道。「別擔心，」他補充道，「只是幾根樹枝鬆脫了而已，不是別族貓兒試圖入侵的跡象。」

松鴉羽點點頭。一兩個月前，他們根本不會去想是不是別族貓兒試圖進入雷族領地，攻擊營地，但現在各族間關係緊繃，貓兒們都變得風聲鶴唳起來。

「你找火星談過了嗎？」獅焰急切地問道，「我們什麼時候出發上山？」

「你不能去。」松鴉羽回答，早在心裡等著迎接他哥哥的失望心情。

「什麼？」

「很抱歉，可是火星說你必須留在營裡，萬一和黑暗森林開戰，你會是我們族裡最強悍的戰士。」

「可是我也是三力量之一，」松鴉羽聽見他哥哥憤憤不平地用爪子刮著地面，可以想見他一定是氣到連金黃色的頸毛都豎了起來，「當然也應該上山啊。」

「我也希望你去，可是……我想火星說得有道理。」松鴉羽伸出尾巴，碰碰獅焰的肩膀。

「要是黑暗森林的貓攻擊我們，你會是雷族最好的守護者。」

獅焰哼了一聲。「那誰和你去？我希望有鴿翅。」

「有啊，還有狐躍和松鼠飛。」

獅焰沉默了一會兒。松鴉羽知道他哥哥很清楚他有多不願意和那隻曾偽稱是他們母親的貓兒一起旅行。但獅焰最後只說了一句話：「我會再幫狐躍作點額外的訓練。」

「沒時間了，」松鴉羽告訴他。「我們早上就要走了。」

他才開口便感覺到一股寒意，山谷裡突然刮起一陣強風，吹得他眼淚都流出來了，毛髮也被吹得貼平在身上。他聽見崖頂樹木被強風刮得喀吱作響。

「雲朵遮蔽了月亮……」獅焰喃喃低語。

這是個預兆嗎？松鴉羽不免納悶，忍住不敢發抖。「我們快沒時間了。」他低聲道。

松鴉羽緩步走回窩裡，全身肌肉痠痛疲累，但他知道他還不能睡。他查看了一下蕃光，後者正安穩地睡在臥鋪裡。然後他走到儲放藥草的岩縫處。自從磐石告訴他這件消息之後，他就開始準備出外期間族裡可能需要用到的藥草。

「杜松果還有很多，」他喃喃低語，邊摸邊聞，確定每種藥草都有。他的藥草存貨其實不多，但比上個月還多一點。「還剩一些貓薄荷……艾菊少了點……蓍草還有很多。」他記得營地外頭還有很多蓍草。他一直不知道是哪隻貓兒找到的。**但不管是誰，對方的嗅覺一定很好。**

他小心挑出酸模、雛菊、甘菊和地榆，這些都是這次旅行需要派上用場的藥草，他把它們分成四包，準備今天早上用。接著他又查看了一下蕃光，感覺她睡得很沉，大概是因為他不在的時候，她照他的交代做足了運動，才會累到睡得這麼沉。不過她的呼吸聲很清澈。

他知道出發前最好先補個眠，於是蹣跚地走到臥鋪裡蜷伏下來，拿尾巴蓋住鼻子。但突然間，他好像感應什麼似的睜開眼睛，發現自己竟來到星族。他躺在河岸邊的草地上，河水潺潺流淌於礫石之間，紅霞映照水面。松鴉羽抬起頭來，看見太陽正以萬丈光芒之姿西沉天際。暮色漸漸籠罩，寒風在草間低語，吹皺河面。松鴉羽站起身來，環目四顧，附近蕨叢一陣窸窣，一隻貓兒現身空地。松鴉羽看見對方一身灰毛凌亂糾結，牙齒參差不齊。

「黃牙。」他向祂打招呼。

「我一直在等你，」黃牙用粗重的聲音說道，「你沒事去山裡幹什麼？」

松鴉羽驚訝地彈彈耳朵。「祢知道了？是磐石告訴祢的？」

黃牙嫌惡地哼了一聲。「那傢伙不太跟別的貓說話。」

松鴉羽不免好奇這位前任巫醫對磐石到底瞭解多少。「祢認為我不該去山裡？」

「我認為這是個很鼠腦袋的計畫，」黃牙齜牙咧嘴地回答道，「黑暗森林的勢力正在崛起，你應該留在雷族，保護你的族貓。」

「但急水部落和四大部族的命運息息相關。」松鴉羽爭辯道。

「那不是你的責任。」黃牙厲聲回答。

「但如果是呢？」松鴉羽態度堅決。要是黃牙知道松鴉羽曾回到古代貓伴湖而居的前世歲月，或許就會改變心意了。

可是祂不知道，而我也不打算告訴祂。還不能告訴祂，不能在這裡說。

黃牙長嘆一聲。「跟我來。」祂喵聲道，不再與他爭辯。

松鴉羽跟著她。祂帶他沿著河岸走，岸邊長滿蕨葉和藥草。松鴉羽深吸口氣，想認出它們是哪些藥草，心裡很希望能帶些藥草回雷族。

紫草……白屈菜……金盞花，我得把乾掉的藥草處理掉！

矮樹叢裡還有其他貓兒穿梭，經過時都會點頭致意。有些貓兒看起來健朗如昔，毛色鮮豔，彷若活著一般。有些貓兒看上去很蒼白，猶如一縷輕煙，隨時會被強風吹得煙消雲散。松鴉羽看見雷族的獅心和白風暴在一株老灌木叢底下交頭接耳。有隻白色的漂亮母貓陪在祂們身邊，松鴉羽不認得祂。還有一隻小貓在祂腳下嬉戲玩耍。他想停下來聊聊，但黃牙昂首闊步地走過去，只朝祂們點了個頭。

河族前任族長曲星正坐在河邊，兩眼瞪視水面。松鴉羽見祂突然伸掌，迅速從水裡撈出一條閃閃發亮的銀魚，魚兒在岸上無助拍打，曲星張口一咬，宰了牠。

「抓得好。」黃牙稱讚道。

「要不要一塊兒享用？」曲星邀祂過去。

「晚點吧。」黃牙沒有回頭。

更遠處，松鴉羽瞄到風族巫醫吠臉。他看見焰尾和祂在一塊兒，心裡不由得難過。祂們就站在一簇百里香前面。吠臉正指著一樣東西給那隻年輕的貓兒看。

「嘿，松鴉羽，過來我們這兒！」焰尾喊道。

松鴉羽不由自主地朝祂們走去，但黃牙發出不高興的嘶聲，他只得跟祂走。「對不起！」他回答道，「下次吧。」

松鴉羽轉身走開的時候，突然瞄見一隻灰色公貓迅速穿過林間。他停下腳步，瞪看對方，後者彷彿覺察到他的目光，也停下腳步，回頭用一雙藍色眼睛看著松鴉羽。隨後轉身就跑，消失在一叢榛樹苗的後方。

「灰毛！」松鴉羽大聲喊道，只覺得有股寒意直往下竄。「祂怎麼在這裡？」

「為什麼不能在這裡？」老貓的聲音穩定。「祂唯一的錯就是太多情了。」

松鴉羽哼了一聲，不敢相信祂的話。「不可能吧，祂想把我們推下懸崖欸。」

「可是祂沒有啊。松鼠飛阻止了祂……也許她唯一的錯也是一樣太多情了。」

「這句話是什麼意思？」

黃牙聳聳肩。「你自己去想吧，鼠腦袋。走快點，我可沒時間陪你耗整天。」

松鴉羽懊惱地嘆口氣，跟著祂沿著一條曲折的林間小徑爬上去，直到抵達一座草坡的坡腳。黃牙跳上草坡，等松鴉羽跟上來。等他爬到坡頂，已經氣喘吁吁。

「你需要多運動。」祂批評道，還伸出一隻爪子戳戳他。

「我整晚都沒睡。」松鴉羽反駁道，「星族的貓可能不覺得累，但是我會累。我們來這裡到底要做什麼？」

「只是要你看一下。」黃牙揮揮尾巴，指著下方景色。

松鴉羽的目光掃過林子上方。星族的森林看起來壯闊非凡，零星點綴幾座空地和幾株色澤淺淡的樹木，中間有條河流貫穿，閃閃發亮。貓兒在淺水處嬉戲潑水，水花晶瑩四濺。松鴉羽認出那是河族的貓兒，祂們身強體健，毛色光滑。

「很美，是不是？」過了一會兒，黃牙才提醒他。

「是啊。」松鴉羽低聲道。

老巫醫朝他走近，毛髮輕輕刷過。「這些都得靠你，松鴉羽，」祂喵聲道。「你現在不只要保護雷族，也要保護所有部族，包括河族。」

我？松鴉羽很想學迷路的小貓那樣放聲大喊，但還是強忍住，保持鎮定，遠眺山腳下的平和風景。「祢不想我去山裡，是因為妳怕四大部族會出事？」

老貓垂下頭。「有時候正確的選擇才是最難的選擇。」祂以刺耳的聲音說道。

松鴉羽的腦海裡突然閃過無數畫面，他知道他看見的是祂過去的回憶：年輕的黃牙正在為一隻暗棕色的小虎斑貓哺乳。小貓漸漸長大，成了見習生，兇殘地和一隻年輕的黑色母貓大打出手。接著成年了，身強體壯地穿過蕨葉叢，嘴裡叼著一隻驚恐低泣的小貓。後來老了，盲眼帶疤，蹲在刺藤圍籬旁，年輕的塵皮在旁邊看守他。最後黃牙出現，瞥了黑色公貓一眼，腳掌裡握著一顆鮮紅色的死莓。

松鴉羽渾身發抖。**黃牙的一生如此艱困，但祂還是選擇勇敢面對。**

「我很抱歉，」他溫柔地說道，「我瞭解祢的感受，但我必須去山裡，這是我該做的事。但我保證我會回來。」

黃牙沒有回答，只是憂心忡忡地看著他，身形慢慢消失在松鴉羽的視線裡，灰色身影猶如一團灰霧，在星族森林的天空裡留下最後一抹幽光。松鴉羽的視線終於被黑暗吞沒，他倏地睜開眼睛，發現自己回到了巫醫窩，臥鋪上的蕨葉搔得他鼻子好癢。

松鴉羽打個噴嚏，坐了起來。清晨寒風冷冽，吹亂毛髮，他聽見早起的貓兒在空地上走動的聲響。蕾光也醒了。松鴉羽站起來，朝她走去。

「好累哦。」她抱怨道，話裡還夾雜著一個大呵欠。「我今天還得做運動嗎？」

「當然要做，一天都不能少。」

「好吧，」薔光很驚訝他竟這麼激動，「等我清醒一點再做吧。」

松鴉羽聽見她從臥鋪裡爬起來，開始梳理毛髮。「薔光，有件事我得告訴妳，」他小聲說道，「我要離開一陣子。」

「不行啦，」薔光停止梳洗的動作，聲音驚恐，「你不能離開。」

「我必須離開，」松鴉羽又說了一遍，「不過我保證不會很久。亮心和蜜妮會好好照顧妳。」

「這不一樣，」薔光低聲道，「萬一……？」

她愈說愈小聲，松鴉羽很清楚她心裡害怕什麼。「如果我認為妳可能會死，我就不會離開了。」他說得很直接，但他感覺到薔光放下了心。

「所以你才要我做這麼多新的運動，」她低聲道，「我保證一定會做。」

「很好，」松鴉羽用鼻子碰碰她，「妳聽好，我已經準備好四份旅行用的藥草，就在儲藏室的入口。我會叫他們進來拿，妳再告訴他們藥草在哪裡。」

「好的。」

松鴉羽留她在窩裡運動，自己穿過刺藤簾幕，走進空地。花落從他身邊匆匆走過，要去參加巡邏隊。松鴉羽拿尾巴攔住她。

「有沒有看到狐躍？」

「有啊，他還在戰士窩裡，」玳瑁色的年輕母貓說道，「睡得像豬一樣。他沒有參加黎明巡邏隊。」

「妳幫我叫他來，好嗎？」

「可是我……」花落想開口拒絕，最後還是嘆口氣答應。「好吧。」

松鴉羽聽見她跳著離開，過了一會兒，狐躍蹣跚地走到他面前，打著呵欠。「什麼事啊？松鴉羽？我還以為從大集會回來之後，就可以好好睡場覺了。」

是啊，誰不想睡覺啊？「你要去旅行了。」松鴉羽宣布道。

「旅行？」狐躍突然清醒過來。「去哪裡旅行？」

「去山裡。」

「真的？我可以去？」狐躍興奮到聲音微微顫抖，滿心期待，開心得跳上跳下的。「你意思是我可以去見急水部落，就像那些曾經歷過大遷移的貓兒一樣？哇嗚！松鴉羽，我保證我一定會好好保護你的安全。我會當你最棒的戰士，為你整夜守衛……」

「不必那麼誇張，」松鴉羽嘀咕道，強忍住笑，「我已經幫你準備好一包旅行用的藥草，就在巫醫窩裡，」他繼續說道，「蕎光會告訴你它放在哪裡。」

「你意思我們現在就要走了？」狐躍聽起來像是快樂昏頭了。松鴉羽才剛點頭說是，他便立刻衝進巫醫窩。

火星走了過來，松鴉羽聞到他的味道。「你已經告訴狐躍了，」他喵聲道，「那松鼠飛和鴿翅呢？」

「我還沒看到她們。」

火星停頓一下，然後出聲喊道：「嘿，松鼠飛，過來一下。」

「我正要帶黎明巡邏隊出去。」松鼠飛的聲音從荊棘圍籬處傳來。

「妳別去了。」火星告訴她。

「為什麼？」松鼠飛跳了過來。

「松鴉羽得到預兆……」火星開口道。他向她解釋為什麼她得陪松鴉羽一起去山裡。

「太好了！」松鼠飛非常興致勃勃。「火星，我很樂意帶領這支隊伍，這也剛好給我一個機會跟急水部落的朋友敘敘舊。我等不及想看看暴毛和溪兒。」

誰說是由妳來領隊？松鴉羽在心裡尖酸地想道，但不能大聲嚷嚷。松鼠飛是這支隊伍裡頭最資深的貓，也是目前為止對那片山區最熟悉的貓兒，所以由她當領隊，本來就理所當然。

「還有誰要去？」松鼠飛問道。「我猜有獅焰吧，還有……」

「不，獅焰留在營裡，」火星打斷道，「不需要派他去，因為又不是要去打仗。松鴉羽的預兆並沒有提到他會遇到什麼麻煩。」

「哦……」松鼠飛的聲音有點驚訝，也有點不悅。「我相信你的判斷，不過我希望你不會真的只要我和松鴉羽去吧。」

「當然不是，」火星告訴她，「狐躍會和你們去，還有鴿翅。」

「什麼？我？」

一個興奮的尖叫聲從松鴉羽身後傳來，嚇了他一跳。貓兒們早已圍了上來，想一聽究竟，他根本沒注意到鴿翅也來了。於是轉身很快地解釋了一下最後的決定。

「好酷哦！」鴿翅大聲說道。「我聽說過很多山裡的故事，現在我終於可以親身去體驗了！藤池可以一起去嗎？」

「不行。」松鴉羽駁回她的要求。**我的老天，她們是連體嬰嗎？**

「為什麼不行？」鴿翅在他耳邊嘶聲說道。「你不信任她？」

「不是這個問題，」松鴉羽也從牙縫裡回答，「現在別討論這件事，別在大庭廣眾下討論。反正只有四隻貓要去，就這樣。」

「好吧！」鴿翅很失望，語氣顯得尖酸。

「來吧，」松鴉羽輕快說道，「我已經幫大家準備好了旅行用的藥包，你們去拿吧。」

「你意思是，我們現在就出發？」松鼠飛驚訝地問道。

「事不遲疑。」火星開口道。

「嘿，松鼠飛，鴿翅，」棘爪的聲音打斷了火星，這位副族長也跳了過來。「你們為什麼還不去巡邏？還有大家為什麼都在這裡？」

松鼠飛搶著回答他：「火星派我們去山裡，因為松鴉羽得到一個預兆。」

「原來是這樣，」棘爪的聲音冷靜，「火星，我希望你別派太多貓兒去，我們這裡很需要戰士。」

「我知道，我只派了這三位，還有狐躍。」火星回答。

「棘爪，你有什麼話要我轉告急水部落嗎？」松鼠飛有些怯怯地問他。「我可以幫你跟暴毛和溪兒說聲嗨。」

松鴉羽聽得出來她這句話背後的真正意思，有些話她不好意思明講，**但其實她希望棘爪能開口祝她好運，或者祝她一路順風……說什麼都好，只要能讓她知道他還是很在乎她。**

但棘爪只說了這句：「好啊，就跟他們說雷族很想念他們。」

松鴉羽嗅聞得出松鼠飛的失望。**棘爪似乎沒什麼感覺，難道他忘了以前他一直以為自己是我們的父親？**

已經有更多貓兒圍上來了，他們興奮地提出各種問題。黎明巡邏隊到現在還沒出發，其他戰士也紛紛穿過枝葉叢，從窩裡出來一探究竟。

「你們在吵什麼啊？」塵皮火大地問道。「就不能讓我們好好睡個覺嗎？」

「去山裡？」煤心的語氣裡有著憧憬。「哦，我真希望我也能去。我可以想像那裡有……光禿的山頂，遼闊的藍天，老鷹在高空盤旋，像小小的黑點，山泉水沁涼清澈……」

松鴉羽聽見這番形容，驚愕地看著她。**煤心當然見過那個地方**，他心想，**只是她不知道那是她的前世記憶。**

「我還記得我和部落貓一起狩獵過，」雲尾喵聲道，「那時我們是因為大遷移才經過那裡。真希望再去獵捕一次老鷹。」

「我也是。」沙暴同意道。「獅焰，你真幸運。」

「我不能去。」獅焰回答道，語氣有些失望。「火星要我留下來幫忙捍衛營地。」

「哦，真是不幸。」沙暴表示同情。

松鴉羽的鼻子動了動，聞到藥草的味道，原來狐躍回來了。他不斷用舌頭舔著兩頰。「這藥草怎麼這麼難吃啊？」他抱怨道。

這時不知誰戳了一下松鴉羽的肩膀，嚇了他一跳，這才聞到波弟的味道。「小夥子，你又要去旅行啦。」老獨行貓以粗重的聲音說道。「真希望我能跟你一起回去看看我的老家。」

松鴉羽開始緊張。**星族求求祢，別讓這老傢伙跟來！**

波弟戲謔地哼了一聲。「別嚇成那樣好不好，我這把老骨頭哪走得動啊。小子，你聽著，我倒是可以傳授你一兩招……」

「波弟，現在不太適合。」松鴉羽打斷他。「我們要走了。」

「哦，」波弟頓了一下，又開口說道：「那你們千萬別去那座農場，記不記得以前你的姊姊哥哥，還有那個很討厭的風族見習生曾在那兒遇到狗。」

「波弟，我們會小心的，你別擔心，」松鴉羽向他保證道，同時挨身過去，小聲地跟他說：「我不在的時候，幫我好好照顧鼠毛。」

「我會的，包在我身上。」松鴉羽聽見波弟的聲音裡有某種自豪。

松鴉羽用尾巴向鴿翅和松鼠飛示意，然後帶著她們走進巫醫窩，拿旅行用的藥草給她們。

可是當他舔食藥草時，心裡突然感到不安。

我把這幾隻貓帶到山上去，留其他族貓在這裡手無寸鐵，這樣做對嗎？我真的該相信磐石嗎？

第八章

獅焰從荊棘叢裡出來，率領著狩獵隊，快步走向舊轟雷路。煤心、樺落和葉池腳步輕快地跟在後面。陰暗潮溼的黎明已然褪去，積雲漸散，樹梢間依稀可見支離破碎的藍色天空。微風拂上獅焰的臉，帶來獵物的味道，不過他發現自己很難專心。他還是無法釋懷松鴉羽的突然離去，只得強忍住自己被迫留在營裡的那股怨氣。

「我很好奇，為什麼松鴉羽一定要去山裡？」樺落跳到獅焰身旁喵聲問。「他告訴過你原因嗎？」

「他得到一個預兆，」獅焰咕噥道，「別忘了，他是巫醫。」

「真希望我也能去，」樺落一臉期待。「大遷移時，我還只是一隻小貓，不過真的好刺激！現在我當上戰士了，真想再回去看看。」

「我想大部分的雷族貓都有同感吧，」煤

心加入對話，「雖然我沒參加過大遷移，但我也想去看看。」

「那裡到處是懸崖，」樺落喃喃說道，眼裡滿是回憶。「山風大到幾乎能刮掉你身上的毛髮，還有你一輩子都沒見過的大鳥……」

你不必再說了，獅焰心想道。「我們話說得太多了，該是專心狩獵的時候了。」他提醒隊員們。這時廢棄的兩腳獸巢穴已經躍然在目，就在光禿的林間。「我們散開來好了，樺落，你和葉池一組，我和煤心一組。」

突然間他覺得有點難過，多希望除了早上的狩獵之外，其他時間也能陪在煤心身邊，**一生一世，直到回星族為止。**

樺落帶著葉池往湖邊走去，獅焰則轉進兩腳獸巢穴後方的林子裡。

「你一定很擔心松鴉羽。」他們在松樹林邊緣停下腳步時，煤心這樣喵聲道。「但別忘了那個預兆。所以他絕對不會有事的，因為他對四大部族來說很重要。」

獅焰不想再聽到那個預兆，尤其是被煤心提起，就是這個預兆橫梗在他們之間。「松鴉羽只是一隻平凡的貓，」他爭辯道，心裡暗自希望這句話是真的，「就像我一樣。」

「可是你不平凡啊，你們都不平凡。」煤心反駁道，「你很特別，很不一樣。」

獅焰用爪子戳著地上的土，憤怒到全身肌肉繃得死緊。「妳可不可以別再管那個愚蠢的預兆，只看到真正的我？」他對煤心厲聲說道。「妳以前就認識我了，所以有什麼差別呢？」

「有，有很大的差別，」煤心回答道，聲音充滿驕傲，語氣亢奮。「我以前不知道你真正的身分。那個預兆一直跟著你，在你出生之前就有了。」

她的語氣聽起來好像對我們兩個無法廝守的這件事一點也不介意。「那妳呢？」他質問她。「妳完全不在乎嗎？」

「我當然在乎。」她的興奮漸漸消散，獅焰開始感覺到她話裡的悲傷。「相信我，我情願你不是這個預兆的一部分。可是你是，所以我們只能接受。」

「可是……」獅焰想打斷她的話，但煤心繼續說道。

「如果你有伴侶貓和小貓得照顧，你要怎麼帶領族貓？你就像巫醫一樣，必須在忠誠度上對所有族貓一視同仁。」

「妳所說的這些也適用於所有戰士啊。」獅焰反駁道。

「不一樣，因為你是三力量之一，」煤心伸出尾巴，彷彿想碰觸他的肩膀，但最後一刻還是縮了回去，「這是很現實的問題。」她猛地轉過身去。「我們去狩獵吧。」

獅焰無助地看著她，心裡有很多話想告訴她，但又不能說出口。更何況這時的煤心已經找到一隻烏鴉，正蹲伏下來，小心地潛行過去，準備襲擊。獅焰忍住嘆氣的衝動，投入工作，小心繞到烏鴉的另一頭，沒有發出半點聲響。那隻烏鴉正專心啄著樹下的青苔，完全不察貓兒正接近當中。等到煤心走到離烏鴉只剩兩條尾巴距離的地方，獅焰立刻大聲一吼，烏鴉受到驚嚇，拍著翅膀，方向大亂的就往煤心的爪子裡竄，煤心猛力一擊，朝烏鴉的頸子致命一咬。

獅焰走上前去，卻見煤心正用收鞘的腳爪撫著那隻烏屍的棕色羽毛。「牠是母的，」她輕聲說道，「你看，牠的鳥嘴裡有青苔，一定是在為鳥巢收集青苔，現在牠的蛋再也孵不出來了，牠再也不能回去找牠的伴侶了。」

獅焰眨眨眼睛，不懂煤心為什麼會為一隻獵物感到難過。「抓得好。」他語帶鼓勵。

「這不重要。」煤心還是低頭看著鳥屍。「我一直想有個伴，也想有小貓，」她低聲道，「可是我沒有這個命，我永遠不可能和另一隻貓兒分享彼此的體溫……永遠不可能幫小貓哺乳……」

「妳會找到別的伴侶的，」獅焰告訴她，即便他的心很痛，但還是試圖安慰她，「妳還是可以有小貓。」

煤心轉身看他，眼裡出現藍色的火燄。「你不懂！」她呸口道，說完便用後爪刨刮地上的土，掩住烏鴉的屍首。「我自己去狩獵。」然後沒等他回答，便衝進林子裡。

獅焰一臉不解。**她是怎麼回事？**這時他的眼角餘光瞄見有動靜，回頭一看，原來是葉池正朝他走來。**她聽見了多少？**

「你還好嗎？」葉池朝他走近，輕聲問道。

獅焰非常茫然，一時之間竟也忘了他與她之間的過節。「不太好，」他承認道，「我和煤心出了點問題。」

葉池點點頭，但還好沒追問原因。因為他知道自己絕不會把那個預兆告訴她。

「一起到湖邊狩獵好不好？」她提議道，尾巴朝那方向指，算是邀請。

獅焰很驚訝自己竟然沒拒絕，他走過去與她並肩而行，穿過矮木叢。空氣裡有愈來愈濃的水味，表示湖愈來愈近了。

「煤心似乎認為我們各有天命，」過了一會兒，他才喵聲說道，「我不懂她的意思。」

「我想我懂。」葉池悲憫地眨眨眼睛。「而且我相信她是愛你的……事實上我認為她到現在還愛著你。」

獅焰沮喪地用爪子去戳小徑上蔓生的刺藤。「那她為什麼不跟我在一起？為什麼要把事情搞得這麼複雜？」

葉池搖搖頭沒有回答。他們一路沉默地走了一會兒，終於來到通往湖邊的那條小徑，這時葉池停下腳步，嗅聞空氣。獅焰以為她聞到了獵物，沒想到她竟冒然跑向刺藤叢。

妳這樣抓不到獵物的！

可是只見葉池忙不迭地用爪子撥開地上枯葉，下面竟然有三朵鮮黃色的款冬花。「這是這季節裡第一批盛開的花！」她大聲說道，「我最好把它們帶回營裡，這可以治鼠毛的咳嗽。」

「妳懷念巫醫的工作嗎？」獅焰問道。這隻母貓曾是他母親，此刻她正小心地咬斷花莖。

葉池抬頭看他，溫柔的琥珀色眼睛裡溢滿傷痛。「無時無刻不在懷念。」她喃喃道。

「那麼屬於妳的天命又是什麼？」獅焰脫口而出。「我的意思是，如果妳註定要當巫醫，就不該……星族不會讓妳和鴉羽……」

葉池低下頭。「所謂的天命並不是一條要貓兒盲從的路，」她喵聲道，「常常要做出選擇，但有時候心裡的聲音會蓋過一切。」她停頓了一下，又補充道。「在我內心深處，我一直知道我必須做什麼，所以我才會回雷族。獅焰，不管發生什麼事，我都相信你會很清楚自己該怎麼做。你要仔細聽心裡的聲音，因為那才是你真正的天命。」

第九章

鴿翅跟著松鼠飛走過馬場，爬上山坡，情緒高亢。她以前從沒來過這裡。新的感官經驗從四面八方襲來，包括馬的氣味，還有當這些巨大動物在草原上奔跑時腳蹄擊地的聲響，以及隨風而來的風族氣味與湖邊的蘆葦和沼澤死水的氣味。

「這裡好酷哦！」她對松鴉羽大聲說道，後者走在她旁邊，雖然眼睛看不見，但每步都踏得很穩。松鴉羽聽見她這麼說，也只是發出輕微的咕噥聲，然後抽動其中一隻耳朵，沒有回應她。

每次都這樣！鴿翅很不高興地想，於是轉身去看狐躍，後者正瞪大眼睛，好奇地東張西望。

「從這上面可以看得好遠哦！」他叫道。

鴿翅走到後面，與他並肩而行。「這裡的視野真的很好，可以看見那座島。」她用尾巴指指遠處下方的大集會空地。遠遠望過去，那座樹橋變得像一根很細的樹枝。

「還有影族領地。」狐躍用耳朵指著島嶼再過去的另一邊湖畔，那裡有片漆黑的松樹林。

鴿翅索性釋出自己的感官，探向影族營地。黑星和他的副族長花楸爪正聊得起勁兒，小雲在自己的窩裡，嘴裡喃喃數著杜松果。

如果我告訴狐躍，我可以從這裡看見什麼，不曉得他會有什麼反應。

「那裡是河族，」她大聲說道，「你可以看見他們的營地……就在那裡，在兩條河流之間。」

「真可惜，那裡的樹和灌木叢太多，」狐躍調皮地喵嗚道，「不然我們就可以暗中監視他們。」

不必了，不管有沒有樹，我都能監視得到他們。鴿翅的特異能力告訴她，鯉尾正在幫她的見習生上捕魚課。「不對，苔掌，你必須坐在讓影子出現在你後方的位置，不能出現在水面上。」

「還有風族營地在那裡，」她只能這樣對狐躍說，尾巴指指另一邊的高地，「就在山谷裡，從這裡看不見。」

「我忘了，妳以前來過這兒。」狐躍的聲音裡帶有一絲嫉妒。「當時很可怕吧？」

「是很可怕，」鴿翅承認道，「我不應該……」

她突然止住腳步，因為她聽見哀號聲，嚇得她毛骨悚然，趕緊四處張望，擔心是不是隊伍裡有誰被狐狸偷襲了。可是松鼠飛和松鴉羽還好端端地走在他們前面，離他們只有幾條尾巴的距離。狐躍瞪著她，覺得她舉止怪異。

哀號聲又出現了。「不，蟻皮！」

鴿翅愣在原地。那可怕的嚎哭聲離她很近，卻是從風族營地傳來的。

接著她聽見隼翔的聲音。「給我更多蜘蛛絲。」她知道鮮血正從蟻皮的傷口汩汩流出，也察覺得到年輕公貓正在發高燒。

「隼翔，快幫幫他！」鴿翅認出了燕雀尾的聲音，她就是先前發出哭嚎聲的那隻貓。「你不能讓他死。」

「我正在盡全力，」巫醫嘶聲道，「我已經給他木賊和琉璃苣了，可是感染還是繼續擴散。」

「再給他多一點！」

鴿翅聽見有貓兒正將琉璃苣嚼成泥，灌進蟻皮的喉嚨，但垂死的戰士虛弱到無法吞嚥。

「哦，星族！」那是一星的聲音，雖然並不大聲，但非常悲切。「他還年輕，祢們怎能狠心現在就帶走他？」

「我到現在還是搞不懂他怎麼會傷成這樣？」鴿翅不確定這句話是誰在說，**也許是裂耳，我聽過他在大集會上說話。**「我本來以為是狗咬傷的，可是巡邏隊都說沒在領地裡看見狗啊。」

「我知道。」鴿翅認出另一個長老的聲音，那是網足。「我以前沒見過這種傷口，這不像是狗咬的，我敢說是貓咬的。」

裂耳哼了一聲，不敢相信。「不可能，如果是無賴貓，他會告訴我們。」

「蟻皮……」燕雀尾不斷啜泣。鴿翅記得曾在大集會上看過她和蟻皮一起現身，心想他們應該是伴侶貓的關係。「蟻皮，求求你……」

「沒有用的。」隼翔的語調沉重，非常挫敗。「他現在回星族去了。」

燕雀尾發出淒厲哀號，但這聲音在鴿翅的耳裡很快就被另一個清楚的聲音取代。

「陽擊、荊豆掌，過來這裡。」是風皮，他的聲音很低。「千萬別提起黑暗森林這四個字，」他警告道，「蟻皮是死了，不過他會到無星之地去，所以還是跟以前一樣是我們的一分子。」

哦，藤池！鴿翅全身被驚恐淹沒，原來是黑暗森林害死這隻部族貓的，**我應該馬上回雷族，告訴她蟻皮的遭遇嗎？**

「鴿翅！」

松鼠飛的吼聲嚇得鴿翅回神。薑黃色的母貓站在遠處的山丘上，回頭用綠色眼睛不悅地瞪著她，松鴉羽站在她旁邊，不耐地用爪子刮著地上的草屑。

「你們走太慢了！」松鼠飛斥責道。「快一點！」

「對不起，我來了！」鴿翅向他們喊道，趕緊加快腳步。她討厭這種丟下部族，任憑黑暗森林宰割的感覺。但她幫不了蟻皮，只能暗自祈禱藤池會自己小心。她妹妹並不笨，相信她很快就會知道蟻皮傷重而死的消息。鴿翅刻意關閉耳朵，不再去聽風族營地傳來的哀號聲。

她費力爬上山坡，狐躍始終陪在她身邊。「離家這麼遠，會害怕是很自然的事，」他安慰她，「別擔心，我會照顧妳。」

謝了，我會照顧自己！鴿翅很想嗆回去，但還是強忍住。**我又不能把真相告訴他。**

蟻皮的死訊嚇得鴿翅到現在都還在發抖，好不容易才爬上丘頂。松鴉羽走在離她兩條狐狸尾巴的下方，一不小心被石頭絆了一跤，松鼠飛趕緊衝過去扶他。

松鴉羽卻轉頭對她嘶聲說道：「我不需要妳幫忙。」

松鼠飛甩著尾巴說：「好啊，那就儘管扭傷你的腳，我們也不必旅行了。跌倒有什麼好丟臉的？」隨即又小聲補上一句：「就算是眼睛沒瞎的貓，旅行途中也可能跌倒啊。」

松鴉羽發出不悅的吼聲，跺腳往丘頂走去。

鴿翅走了幾步，終於來到山脊處，感覺強風灌進她的毛髮。身後的湖看起來好小、好遙遠，四座領地全交織一起。前面斜坡的下方被濃密的森林覆蓋，再過去是大片草原，轟雷路貫穿其中。她放眼眺望，發現到處都是兩腳獸的巢穴，有些是獨棟，有些成群聚落。

這些聚集在一起的窩，應該是兩腳獸的營地吧。

鴿翅和她的同伴們並排而站，強風襲來，他們身上的毛髮被吹得扁平，風聲在耳邊呼嘯。突然間，吵雜聲在耳裡爆開，嚇得她差點跌下山丘。各式混亂的影像盤旋眼前。她愣在原地，腳爪急戳地面，似乎想搞清楚自己到底看見或聽見了什麼。腳下紮實的丘頂彷彿正在消失，她被捲入了喧鬧紛擾、色彩雜亂的漩渦裡。

一頭閃閃發亮的紅色怪獸在一棟穴頂平坦的兩腳獸巢穴裡發出怒吼。小兩腳獸跑來跑去，放聲尖叫。一隻龐大的、黑白相間的動物睜著水汪汪的大眼睛瞪著她，下顎很有節奏地蠕動。她從沒見過這種動物。一隻公的兩腳獸推了一頭體型很小，連聲吼叫的怪獸越過一片草地，只見牠不斷啃咬地上草葉。好多隻狗一起狂吠，數量多到她無法計算。不知道哪裡正在冒水出來。惡臭的食物味道迎面撲來，將她淹沒。

她頭昏眼花，極不舒服。只能用力地眨眨眼睛，但那些影像還是沒消失。

「鴿翅！鴿翅！」狐躍的微弱聲音穿透噪音，傳了進來。

鴿翅無法移動，她想回答狐躍，但一句話也吐不出。這時她發現有另一隻貓兒朝她走來。

「鴿翅！」是松鴉羽，聲音堅定低沉。「把注意力集中在我身上，就能把其他聲音排開了。」

「不行……」她好不容易擠出兩個字。

「可以，妳可以，來，專心點！」

聽著他的聲音，就像大口灌了冰水一樣令她突然醒腦，她逐一收回自己的感官，最後鼓起勇氣睜開眼睛，好不容易看清楚眼前的松鴉羽。

「好多了。」她現在比較可以清楚聽見他說的話了。

「妳要再專注點，別又分神出去了。」

但鴿翅的腦袋裡還是不斷出現轟鳴聲，害她頭好痛，不過她已經能重新感覺到腳下踩的地面，也看得到她的同伴。松鼠飛和狐躍都一臉詫色地看著她。

狐躍用尾尖輕拍她。「沒關係啦。」他低聲道。

「妳可以繼續走嗎？」松鼠飛問得唐突。「如果不行，就告訴我們，現在回去還不遲。」

鴿翅止不住地發抖，她猜以前是因為有湖邊的山丘幫她擋掉外在世界的聲音。而今沒有山丘可以保護她了，所以她必須學會靠自己。她腦袋裡的轟鳴聲一直想傾巢而出，但被她強壓回去。她深吸口氣，面對松鼠飛，試著保持語調冷靜。「我沒事，可以繼續走了。」

松鼠飛嚴厲地看她一眼，隨即點點頭。「好吧，我們走。」她帶隊走下山坡，進入林子。

狐躍一路上走在鴿翅旁邊，毛髮輕輕刷過她的。「妳跟我一起走，」他低聲道，「沒什麼好怕的。」

他以為鴿翅是因為離開熟悉的領地才受到驚嚇，而仍在顫抖不已的鴿翅，根本沒力氣去反駁他的自以為是。

當他們走進林子，來到第一棵樹前面時，松鴉羽示意鴿翅停下來，叫狐躍先走。「妳看到山裡的貓了嗎？」他在鴿翅的耳邊嘶聲問道。

她搖搖頭。「沒有。」

松鴉羽沮喪地哼了一聲。鴿翅感到前所未有的慚愧。**我應該先想辦法幫他找出和這趟旅行有關的一些線索才對。**

當她再往林子深處走去時，紊亂不安的感覺終於慢慢消失，漸漸習慣靠自我意志擋掉外來刺激的感官干擾，她想應該是周遭的樹木幫她擋掉了一些很難驅除的雜亂影像。這座林子很像雷族的領地，讓她有回到家的感覺，甚至開始享受起這趟旅行。

「我跟妳打賭，那條河妳一定跳不過去！」他們來到一條很淺的河，狐躍向她下戰書。

「我當然跳得過去！」鴿翅反駁道，說完便跑到岸邊，後腿用力一蹬，不偏不倚地落在對岸的青苔地上。

狐躍也跟著跳，但在跳起來的時候，其中一隻後腳不小心打滑，結果後腿掉進河裡，水花四濺，打溼了自己的腿和腹毛。

「笨毛球！」鴿翅喵嗚大笑道。

狐躍爬了出來，甩甩淡紅色的虎斑毛髮。「我讓妳瞧瞧誰才是毛球！」說完立刻朝鴿翅衝過來。

鴿翅放聲尖叫，拔腿就跑，躲到柳樹垂枝的後面。狐躍悄悄跟上來，繞著樹幹追她，不時用收鞘的前爪抓她尾巴。

「你們是小貓嗎？」松鼠飛的聲音從垂枝外頭傳來。

「糟了！」鴿翅和狐躍互看一眼，知道自己犯了錯。她把頭伸出垂枝外面，發現松鼠飛就站在離他們只有兩條尾巴距離的地方，尾尖不斷抽動。「對不起。」

松鼠飛翻翻白眼。「還有很長的路要走，」她喵聲道，聽起來沒有鴿翅想像的那麼生氣。「你們最好省點力氣，現在我們必須先抓點東西吃，休息一下。」

「可是我不睏欸！」狐躍抗議道，頭也伸了出來。「我怎麼跑都不覺得累。」

松鼠飛只嘆了口氣，便兀自走了。鴿翅小心釋出特異能力，結果發現有隻田鼠正在她剛經過的河岸下方窸窸窣窣。她趕緊放輕腳步，像落葉一樣輕盈，朝牠慢慢匍匐過去。**牠不知道我**

在這裡，她心想。**我猜這些林子裡的獵物很少遇到貓吧。**

等她潛行到河邊，便立刻撲上去，張嘴一口咬住田鼠。她環目四顧，瞄見松鴉羽就坐在上游的岸邊。「你看，」她喵聲道，同時朝他走去，把田鼠丟在他腳下，「我可以很輕鬆地抓到很多獵物。」

「謝了，但我們必須先談一下。」

鴿翅點點頭，但忽然想到松鴉羽眼睛是瞎的，看不見她點頭。「好啊，等我一下，我再去抓點獵物回來。」

沒一會兒功夫，她就在一棵山毛櫸的樹根附近找到一隻正在地上啄食的歌鶇。要接近這隻鳥恐怕會比那隻田鼠來得難。她一邊想一邊悄悄穿過林地，深怕踩到地上的雜草或枯葉，然後在離歌鶇一條狐狸身長的距離處飛撲過去，前掌用力一擊，當場折斷牠的頸子。

等她回到松鴉羽那裡，發現松鼠飛和狐躍已經在旁邊分食一隻松鼠。鴿翅經過他們身邊，在松鴉羽身旁坐下來，飢腸轆轆地咬了一口獵物。「你想跟我說什麼？」她滿嘴食物地咕噥說道。

松鴉羽俐落地咬下幾口田鼠肉，囫圇吞下後才開口回答。「妳得先釋出特異能力，盡快找到那些山貓。」

「我知道。」鴿翅突然煩躁了起來，但強忍住，沒敢抽動尾巴。「松鴉羽，你必須給我一點時間習慣這地方。」

松鴉羽咕噥道：「別拖太久。」

你這個討厭的毛球，鴿翅心裡想道。她已經吃完歌鶇，於是蜷伏下來，想打個盹。但沒一會兒又想到，這次的探險責任全都壓在松鴉羽瘦弱的肩上，也難怪他脾氣這麼大。**我會盡全力幫助他的，**她暗自承諾道。

她又釋出特異能力探索林地：小動物正在草地上磨蹭，兩隻狐狸在窩裡睡覺。**希望牠們別醒來。**林子深處的河道變寬了，對岸有幾座池塘，水深到有魚在裡頭悠游。**這地方不錯，真希望藤池也一塊兒來，**她昏昏沉沉地想著，漸入夢鄉。但好像才一會兒功夫，松鼠飛就用爪子戳她，叫她起來。「好了，該走了。」

鴿翅蹣跚地爬起，用力眨眨眼睛，趕走睡意。天色雖然有點陰，但她認為應該剛過了正午而已。狐躍正拱著背，伸懶腰。松鴉羽等在旁邊，非常不耐，爪子不停刨刮草地。

松鼠飛沿著河，帶他們走到林子的另一頭。盡頭是成排的刺藤叢和榛木叢，再過去是土灰色的斜坡，可通往山谷。鴿翅瞄見遠處有兩腳獸巢穴，於是告訴自己，到時一定要關掉自己的特異能力，才不會被兩腳獸的吵鬧聲干擾。山谷的另一頭是更多覆滿林子的山丘。再過去就是高聳入雲的灰色群峰。起初鴿翅以為自己看到的某種形狀奇怪的雲，直到松鼠飛用尾指著它們說：「山就在那裡。」

「那是我們要去的地方？」狐躍的語調夾雜著興奮與恐懼。「它們好巨大哦！」

我們一定得爬上去嗎？鴿翅沒把這句話說出來，她不希望松鼠飛又以為她膽怯了。可是她突然覺得自己好渺小、好無足輕重。

「上一次我們來的時候，曾在這裡過夜。」松鼠飛抬眼看看天色。「不過我想我們可以再趕一點路。」她帶著大家走下斜坡，進入山谷。稀疏的草地上有幾匹馬正在低頭吃草，牠們的體型比鴿翅在馬場見到的馬來得小，毛髮較蓬亂。牠們站在一棵樹底下，尾巴揮來甩去，用好奇的眼睛看著貓兒，但還好都沒走上前來，這讓鴿翅鬆了口氣。

再過去是獨棟的兩腳獸巢穴，四周是灰色岩塊搭建的圍牆。當他們經過時，圍牆上方傳來憤怒的嘶吼聲。鴿翅抬頭看見一隻肥碩的薑黃色寵物貓拱起後背，豎起毛髮。

「快給我滾開！」他怒吼道。「這裡是我的地盤！」

「哦，是嗎？」狐躍旋身一轉，蹲伏下來，對準寵物貓的方向，準備跳上牆去。「你要不要證明一下啊？寵物貓？」

「不行！」松鼠飛擋在狐躍前面。「冷靜點，我們不是來找麻煩的。」

「可是他只是隻寵物貓啊。」狐躍反駁道。「我一隻腳爪就夠對付他了。」

「你有膽上來試試看啊！」寵物貓吼道。「這裡還輪不到你作主，你們這些長滿跳蚤的野貓！」

「你要讓他繼續這樣嘲笑我們啊？」狐躍難掩憤怒地問道。

松鴉羽這時開口了。「用點大腦好不好，狐躍，要是你受傷了，我拿什麼來治療你啊？這附近有蜘蛛絲嗎？我來得及在你流血身亡之前，找到木賊來救你一命嗎？」

「可是……」狐躍仍瞪著那隻寵物貓。

「別理他，我們繼續走，現在就走。」松鼠飛喵聲道。

她說完轉身，繼續往前走。松鴉羽甩甩尾巴，示意狐躍跟上。年輕戰士雖然餘怒未消，也只能服從。鴿翅走在最後面。

「膽小鬼！」寵物貓在後面尖聲喊道。「快滾吧，離這裡遠一點！」

等到他們走遠了，不再聽見對方的叫囂聲，鴿翅才寬下心來，但這時松鴉羽朝她轉身，她又開始緊張起來。

「我本來以為妳會先給我們一點預警。」他咕噥道。

「什麼？」鴿翅不敢相信他竟然為了一隻寵物貓的事在怪她。「這地方我又不熟，」她為自己辯解。「我走路時不能光注意聽前面的動靜，也得小心腳下走的路啊。」

巫醫不悅地吼了一聲，便不再吭氣。

「如果你們願意的話，我可以到最前面幫你們偵察動靜。」狐躍提議道。

「是哦，」松鼠飛的語調反諷。「結果到時反而發現你在前面跟誰打了起來，所以不了，謝了。」

「我不會的，真的。」狐躍保證道。

「不必了，」松鼠飛現在的語氣和緩多了，「狐躍，我相信你會服從命令，但我們現在最好別走散。」

隊伍繼續往前走，沒多久，便看見小徑上橫亙了一排籬笆，那是光禿多刺的矮木叢，顏色灰白，地上的根和雜草糾結叢生在一塊兒。

「我們會從這裡穿過去，」松鼠飛向大家說明，「再越過後面的草原，不過還是得沿著籬笆下面走，才比較安全。」

松鴉羽低聲附和。「就快到獅焰和冬青葉以前遇見狗的那個地方了，」他喵聲道，「我們一定要小心。」同時狠瞪鴿翅一眼。

松鼠飛帶著他們繼續沿著籬笆往前走，終於走到兩株矮木叢中間的一個缺口處，空間大到足夠貓兒鑽進去。

「鴿翅，妳先過去。」松鴉羽命令道。

「松鴉羽，這支隊伍是誰在負責指揮？」松鼠飛明知故問道，然後才轉身對鴿翅說：「好吧，妳先走，但要小心點。」

鴿翅知道松鴉羽為什麼指定她。她已經釋出特異能力，越過樹籬，探向草原另一頭。**沒有狗，但有些奇怪的動物……哦，我知道了，是綿羊。**她記得以前拜訪風族時，也曾在遠處見過牠們。這種動物很溫馴。

她貼平身子，鑽進樹籬缺口，上面的刺不斷刮著她的背。她穿過去之後，站起身來，發現眼前就有兩頭毛絨絨的大型白色動物，牠們的腳有尖蹄，表情溫馴，一副與世無爭的模樣。

近看牠們的感覺好奇怪哦，她心想，**牠們看起來有點笨**。

「鴿翅？」松鼠飛焦急的聲音從樹籬後面傳來。「妳沒事吧？」

「沒事！」鴿翅回答道。「你們可以過來了。」

松鴉羽接著出現，他站起身來，甩甩凌亂的毛髮，走進草原。狐躍跟在後面，最後是松鼠飛，她從荊棘縫隙裡氣喘吁吁地鑽出來。

「你看，」她直起身子，得意洋洋地說道，「沒卡住欸！」說完表情突然有點窘。

她好像是在跟誰說話，不過對方不在這裡。鴿翅心想。

松鼠飛甩甩頭，彷彿想讓自己的頭腦清醒過來，然後才走到隊伍前面帶路，繼續沿著樹籬走。鴿翅覺得這片草原很遼闊，看不到盡頭。**這裡所有的東西都好大**，她心裡害怕地想，但盡量不讓自己發抖，**我甚至看不到天空的盡頭。**

突然間響亮的吠叫聲灌進她耳裡。她當場愣住。那一瞬間，她其實很驚訝怎麼其他隊員還能毫無所覺地繼續往前走。狗的氣味充斥她鼻腔，她才驚覺是她的特異能力在向她預警。「有狗！」她大喊一聲。「快找掩護！」

松鼠飛轉身望向綠色的平野。「在哪裡？」

「那邊。」

鴿翅伸長尾巴指出方向，只見一隻狗兒出現在草原中央微微隆起的高地上，牠大聲狂吠，朝他們衝來，尾巴在身後飛舞，黑白相間的毛髮在狂風肆虐下凌亂翻飛。

「狐狸屎！」松鼠飛嘶聲罵道。「鴿翅、狐躍，你們快帶松鴉羽躲進樹籬裡。」

狐躍已經把松鴉羽推進灌木叢，鴿翅瞄見有棵矮木的刺沒那麼多，於是趕緊鑽進樹籬找松鴉羽。「你把腳爪放這裡，」她命令道，同時用尾巴引導他。「快爬上去。」

松鴉羽費力地往上爬，嘴裡連聲咒罵，鴿翅轉頭去看，發現松鼠飛正背對著樹籬，蓬起全身毛髮，體型彷彿漲大了兩倍，然後拱起背，朝著急奔而來的狗兒咆哮怒吼。

「滾開，你這隻醜八怪！」她吼道。

暫時藏在灌木叢裡的鴿翅，不禁佩服松鼠飛的勇氣。**松鼠飛最先想到的就是松鴉羽。**這令她不由得想起這位薑黃色戰士將松鴉羽他們三姊弟視如己出地撫養長大，但其實葉池才是他們真正的親生母親。

即便是現在，松鼠飛還是認為自己就像他們的母親一樣，鴿翅突然明白了，對她好生同情。

鴿翅隔著刺木叢往外探看，發現那隻狗就停在松鼠飛面前，亢奮地吠叫，沒打算攻擊。**星族啊，求祢們快把牠趕走。**

「完了！」狐躍的聲音打斷了她的祈禱。

鴿翅又往外看，驚見高地上還有另一隻狗朝他們衝來。**這下是兩隻了！牠們一定會攻擊我們的。**

松鼠飛仍站在原地保護後方的他們，鴿翅費力爬出樹叢，想去幫她。但才爬出來，第二隻狗就已經衝到第一隻狗旁邊，朝牠吠叫。鴿翅注意到第二隻狗口鼻處的毛已經灰白，這才知道這隻狗年紀不小了。「牠吠叫的樣子好像在訓斥見習生哦！」她低聲對狐躍說道。

較年輕的那隻狗突然蹲在地上，嗚嗚發出哀鳴。貓兒們仍不敢掉以輕心，過了一會兒，兩隻狗突然轉身，跑回草原，將羊群趕在一起。

「對欸，好像哦！」狐躍的眼裡閃著興味的光芒。「牠好像在說，不要找這些貓麻煩，你這個笨毛球，快回去工作！」

鴿翅吁口氣，爬出樹籬。狐躍趕緊幫忙扶松鴉羽下來。巫醫走了出來，嘴裡咒罵聲不斷，轉頭拔掉毛裡的刺。

「我的腳墊扎到刺了，」他咕噥道。「誰去幫我找片酸模葉來。」

鴿翅在樹籬下面找到一叢酸模，摘了片葉子回來給他。松鴉羽忙著用葉汁揉搓腳墊，這時鴿翅又釋出特異能力，追蹤那兩隻狗和那群羊。雖然牠們已經消失在視線裡了，她還是繼續追蹤，發現那兩隻狗兒正在草原的另一頭忙著把羊聚在一起，趕牠們穿過缺口，進入另一片草原區，有隻兩腳獸和牠們在一塊兒。

「我想牠們不會來找我們麻煩了。」她喵聲道。

「但願妳是對的。」松鼠飛撫順身上毛髮，看來在他們當中，只有她不曾發抖。「我們先離開這裡，再紮營過夜。」薑黃色戰士繼續說道，「經過了這番折騰，我們都需要好好休息。」

松鼠飛再度帶領他們出發，沿著樹籬前進，鴿翅忍不住回頭望向來時路。陽光透過雲縫灑下來，太陽正在西下，整座草原沐浴在紅霞裡。鴿翅仍能清楚看見他們剛穿越的山脈。她試著遙想那座湖和遠方的部族貓。雷族的黃昏巡邏隊正在回營地的路上，到了夜裡他們將各自回窩裡就寢。

她釋出特異能力，心底突然無來由地起了寒顫，此刻她才明白這將是她生平第一次與過去熟悉的世界斷了聯繫，因為這中間出現了太多外來的聲音和影像干擾她與那世界的聯繫。

我離家好遠了。

第十章

藤池眨眨眼睛，緩緩地睜開，只見黑暗森林的慘白光影籠罩四周。她蜷伏在一株老灌木的樹蔭底下，樹影斑駁的映在她銀白色的毛髮上。她打個呵欠，爬了起來，悄聲走出去。這裡的樹叢濃密，樹枝在頭頂上糾結交纏，夜空無星，但還好有樹蔭擋住視線，她反正看不見，心裡才好過了點，因為那是種可怕的象徵，會不斷提醒她這裡不是雷族。

「可是我還是感覺離家好遠哦。」她喃喃低語。

她嗅聞空氣，聞到許多貓兒的味道，聽見有微弱的聲音從離此處幾條狐狸尾巴遠的林子裡傳來。藤池朝那方向走去，來到在一處空地邊緣，停下腳步，從蕨叢裡往外窺探，看見鷹霜站在空地中央，四周參差不齊地圍著一圈年輕貓兒。藤池認出裡頭有虎心和風皮，還有一隻白色的河族母貓，不過她不記得她的名字。其他的都不認識。

鷹霜的冰藍色眼睛在青白光影下閃閃發亮。「作戰時，你不會只一對一對打，」他喵聲道，「貓兒會從四面八方撲上來，所以你必須作好準備。現在，我要你們全攻上來。」

「我們全部？」風皮語氣懷疑。

「沒錯，就是全部。」鷹霜的聲音尖銳。「如果你願意的話，我也可以晚點再找你單挑。」

「哦，不了，鷹霜，謝了。」風皮趕緊回絕。

鼠腦袋！藤池心想道。

「好了，」鷹霜冰冷的眼睛掃視全場。「現在……攻擊我吧！」

一瞬間的功夫，視線裡突然失去暗色虎斑戰士的蹤影，被鋪天蓋地、尖聲嚎叫的年輕貓兒埋在裡頭。他的頭猛然間冒了出來，彷彿在一片毛海裡泅泳。儘管藤池不喜歡鷹霜，但看見他殺出重圍，甩掉身上的攻擊者，仍不禁嚇得倒抽口氣，暗中佩服。他的移動快得迅雷不及掩耳，強健的下顎沒有停止過攻擊，不斷咬扯襲擊者。一隻貓兒敗退，另一隻也接著退下來，直到最後只剩鷹霜獨自站在場中央，毛髮凌亂，氣喘吁吁，但看不出來身上有任何傷口。

太厲害了，她不得不承認。他是怎麼辦到的？她有股衝動，很想找他好好討教。

「現在，」虎斑戰士歇口氣後，繼續說道：「有誰能告訴我，你今天學到了什麼？」

「離你的爪子遠一點。」虎心咕噥道，低頭舔舔流血的腳爪。

年輕貓兒們被逗得喵嗚叫，但鷹霜不覺得有趣。「還有什麼高明一點的看法？」他追問。

白色的河族戰士舉起尾巴。「看來你好像是靠四腳並用的方式在打鬥。」她喵聲道。

「說得好，冰翅，」鷹霜朝她讚許地點點頭，「這就是我的方法。」

「可是要怎麼做到呢？」另一隻貓追問道。

「看好，我秀給你們看，這次我會做得很慢。」鷹霜先穩穩地撐起後腿，伸出出鞘的前爪，迅速往下一劃，等前爪碰地時，又立刻踢出後腿，這時要是有哪隻貓倒楣地站在後面，鐵定會被他踢飛在地。「就像這樣，」他說完後，又重複一遍示範動作，但這次比較快。「現在你們來試試看。」

藤池看著那些部族貓展開練習，這才發現貓兒的數量遠遠超過她以前每次來黑暗森林所見的數量。**怎麼這麼多！**她想道，心裡的恐懼令胃部開始糾結。這裡不但有虎心，連他的同伴紅柳和鼠疤也在。還有風族的陽擊以及一位河族見習生，再加上白色戰士冰翅。

「我以前就覺得鼠疤賊頭賊腦的，」藤池嘴裡嘀咕，「他會來這兒，我一點也不訝異。至於風皮，向來是個討厭的傢伙。不過我在大集會上遇見過陽擊，當時我還滿喜歡她的，冰翅看起來也很和善，她們怎麼會在這兒呢？」

那我呢？我又怎麼會在這裡？她提醒自己。**我是來臥底的，也許有些貓兒也是來臥底的。**

可是從這些貓兒競相演練鷹霜戰技的模樣看起來，他們似乎都跟藤池最初來這裡的心態一樣：想向戰技更高超的戰士學習技術，成為頂尖戰士，保衛家園。

藤池知道如果她繼續待在蕨叢裡，遲早會被他們聞出她的味道。她可不希望被他們認為鬼鬼祟祟。**即便我的確鬼鬼祟祟！**於是她從蕨叢裡出來，繞過正在練戰技的貓兒們，逕自走向鷹霜，站在他面前，很有禮貌地垂頭致意。「你好。」她喵聲道。

鷹霜的表情冷若冰霜。「妳遲到了。」他厲聲道。

「對不起，我一直睡不著，所以來不了。」

暗色虎斑貓抽動耳朵。「妳的部族沒把妳好好地操一操嘛，」他邪笑地問道，「那就讓我們來好了。」他提高音量。「黑暗森林裡的貓兒們！」

大夥兒全停下動作，圍了上來。鷹霜非常讚許地環顧他們。「很好，」他喵聲道，「我給你們一個機會活用一下剛學到的戰技，藤池會幫忙你們。上吧！」

他身子一躍，跳出圈子，留下藤池單獨面對貓兒們的步步進逼，還沒來得及出聲抗議，風皮就撲了上來。對方使出鷹霜教的招術，但藤池往後一閃，害他目標落空，失去平衡，狠狠跌在地上，差點爬不起來。

「算你倒楣，你這隻癩皮貓！」藤池吼道。

這時不知誰的爪子往她後背一劃。她還來不及轉身，又被另一隻貓從上面千斤壓頂，她跌倒在地，口沫噴飛。此時，她才總算看清楚對方是誰，虎心的琥珀色眼睛離她只有一隻老鼠的距離。

「我要好好教訓妳，誰叫妳當初攻擊我弟弟。」他怒吼道。

藤池改用後腿踢打虎心的下腹。他趕緊滾開，臨去前，不忘朝她耳朵重重一擊。別隻貓兒立刻遞補上來，有一隻貓用牙齒緊咬住她的尾巴，害藤池幾乎無法移動。貓群邪惡的叫囂聲快震破她的耳膜。

我一定會奮戰到底！

突然有個黑影漸漸籠罩打鬥中的貓群，叫囂聲瞬間凝結。藤池感覺到原本壓在身上的重量跟著消失了，她蹣跚地爬了起來，眼睛上方有鮮血滴下來，模糊了她的視線。她伸掌一把抹乾，抬眼看見碎星站在空地邊緣，身後暗處還有另一隻貓。

「別讓我打斷你們的興致。」碎星喵聲道。

鷹霜上前一步，恭敬垂頭。「歡迎大駕光臨，碎星，需要我們效勞什麼嗎？」

「應該是我來說我能為你效勞什麼吧？」影族前任族長回答道。「我有個新見習生要介紹給你們。」他上前一步，走進空地中央，身後的貓兒亦步亦趨。當棕色虎斑貓走進亮光處時，藤池驚駭地倒抽口氣，難以置信。

「這位是雷族的花落，」碎星繼續說道。「你們當中或許有貓兒認識她。花落，這些都是妳的新夥伴。」

花落緊張地四處張望，目光落到藤池時，感覺得到她認出她來了，但沒有說話，只是簡單地點個頭。藤池猜，她是不想讓黑暗森林裡的貓兒認為她比較忠於雷族貓。

有些貓兒跟花落打招呼，除此之外，並沒有再多交談。藤池一想到黑暗森林裡的一切是如此虛偽，就覺得可怕。**這裡的貓兒算是同一族的貓嗎？看起來不像！可是怎麼會有雷族貓來這裡？雷族貓應該是最忠心的部族貓！**

「所以，」鷹霜拉長語調說道，「碎星，你要讓我們見識一下新來的貓兒的本領嗎？」

影族貓以尾巴示意鼠疤，代替回答。「上！」他厲聲命令。

鼠疤雖然才剛被鷹霜抓破一隻耳朵，但仍毫不猶豫地衝向花落，後者被對方突如其來的攻擊嚇到，還來不及反應，便被他撂倒在地。鼠疤發出洋洋得意的尖嗥，爪子緊扣她喉嚨。旁觀的藤池，緊張到胃不斷翻攪，花落猛踢後腿，好不容易把鼠疤甩在地上，趁他還沒爬起來，往他身邊衝了過去，輕輕回擊，再旋身一轉，等他使出下一招。

妳的爪子得出鞘啊！藤池心裡焦急地想道，**又不是在雷族上課。**

鼠疤蹲伏下來，再次撲向花落，花落靈敏地鑽進他下方，不料最後一刻鼠疤竟在空中扭身一轉，撲上她的腰腿，尖牙咬進尾巴根部。花落痛得大叫，滿臉驚恐。影族戰士再度將她壓制在地，這次花落怎麼也甩不掉他。她慌亂地出拳揮打鼠疤的頭與肩，但藤池看得出來她愈來愈沒力。

藤池不想看見自己的族貓被那隻體型壯碩、經驗老到的影族貓撕成碎片，於是衝了過去，拿肩膀去撞鼠疤，把他從花落身上推開，爪子順勢劃過對方耳朵。鼠疤發出怒吼，轉身想攻擊她，花落跌跌撞撞地爬了起來。

「住手！」碎星的聲音從彼端傳來，鼠疤來不及再做任何攻擊。

三隻貓兒全停下動作，黑貓緩步穿過空地，朝他們走來。他抽抽耳朵，要鼠疤退下，自己朝藤池森然逼近，琥珀色的眼睛怒瞪著她。「妳以為妳誰啊？」他聲音低沉邪惡，藤池不寒而慄。「憑什麼干涉？」

她試著不去怕他，勇敢抬起頭，回瞪對方。「我們應該忠於彼此，不是嗎？」她的憤怒取代了恐懼。「難道要我們像膽小鬼一樣站在旁邊，看著他們自相殘殺嗎？」

碎星瞇起眼睛，身上的每根毛髮好像都在對外宣示他不信任她。「妳救的是妳自己的族貓。」他不客氣地說道。

「我把這裡的貓全看成自己的族貓，」藤池回嗆道。**星族，拜託讓他相信我！**「我就是不懂為什麼要給第一次來這兒的見習生這麼難看的下馬威。」

碎星仍站在原地，目光盯看她好一會兒，最後哼了一聲，走到旁邊去，留下藤池獨自面對花落。

「妳不必幫我，」玳瑁色戰士嘶聲道，一邊撫順身上凌亂的毛髮。「我自己就能打敗鼠疤。」

是哦，那獾八成也能飛上天了，藤池心想道，轉身離開，突然瞄見貓群裡有隻棕色公貓，她認出來了，因為他有隻耳朵是黑的。

「蟻皮！」她大喊道，朝他跑過去。「我剛沒看見你在這裡，幸好你沒事。」

風族戰士的傷口已經痊癒，後背和喉嚨都留下了長長的疤痕，但身子看起來很健朗，毫無病痛的樣子。他不解地看看藤池。「這裡現在是我的家了。」他喵聲道。

藤池一時之間沒會意過來，突然間恍然大悟，心一下子涼了下來。「你……你死了？」她倒抽口氣。

蟻皮聳聳肩。「妳要這麼說也可以。」

「你到這兒來，是出於自己的意願嗎？」藤池問道，並試圖掩飾訝異的語氣。**我喜歡蟻皮，他不像這裡的貓那麼邪惡。**

「這些貓現在是我的族貓了，風族已經成了過去，」蟻皮的聲音裡帶有些許遺憾。「我還能去哪兒呢？」

藤池答不上來。「我很難過你死了。」她尷尬地說道。

「這裡本來就是我想來的地方。」蟻皮再次聳聳肩，這樣回答她。

「藤池，過來一下。」

鷹霜的叫喚，聽在藤池耳裡，竟像是救兵一樣解除她的尷尬，她垂頭向風族戰士致意，趕緊跑過空地去找鷹霜。一隻河族見習生站在他旁邊，瞪大眼睛，滿臉焦急。

「這位是穴掌，」鷹霜告訴她，「他是新來的，妳教他一兩招，可以嗎？」

「好啊。」藤池回答道。她很高興鷹霜不會在旁邊監看，他穿過空地，到另一頭去看虎心和陽擊練習戰技。

「嗨，穴掌，」她喵聲道。「你第一次來嗎？」

「第二次，」穴掌聲音尖細得像小貓一樣，他清清喉嚨，「我是在夢裡遇見鷹霜，和他聊了起來，」他補充道，「我告訴他別的見習生老是欺負我，他說他有辦法教我怎麼對付他們。」

「是啊，我們可以幫你。」藤池承諾道，心裡卻為這個緊張的見習生感到難過。**他不知道自己入了圈套，不過我當時也不知道啊。**她心裡想道，**教他一兩招打鬥技巧，應該沒什麼壞處吧。**

穴掌聽見她這麼說，精神一振。「太好了！這樣一來，鱒流和苔掌就會知道我的厲害了。鱒流升為戰士後，變得好囂張哦。」他補充道。

「現在先把你的爪子收起來。」藤池建議道，心裡暗自希望鷹霜和碎星沒聽見她說的話。**我今晚的麻煩已經夠多了。**「好了，」她繼續說道，一點都不拖泥帶水，「假設我是隻狐狸，正要攻擊河族營地。你要怎麼對付我？」

穴掌沒有回答，直接撲了上來。他露出尖牙，尖聲嘶吼，伸直腳爪，毫無防備。藤池及時閃開，從下面絆他一腳，反身單腳箝住他肩膀，另一隻扣在他肚皮上，被壓倒在地的穴掌只能無助地扭動身軀。

偉大的星族！他們河族是怎麼教見習生的？

她大聲說道，「現在我這隻狐狸要把你拖進我的洞裡再吃掉你。」她放開見習生，後者蹣跚爬了起來，低頭站著，前爪尷尬地搓著地面。

「對不起。」他咕噥道。

「不用說對不起。」藤池回頭看了一眼，確定鷹霜和碎星聽不見他們的談話。「畢竟你是來這兒學習的，現在換你當狐狸，我會秀給你看剛剛你應該怎麼做。」

她教了穴掌幾個基本技巧，讓他知道如何進攻，如何傷敵，如何讓自己全身而退。「千萬記住，不管是狐狸還是我們最害怕的獾，牠們的體型都比你重、比你大，所以靠蠻力是不行的，你的行動必須更敏捷才行。試試看。」

穴掌迫不及待地又撲了上來，這次是用沒出鞘的爪子往她身側一揮，馬上彈回去。「像這樣？」

「很好，再一次。」

藤池趁見習生練習時，又偷瞄了碎星和鷹霜一眼。他們已經各自走開，繞著空地，檢視其他貓兒的練習狀況。**別來我這兒就行了。**

她向穴掌喊停，正要解釋下一個動作時，突然聽見鷹霜的聲音：「藤池！」**完了！**

藤池轉身過去，發現原來是虎斑戰士在叫所有貓兒回到空地中央，她這才鬆了口氣，因為這代表這堂課結束了。

「你們都做得很好。」鷹霜等大夥兒都圍過來時，這樣說道。「尤其是妳，花落，」他補充道，對新來的雷族戰士點頭稱許。「那個跳躍和扭身動作做得非常好。」

花落眼睛一亮，非常自豪。「謝謝你，鷹霜。」她垂頭向黑暗森林的戰士表示謝意。

「相信妳很快就能適應這裡。」鷹霜告訴她。

藤池情緒低落，她環顧這群精瘦結實，渴望戰場的戰士們。**星族，求求祢們幫助我們，**她心想道。**黑暗森林正在向四大部族招兵買馬……而且漸具成效！**

第十一章

鴿翅停下腳步，抬頭仰望，再仰望。總覺得那覆滿白雪、綿延起伏的山巒和嶙峋堆疊的岩石彷彿沒有盡頭，終於她看見最高的頂峰，矗立在淺色蒼穹中，白雲裊裊縈繞。

「真不敢相信！」她倒抽口氣。

「好……好雄偉哦！」狐躍的聲音尖細的像隻被嚇壞的小貓。

「這座山是挺嚇人的，尤其當你是第一次見到它。」松鼠飛來到兩隻貓身邊附和道。「我永遠忘不了第一次來這裡的經驗。」

「要是我也忘不了。」松鴉羽豎起頸毛，呸口出這句話，活像剛剛不小心吞下了什麼腐臭的食物。「上面又冷、風又大，而且路很難走，不過我們還是得啟程出發，走吧。」

自從離開湖邊之後，這已經是第三個日出。天空清澈透明，但鴿翅還是蓬起全身的毛，抵禦自山頂直灌而下的徹骨寒風。「怎麼會有貓住在這裡？」她問道。「會有獵物嗎？」

「少得可憐。」松鴉羽回應道。

「當然有獵物，」松鼠飛喵聲道，並瞪了巫醫一眼。「不過不太一樣，捕獵的方式也大不相同，妳會見識到的。」她揮動尾巴，下令出發，松鴉羽跟在後面。鴿翅瞪大眼睛，和狐躍互看一眼，也跟了上去。他們沿著小徑，走進高低起伏的丘坡，這裡到處都是雜草和石楠叢，突岩裸露於地表。

「感覺好像風族的領地哦，」狐躍咕噥道，「我不喜歡。」

鴿翅低聲附和，這裡沒有樹叢供她躲藏，她覺得很不習慣，她想念森林裡濃密的矮樹叢，裡頭總是不缺獵物。「至少我們看得到誰在鬼鬼祟祟地跟蹤我們。」她自我安慰。

她開始釋出特異能力，探查可能的危險，但什麼也沒發現，只聽見遠處獵物鬼祟躲藏的聲響和滴滴答答的流水聲。這時頭頂傳來一聲尖嗥，鴿翅抬頭一看，只見有隻鳥在天上盤旋。她起初沒意會過來那雙過寬的翅膀所代表的意義，只隱約感覺到有點危險。

「老鷹，」松鼠飛喵聲道。「這一路上我們會看到很多老鷹。要小心點，因為牠們的體型大到足以攻擊我們。」

鴿翅不禁全身發抖，**這是什麼鬼地方啊？怎麼連隻鳥都這麼危險？**

一整天下來，他們都在山裡穿梭，只有正午時分休息了一下。松鼠飛和狐躍合作抓了隻兔子回來，供大家一起大快朵頤。坡度漸陡，地上的草也益發稀疏，最後竟變成崎嶇難走的石子路，只有幾簇雜草和猙獰的灌木扎根在岩縫裡。太陽下山了，在他們前方投下長長的陰影，紅霞覆上白雪覆蓋的山坡。

真希望天黑前能找到地方休息。鴿翅心裡想。

松鼠飛帶他們沿著兩座峭壁中間的曲徑走，山谷裡仍飄著白雪，他們穿過一處布滿大圓石的空地，必須爬上爬下地攀越岩石。松鴉羽嘴裡不住咒罵，因為他老是滑倒，根本不知道腳該往哪裡踩。過了這裡之後就是窪地，裡面積滿雪。最下面有座水池，池邊已經結冰，四周長滿茂密野草，但都已白頭覆雪。

「太好了，總算可以喝點水！」狐躍大聲嚷道，往前一跳。「我的舌頭乾得快和石頭一樣。」

「小心點！」松鼠飛警告正往前跳的年輕公貓。

緩步走在狐躍後面的鴿翅，突然聞到強烈的貓腥味，當時她的腳正跨過味道最嗆的地方，恍然大悟這塊地方應該就像是森林裡的邊界記號區一樣。

「我們已經進入部落的領地了。」松鼠飛解釋道，然後又用一種很滿意的語氣補充道。「他們終究還是做了邊界記號。」

四隻貓兒都走到池邊喝水，但就在鴿翅伸爪戳破冰面，舔第一口冰涼的水時，突然有怒嗥聲劃破她身後的空氣。

「闖入者！」

說時遲那時快，一個身影撲了上來，害她跌在池邊，四隻腳胡亂揮打，水花四濺。她好不容易翻過身，爬了起來，看見一隻體型比見習生還小的黑色公貓，正滿懷敵意地瞪著她。

「離開我們的領地！」他呸口道。

「等一下……」松鼠飛大喊一聲。

「水影！住手！」

一隻灰白色的母貓從水池對面半山腰的一塊大圓石後方走出來，後面跟著一隻暗色虎斑公貓和另一隻帶有灰色斑點的年輕母貓。

「可是他們闖入我們的領地！」叫做水影的公貓反駁道。

「不，他們不是。」母貓走下山坡，站到水影旁邊，輕輕摑了他一隻耳朵。「他們不是闖入者，是我們的訪客。」她轉身面向松鼠飛，語調驚訝，耳朵抽呀抽的，隨即熱情招呼：「松鼠飛，真高興再見到妳，還有松鴉掌。」

「是松鴉羽。」巫醫抽抽耳朵，糾正她。

「妳是翅影，對不對？」松鼠飛上前一步，和灰色母貓互碰鼻頭。「還有陡徑。」她朝那位暗色虎斑貓點頭致意。「這是鴿翅，這是狐躍。」

鴿翅點頭打個招呼，好奇地打量這群部落貓。他們的體型都比部族貓小，而且看起來好像從來沒有吃飽過。

「這隻半大貓……」翅影繼續說道，尾巴指著那隻黑色公貓，「我是說這位剛剛莽撞到竟想以一擋四的老兄，叫做水影，而這位是迅雨。」

那隻帶有灰色斑點的貓兒禮貌性地點個頭。

「半大貓？」鴿翅喃喃自語。

「就像我們的見習生一樣。」松鴉羽在她耳邊嘶聲說道。

「我從沒想過會再見到妳，」陡徑對松鼠飛說道，「是四大部族有了什麼麻煩嗎？你們需要幫手嗎？」

「不是，我們很好，」松鼠飛喵嗚道，「我們只是來看看自己的老朋友。」

翅影抽抽鬍鬚。鴿翅心想，這隻部落貓一定認為他們這麼大老遠地跑來，而且還是在禿葉季，肯定有別的更好的理由，但她沒多問什麼，只說：「我們先帶你們回洞裡，天快黑了。」

於是雷族貓跟著部落貓深入山裡，這時太陽已經失去蹤影，最後一道紅光正漸漸隱沒。暮光漸離，小路更難辨識，但部落貓腳步依舊穩健地往前跑，站在岩堆上方，等部族貓趕上來。山裡風聲鶴唳，刮起風雪，鴿翅的眼睛都快睜不開來。

「怎麼有貓兒想住在這種連星族都放棄的地方，」松鴉羽氣喘吁吁地爬上一塊大圓石，「我就是搞不懂。」他蹲在岩石上，一直沒敢下來，因為下面的地凹凸不平，鴿翅知道如果他跳錯地方，可能會傷到自己。

「等一下，」她喵聲道，隨即先跳到一塊雪地上，確定那裡沒有尖銳的稜角。「你從這裡跳下來，」她告訴松鴉羽。「聽我聲音的方向跳。」

松鴉羽縱身一躍，笨拙著地。鴿翅幫忙扶住蹣跚不穩的松鴉羽。「謝了。」他嘟囔道。

但就在他們跟著前面的松鼠飛和狐躍爬上長長的斜坡時，鴿翅突然聽見一種陌生的聲音：那是持續不斷的低吼聲，而且隨著腳步的前進益發響亮。

「那是什麼？」她問松鴉羽。

「哦，妳已經聽到啦？」松鴉羽放低音量。鴿翅本想動用自己的特異能力，接著恍然大悟。「是瀑布對不對？急水部落住的地方。」

沒多久，所有貓兒都聽見了隆隆的瀑布聲。他們腳步艱難地爬上最後一座陡坡，步上平板的岩塊，只見急流在圓石間流竄。山風呼嘯而過，吹亂鴿翅的毛髮，風勢強勁到連腳都站不穩，雖然如此，隆隆如雷的瀑布聲還是蓋住了狂躁的風聲。

鴿翅緩步走向懸崖邊緣，只見河水從崖邊墜落，在空中劃出優美弧線。「哇！」她大聲對陡徑說道，後者就站在她旁邊，伸出一隻腳爪，似乎是警告她小心點。「你們真的住在這裡？」

「我們的洞穴就在瀑布後面。」他語帶驕傲地說道。

「好帥哦！」**我們真的要走到那道白花花的水牆後面嗎？**鴿翅暗自想道。**貓兒怎麼可能住在那裡？**

陡徑帶著部族貓從瀑布旁邊下去。石頭非常溼滑，鴿翅盡量將爪子戳進堅硬的岩面，用力揮動尾巴，保持平衡。她心跳得很快，但又不敢在這些陌生貓兒面前露出懼色。松鴉羽在翅影和松鼠飛的前後護衛下，小心翼翼地爬下去，一路上嘴裡嘀嘀咕咕的。

最後他們全都站上一條通往瀑布後方的小徑。小徑的一邊是崖壁，另一邊是瀑布，鴿翅跟著陡徑的腳步小心前進。瀑布水花四濺，她的毛髮都溼了，全身不停哆嗦。

天已經暗了下來。瀑布像一大片光影起伏的灰色水幕，映照出月亮的銀光和點點星光。鴿翅緩步前進，一個深幽的空間在水幕後方豁然打開。陡徑沒入其中，聲音幽幽地傳進鴿翅的耳裡，帶點奇怪的回音。

「歡迎來到急水部落！」

鴿翅眨眨眼睛，進入洞穴，後面跟著松鼠飛、松鴉羽和狐躍，其他部落貓壓隊殿後。她甩乾身上的毛，仰看高聳的穴壁，但看不見穴頂，因為高處隱沒在黑暗裡。洞穴盡頭有兩條地道通往更幽暗的深處。貓兒們各自蹲伏在岩架上，瞪大眼睛，俯看下方的新訪客。還有幾隻貓兒在地上繞著圈子，看在鴿翅眼裡，像在進行某種訓練。他們一看見有訪客來，全都停止動作，往洞口圍過來。鴿翅緊張到連毛髮都微微刺痛。

就在這時，大叫聲從洞穴彼端傳來。「我真不敢相信！是松鼠飛和松鴉掌欸！」

「是松鴉羽。」松鴉羽嘀咕道。

一隻暗灰色公貓從陰暗處跳出來，在松鼠飛面前煞住腳步，他的腿比其他部落貓都來得長。「真高興又見到妳。」他喵聲道。

「鷹崖，」松鼠飛的聲音熱情，「我也很高興回到這裡。」

更多的貓兒聚攏過來，互相招呼，詢問有關四大部族的問題。鴿翅的頭不停地轉來轉去。松鼠飛為她介紹每隻貓兒，但實在很難記全所有名字，也很難分辨誰是誰，因為他們看起來都很像，又瘦又小，而且幾乎都是灰棕色的毛。

而且他們的全名都好長，難怪都只挑兩個字稱呼。

「還記得你們第一次來的時候，我們偷襲過你們嗎？」一隻叫鷹爪的老貓對松鼠飛說道。

「我差點就把妳的皮剝了，不過你們還是說服了我們，我們是同一國的。」

「誰把誰的皮剝了，還說不定呢。」鴿翅很驚訝松鼠飛竟敢親暱地用頭去頂老虎斑貓的肩膀。「不過我們的確是同一國的，尖牙才是我們的公敵。」

鷹爪點點頭，悲傷地眨眨眼睛，又甩甩頭，彷彿想驅趕掉什麼痛苦的回憶。「溪兒呢？」他環目四顧，擠到圍觀的貓群邊緣，大聲喊道，「溪兒，妳看誰來了。」

一隻優雅的虎斑母貓從洞穴後方角落裡走出來，腳下一邊趕著走在她前面的兩隻小貓。

松鼠飛瞪大綠色的眼睛，目光炯炯。「溪兒，妳有小貓了！」

溪兒緩步走向松鼠飛，和她互碰鼻頭，發出開心的喵嗚聲，張開下顎，嗅聞松鼠飛的味道。「歡迎妳來，」她喵聲道，然後驕傲地說道：「這是雲雀，這是松石，妳不覺得雲雀長得很像她父親嗎？」

「我真為妳和暴毛高興。」松鼠飛深吸口氣，彎身去聞那兩隻小貓。

兩隻小貓瞪大眼睛，抬頭好奇地看著她。「妳是來加入我們的部落嗎？」雲雀問道。

松鼠飛搖搖頭。「不是，我們只是來這裡拜訪你們。」

「妳應該留下來，」松石告訴她，同時熱情地搖搖那根粗短的小尾巴，「部落貓是最棒的。」

鴿翅饒有興味地和狐躍互看一眼，並瞄到一旁松鴉羽翻著白眼。

「我需要妳給我一點育兒經驗，」溪兒繼續對松鼠飛說，「妳的三個孩子都長得這麼好！」

鴿翅表情有點僵，等著聽松鼠飛怎麼回答。不過松鼠飛看起來好像也不知道該如何回答對方，只見她低下頭。「妳把他們養得很好啊，不用我幫忙啦。」她喵聲道。「他們都很可愛，很健康，也很強壯。暴毛呢？」她顯然想趕快轉移話題。

「去巡邏邊界了，」溪兒解釋道，「他應該快回來了。」

「是嗎，最近巡邏的情況怎麼樣？」松鼠飛問道。「你們有辦法固守邊界，防止那些野貓入侵嗎？」

「這事其實挺麻煩的，」一隻黑色公貓回答道。鴿翅記得他的名字是尖嗓。「害我們騰不出時間去狩獵，因為等大夥兒巡邏回來，大多累壞了。」

「你們不必全都去巡邏啊，」狐躍環顧洞裡的貓兒們，然後說道。「你們有很多貓，可以一組去巡邏，一組去狩獵。我們就是這樣做的。」

「部落的做法不一樣，」松鼠飛解釋道。「他們有不同的分工方式，狩獵貓負責捕捉獵物，護穴貓負責保護狩獵貓。所以需要派更多的貓去捕捉獵物。」

「是啊，不過他們還是可以……」

鴿翅沒去聽狐躍後面的話，因為她的敏銳聽力捕捉到洞穴後方傳來輕微的腳步聲。這時有個粗重的聲音突然傳來，「他們這次又來做什麼？」

鴿翅旋即轉身，看見貓群自動一分為二，讓路給一隻瘦弱的老虎斑公貓。他的體型比新見習生大不了多少，凌亂毛髮下清晰可見兩隻乾癟的後腿。他走上前來，鴿翅驚訝地聽見他心臟跳動的聲音很不均勻，呼吸也很費力。他停在松鼠飛面前，一張嘴，一股腐臭味就溢了出來。

這隻貓快死了！鴿翅突然警覺到。

「尖石巫師……」溪兒結結巴巴地說道。「你看誰來了。」

「我自己看得到。」尖石巫師呸口道。「我只是想知道他們來這裡做什麼。」

松鼠飛看了溪兒一眼，然後站上前去，很有禮貌地朝老公貓鞠躬致意。「你好，尖石巫師，」她喵聲道，「我和同伴只是來這裡拜訪你們，我想知道你們過得好不好。」

「妳以為沒有你們，我們就活不下去了嗎？」尖石巫師咆哮道。

鴿翅看得出來松鼠飛有點不高興，耐住性子，爪子刮著尖硬的地面。「我不是這個意思……」她開口說道。

尖石巫師低吼一聲打斷她，尾巴跟著一甩。狐躍瞪大眼睛，在鴿翅耳邊嘶聲說道：「嘿，是不是誰在他的食物上拉了一坨屎？」

松鴉羽上前一步。鴿翅開始緊張，因為這位脾氣很壞的巫醫向來開口沒什麼好話，只會把事情弄得更僵。但沒想到松鴉羽一開口，語氣竟不同於以往。

「相信我，尖石巫師，沒什麼好擔心的，我們只是以朋友身分，為和平前來。」他揮動尾巴，指著狐躍和鴿翅，「況且我們認為若能讓這兩隻年輕的貓兒見識一下部落貓的生活方式，也是件好事。我們都有彼此可以學習的地方。」

尖石巫師哼了一聲，不過沒再質疑這些訪客。

「說得好，松鴉羽。」松鼠飛低聲道。

翅影穿過貓群，走了過來，向尖石巫師垂頭致意。「巫師，大家可以分享今天的食物了嗎？」

「今天的食物？」狐躍聽起來很驚訝。「妳意思是說一天只吃一頓？那你們不會餓嗎？」

「那你們不會太肥嗎？」一隻年輕母貓反嗆道，上上下下地打量狐躍。

尖石巫師准許他們用餐，不過鴿翅看得出來他並不高興。他終於退到後面，翅影和溪兒則帶著訪客穿越洞穴，來到獵物堆前。

「請自便。」翅影說道。

跟在松鼠飛後面的鴿翅從獵物堆裡拖了一隻鳥屍出來，飢餓地大啖。她費力吞下鳥肉，心想，**我的星族啊，這味道怎麼是苦的！**她端詳這隻獵物，發現以前沒見過這種鳥，體型比森林裡的鳥大多了，有棕色的羽毛和鉤狀的鳥嘴。

「哪隻貓這麼厲害，竟然可以自己抓到這麼大隻的鳥。」她喃喃道，有點像是自言自語。

「別傻了，」水影無意中聽見她的話，這樣大聲回答她。他一臉不屑地看著她。「又不是每隻貓都是單獨狩獵。狩獵貓是一起合作的，連小貓都知道這個道理。迅雨，雪兒，過來！」他向剛剛在山裡見過的一隻半大貓以及另一隻全身雪白的年輕母貓喊道。「雪兒，妳來當老鷹！」

「好。」迅雨跳上穴壁的岩架。

「迅雨，你和我當狩獵貓。」水影繼續說道。

「可是我是護穴貓欸。」迅雨抗議道。

水影嘆口氣。「那又怎樣？總可以假裝一下吧？你又不是不知道狩獵貓的工作是什麼。」

迅雨聳聳肩，蹲伏在一座大圓石底下。水影也在幾條尾巴遠的地方蹲伏下來。兩隻貓兒待在原地，動也不動，鴿翅一頭霧水地看著他們。

「他們什麼也沒做啊。」正在進食的狐躍抬起頭來，低聲說道。

這時岩架上雪兒突然跳向地面，說時遲那時快，水影和迅雨立即行動，撲上她的背，用爪子將她擊倒在地，不讓她起來。

「嘿，不難嘛！」她喊道。

「你們在做什麼？」一隻懷孕的黑色母貓不太高興地回頭看他們。「你們這些半大貓，現在是進食時間，不是玩耍時間。」

「對不起，無星之夜。」迅雨咕噥道。

「我們只是向這些訪客示範……」水影辯解道。

「我知道，我知道，」無星之夜打斷他的話，「反正全是藉口……要示範等明天天亮再示範不行嗎？」

水影垂下頭，從獵物堆裡拉出一隻死兔子，和其他半大貓一起分享。

「好奇怪哦，」鴿翅對狐躍小聲說道。她突然好想家，在雷族，只要獵物夠多，餓了隨時都可以去吃。而且見習生只要把分內的工作做完，就可以去玩耍，沒有貓兒會制止。「部落貓怎麼這麼嚴厲啊。」

狐躍挨近她。「嚴厲又古怪。」他附和道。

等部族貓都吃飽了，溪兒才帶著他們走到洞穴另一頭。「你們可以睡在這裡。」她大聲說道。鴿翅繞著松鼠飛的四周看了一下，發現地上有幾個淺淺的凹洞，裡頭鋪滿羽毛。**這些是臥鋪嗎？**她心裡納悶，不免又懷念起老家窩裡那些柔軟的青苔和乾燥的蕨葉。

溪兒那隻叫松石的小貓，上前聞一聞其中一個最大的臥鋪。「這個看起來好舒服哦！」

「我要睡這裡！」雲雀大聲宣布，同時跳進臥鋪中央，羽毛頓時彈飛了起來，在空中飛舞，其中一片掉到她鼻頭，害她打了個大噴嚏。

「不行，」溪兒大聲斥責，毛髮蓬起。「立刻給我出來，我們有自己的臥鋪。」

雲雀甩著尾巴，爬了出來，身上沾滿羽毛。溪兒用尾巴拍掉她身上的羽毛，再幫忙撫順毛髮。「對不起，」她對松鼠飛低聲道，「不過妳也知道這個年紀的小貓就是這樣。祝你們今晚有個好覺。」她又說道，並用尾巴將兩隻小貓圍起來，半推半哄地帶走。

「晚安！」松鼠飛在她後面喊道。

鴿翅蜷伏在其中一個臥鋪裡，卻難以成眠。瀑布的隆隆水聲吵得她耳朵很不舒服，但又沒辦法將那聲音關掉。她覺得自己好像被困住了，水聲淹沒了遠處其他可能的聲響。她從來沒有被岩石和水聲這樣層層包圍過。

這樣下去不行，她心想。

她看見另外三個同伴已經入睡。松鴉羽的身體很不自然地扭動著，好像正在夢裡跟星族的貓兒溝通……又或者是去黑暗森林了。她可以聽見部落貓在洞穴深處準備就寢的聲響。

「閉上妳的眼睛，雲雀。」這是溪兒的聲音。「不然睡不飽，明天就沒有力氣玩囉。」

「晚安，飛鳥。」這是老公貓鷹爪的聲音。

「晚安，」一隻陌生的母貓這樣回答，「祝你有個好夢。」

「雪兒，如果妳不把妳的臭腳爪從我耳朵上移開，我就抓妳的腳！」鴿翅聽到水影嘟囔抱怨，差點笑出來。

聲音漸漸消失了，洞內一片寂靜。鴿翅躡手躡腳地從臥鋪裡爬起來，緩步穿過洞穴，往瀑布走去。她心癢難耐，想出去走走，不停回頭張望，擔心若被任何一隻部落貓發現，可能會以為她是間諜。還好在她走到小徑偷偷溜出去的路上，都沒有貓兒喝令她站住。月光下的瀑布閃閃發亮。鴿翅爬上水潭邊的岩石，只見水花四濺，銀色水霧瀰漫空氣。

好美！這一幕讓她終於明白，為何這個部落會願意把家園建在這處不適合居住的地方。

黑暗中的鴿翅小心地攀爬瀑布旁邊那層層堆疊的大岩石，直抵崖頂。她先甩乾身上的毛，才坐下來好好欣賞風景。如畫的美景令她屏息，白雪覆頂的群山環繞，放眼望去，綿延不斷。下方瀑布隆隆水聲響如天雷，不過這聲音和洞穴聽見的不一樣，不會讓她有被困住的感覺。

鴿翅釋出特異能力，往美麗的雪景延伸過去。在清澈透明的空氣裡，她的視覺和聽覺變得更加敏銳。她聽見大鳥在巢穴裡的動靜──**那是老鷹嗎？**──那些用小樹枝搭建的巢就蓋在光禿的絕壁上。岩縫裡的山泉正在融冰，雪白的兔子在雪地和卵石間尋找裹腹的草葉。這座看似貧瘠的山區其實處處充滿生機。

這時鴿翅突然察覺到其他貓兒的聲音，這些貓兒的腳步聲比部落貓來得沉重，他們傲慢地在岩石間彈跳，故意踩踏部落貓的氣味記號，不屑一顧。

「哦，這是部落貓的邊界。」一個假惺惺的聲音傳進鴿翅耳裡。「我們要跨過去嗎？我好害怕哦，怕到全身發抖欸！」

「這些貓的腦袋是被蜜蜂叮了嗎？」另一個聲音回答。「他們以為光靠這種看不見的記號，就能擋住我們？」

鴿翅專注聽著，怒火漸旺，因為有第一隻貓跳過了邊界，接著是第二隻，然後又跳回去，最後全部的貓兒全都跳進急水部落的領地裡。

「你們在哪裡啊？」第一隻貓吼道。「巡邏隊在哪裡啊？快把我們趕出去啊！」

「他們就像受驚的小兔子，全躲起來了。」第二隻貓喵聲道。「我們去狩獵吧。」

鴿翅聽見他們慢慢走遠去尋找獵物——而且還是急水部落的獵物。她伸出爪子，刮著岩面。松鴉羽和獅焰曾告訴她上次的旅行經驗，說他們是怎麼建立邊界，怎麼要求入侵的貓兒遵守承諾，尊重邊界。

這有什麼意義？她憤憤不平地想道。**那些貓根本不講原則，我們怎能寄望他們乖乖待在邊界的外頭？**

她的身後傳來很輕的腳步聲，她以為是部落貓，趕緊起身轉頭去看，結果竟是松鴉羽。

「你怎麼爬上來的？」她問道。想到剛剛這隻瞎眼貓爬上來的時候，隨時可能失足掉進下面的水潭裡，胃就開始翻騰。

「當然是費盡千辛萬苦啊，」松鴉羽滿不在乎的說著風涼話，同時甩甩身子，水霧飛濺。他長嘆口氣，在鴿翅旁邊坐下來，揮揮尾巴，指指四周的山峰。「很壯觀吧，對不對？」他氣喘吁吁地說道。

「你怎麼知道？」鴿翅語帶驚訝，不過話才說出口，她就知道答案了，一定是他在夢裡來過這裡。「我們為什麼要來這兒？」她追問道。

「急水部落也有自己的祖靈啊……」松鴉羽回答道，同時用尾巴圈住自己的腳。「祂們叫殺無盡部落。我想祂們會告訴我一些事……和那個預言有關的事。」

「如果我們真的星權在握，」鴿翅若有所思地大聲說道，「那麼也許連急水部落也被包含在內。」

松鴉羽抽抽自己的耳朵。「我不認為這事有那麼簡單。別忘了尖石巫師的權力很大——比部族裡的族長或巫醫所握有的權柄還大。不過我相信我們的天命和急水部落有關。」

「我們以前幫了他們這麼多忙，」鴿翅喵聲道，「也許現在該是他們回報我們的時候。」

「也許吧。」松鴉羽同意道。

鴿翅在他說話的時候，聽見另一隻貓爬上崖頂的聲音，一隻寬肩的灰色公貓跳了上來，緩步走向松鴉羽，垂頭致意。「你們好，真高興又見到部族貓。」

「暴毛。」松鴉羽點頭跟對方打招呼。「這位是鴿翅，白翅的小貓。」

鴿翅眨眨眼睛，非常興奮竟然親眼見到已成為貓族傳奇的暴毛。暴毛的父親是雷族貓，母親是河族貓，他本身曾去過太陽沉沒之地會見午夜，後來又參加大遷移，為貓族找到湖邊的新家，但是他太愛溪兒了，最後決定離開自己的部族，與她廝守，在山裡的急水部落共組家庭。

「湖邊的老家一切都好嗎？」暴毛問道。他的聲音充滿渴望。鴿翅這才知道儘管他已經長留山裡，但心還是永遠向著自己的老家。

「很好，」松鴉羽回答道。「去年綠葉季我們遇到旱災，湖水幾乎乾了，不過還好有鴿翅跟探險隊一起去找水源，所以現在又有水可以喝了。」

暴毛看著鴿翅，琥珀色的眼睛亮了起來。「做得好！一路上一定很辛苦吧。」

鴿翅低下頭。「我大多時候都蠻害怕的。對了，之前有棵大樹砸進我們山谷裡，」她補充道，試圖改變話題，「所以現在的窩看起來都跟以前不太一樣了。」

暴毛點點頭。「河族呢？」他問道。

「我想他們都很好，」鴿翅告訴他，「不過豹星死了。」

暴毛垂下頭。「很遺憾聽見這個消息，她是個偉大的族長。」他停頓一下，「所以現在是霧星在當家？」

鴿翅點點頭。「她也是個偉大的族長。」

「我知道。星族做了正確的決定。」

「那尖石巫師的繼任者是誰呢？」松鴉羽問道，那聲音似乎是想向鴿翅暗示，這問題不像她想的那麼簡單

暴毛搖搖頭。「尖石巫師拒絕透露，」他喵聲道，「你可以想像得到急水部落對這件事的感受。」

鴿翅一臉不解。「有這麼麻煩嗎？」

暴毛轉向她。「每位巫師都有同樣的封號，」他解釋道，「都被稱為尖石巫師或巫師。通常未來的尖石巫師都是從小貓裡頭挑選出來的，從小就接受現任巫師的訓練。現在部落裡的貓都很擔心新的尖石巫師恐怕無法在現任巫師死亡之前學會所有本事。」

「意思是你們可能會沒有領導者。」鴿翅大聲說道。她知道尖石巫師必須同時身兼部落領

導者和巫醫兩種角色。要是都沒有，部落該怎麼辦？

「所以殺無盡部落打算怎麼辦？」松鴉羽問道。「如果祂們……」

暴毛突然打斷他，急急抽動尾巴，要他別出聲，隨即爬到崖邊往下探看。鴿翅悄悄溜到他身邊，瀑布湍急水流就在離她不到一條尾巴的地方往下急墜，巨響隆隆地灌進下方水潭。

「小心點。」暴毛輕聲警告她。

就在遠處下方，瀑布後面的小徑出現一隻貓。鴿翅立刻認出尖石巫師的瘦弱身影。「怎麼回事？」她低聲問暴毛，「是不是想透透氣，平靜一下？」

暴毛搖搖頭。「巫師從不離開洞穴的，」他解釋道，「除非是要在崖頂舉辦什麼儀式。不過這種機會不多……通常都是有貓死了才會舉辦。照理說，他應該整天待在洞穴裡，隨時與殺無盡部落溝通才對。」

「他從不離開洞穴？」鴿翅重複道，她突然為這隻終身被囚禁在岩壁與水牆後方的老貓感到悲哀。

「是啊，特別是晚上星星最亮眼奪目的時候。所以尖石巫師現在出來，等於是蔑視祖靈，公然違背部落的古老律法。」

鴿翅俯看尖石巫師，後者正坐在水潭邊，凝神看著群山。她好奇他正在想些什麼，為什麼他這麼討厭部族貓來這。如果他知道松鴉羽和鴿翅都是星權在握的貓，他的看法會不一樣嗎？

這預言是不是要我們像保護四大部族一樣保護這個部落？

第十二章

獅焰跳上地上橫倒的樹幹，伸個懶腰，享受陽光灑在金黃毛髮上的感覺。樹上有嫩芽冒出，而枯黃的蕨叢裡，也有鮮綠的綠葉正冒出頭來。枝頭上鳥鳴不絕於耳，甚至聽得見小動物在矮樹叢裡搔抓的聲響。

新葉季就快到了。

他的隊友正走進他後方的空地：煤心不時抽動耳朵和鬍鬚，對獵物的動靜保持警覺；蟾蜍步發出的聲響簡直比一整群獾同時出沒更過之而無不及；玫瑰瓣壓隊殿後。

「好，」獅焰從樹幹上跳回空地那一頭，「這是個好地方。火星要我和煤心訓練你們的狩獵技巧。」他緩步走向兩隻年輕的貓。

「太棒了！」蟾蜍步看著獅焰，兩眼發亮。「你們也會教我們一些打鬥技巧吧？」

「拜託啦。」玫瑰瓣跟著懇求。

「也許下次吧，」煤心彈彈尾巴，「今天我們只專注在狩獵技巧上。先讓我們看看今天能抓多少隻獵物回去。」

蟾蜍步一臉失望。「你最擅長打鬥了，」他對獅焰說，「雷族何其有幸能有你當我們的戰士。我從來沒見你受過傷。」他一臉開懷地又補上幾句，「有一天我也要像你一樣保衛我的部族，讓任何敵人都傷不了我。」

獅焰很想嘆氣，但忍住。**要是他的打鬥方式像我這樣，保證一定傷勢嚴重。**他語氣尷尬地說道，「蟾蜍步，你需要找出一種屬於你自己的打鬥技巧，不是像我或其他任何一隻貓。」

「可是你這麼強，我為什麼不能學你？」

獅焰渾身不自在，連毛髮都豎起來。他瞥了煤心一眼，後者正看著他，藍色眼裡滿是同情。

「每隻貓都會受傷，」他堅稱道，「每隻貓都有自個兒的弱點。真正厲害的戰士必須知道自己的弱點在哪裡，然後……」

「快看我！」

獅焰的話突然被蟾蜍步打斷，只見他撲向地上的樹幹，爪子猛揮，狠刮它的樹皮，還張嘴猛咬樹枝。

「住手！」獅焰大吼道，他猛地跳向年輕戰士，咬住他的頸背，用力拉開。「像你這樣打法，等於去送死。」

他居高臨下地站在年輕戰士面前，後者驚駭地仰望他。獅焰怒火中燒，再加上他原來就恨透了那個控制了他一生，害他別無選擇的預言，火氣更是一發不可收拾。**我情願放棄我的戰鬥異能，只求成為一隻平凡的部族貓……只求能和煤心廝守一生。**

「嘿，獅焰，輕鬆點。」煤心緩步走了過來，尾尖擱在蟾蜍步的肩上。「蟾蜍步只是太一頭熱了，如此而已。」她眼帶興味地看著這年輕貓兒，又加了一句，「不過就算你想盡辦法宰了這棵樹，對你的戰技也沒什麼幫助吧。」

「對不起，獅焰，」蟾蜍步結結巴巴，「我只是想證明給你看……」

「我知道。」獅焰抽動鬍鬚。「只是你一定要記住，每隻貓都有自己的極限，你必須知道自己的極限在哪裡。」

蟾蜍步點點頭，退回空地，目光仍緊緊盯住獅焰，彷彿以為黃金戰士隨時可能撲向他。

「真是個鼠腦袋的小白癡，」獅焰低聲對煤心說道，聲音沮喪，「要是他為了學我而受傷，我會作何感想？」

煤心體恤地點點頭。「他一定會懂你的苦心。」

她的回答讓獅焰心裡好過了一些，於是轉身對兩位年輕戰士說，「好了，先看看我們剛剛有沒有把森林裡的獵物都嚇跑。」他開口道。「你們聞到什麼了嗎？」

蟾蜍步立刻抬起頭來，張開下顎嗅聞空氣，玫瑰瓣也在樹根處到處嗅聞。

「有松鼠！」蟾蜍步大聲說道。

「很好，但不用大聲昭告整座森林吧，」獅焰低聲說道，「我們不希望獵物知道我們的行蹤。」

蟾蜍步低下頭，爪子刮著地上的枯葉。「對不起，我忘了。」

「所以松鼠在哪裡？」煤心問道。

蟾蜍步用尾巴指向一株刺藤叢，松鼠就藏身在捲鬚草叢裡面，只露出尾尖。蟾蜍步光用聞的就能找到牠的蹤跡。

「很好，」獅焰點頭稱許。「現在讓我們看看你們的獵捕蹲姿。」

蟾蜍步蹲伏下來，沒一會兒功夫，玫瑰瓣也蹲在他旁邊，獅焰和煤心細看他們的蹲姿。

「不錯，」獅焰告訴蟾蜍步，並用尾巴彈彈他的後腿。「把你的後腿收緊一點，才會有更大的彈力跳出去。」

「玫瑰瓣，妳做得很好，」煤心接著說。「妳的重量分配得很平均。」

「好了，我們以兩隻貓為一組，進行狩獵。蟾蜍步，這是你的松鼠。」獅焰繼續說道，同時查探了一下那隻動物還在不在那裡。「你可以慢慢爬向牠。玫瑰瓣，妳去那棵樹那裡……」他用耳朵指向一棵覆滿常春藤的樹。「這樣一來，要是松鼠想從那個方向逃跑，剛好可以逮住牠。」

玫瑰瓣點點頭，朝那棵橡樹走去，蟾蜍步則悄悄穿過草地，但就在他快匍匐到可以突襲松鼠的最佳定點時，後腳不小心碰到蕨葉，發出微弱聲響，松鼠立時警覺坐起，拔腿就跑，奔過空地，朝玫瑰瓣所在的那棵橡樹直衝。

玫瑰瓣伸掌過去，但松鼠卻以僅差一隻老鼠身長的距離，從她掌邊閃過。玫瑰瓣趕緊跳上去，旋身一轉，只見藤蔓叢一隅微微搖晃，松鼠已經消失無蹤。

「搞什麼狐狸屎啊！」蟾蜍步大聲說道，氣呼呼地跳過來。「玫瑰瓣，妳應該抓得到牠啊。」

「玫瑰瓣，妳得再專心點。」煤心告誡道。

「是啊，任何事都有可能發生。」獅焰嚴厲地看著年輕戰士。「所以我們得隨時做好萬全準備。」

「這裡哪有可能發生什麼事？」玫瑰瓣不屑地彈彈耳朵，環顧這座平靜的林子，新葉季即將來到，林子像籠罩在一層綠霧裡。「我看連蜜蜂都睡著了。」

但最後這句話突然被貓的尖叫聲吞沒，那聲音就在附近。「救命啊！有狗！」

獅焰當場愣住。「是蜂紋！」

「快！」煤心催他快去。他有點擔心地看了年輕貓兒一眼，於是她又追加一句：「我會照顧他們兩個，你快去。」

獅焰躍過地上樹幹，衝進矮木叢，往營地方向跑。他聽見低沉的狗吠聲夾雜著尖銳的貓嗥聲，心跳開始加速。他從蕨叢裡衝出來，在空地邊緣戛然煞住腳步，只見空地上的蜂紋正弓起背，淺色毛髮豎得筆直，正與一隻大黑狗對峙。

「快滾！」蜂紋大吼道，並伸出腳爪，爪子出鞘。「快滾，不然我就撕爛你的耳朵。」

這隻狗張開大嘴，舌頭垂在森森尖牙之間。牠忽然撲向蜂紋，獅焰還沒來得及反應，年輕公貓已猛然前衝，逃出他身後的刺藤叢，迅速奔過空地，後面的大狗一路追咬。蜂紋伸爪扒住最近一根樹幹就往上爬，好不容易在低矮的樹枝上穩住身子，向下俯看。那隻狗還在不停地往上跳，狂吠不已。蜂紋的尾巴吊在半空中，離那些致命的爪子只有不到一隻老鼠身長的距離。

獅焰衝過去，發出震耳欲聾的吼聲。狗兒停下跳躍動作，霍地轉身，黃色眼睛死瞪著他。

「我在這兒，你這隻臭狗！」獅焰突然被旁邊傳來的聲音嚇了一跳，他轉頭看見蟾蜍步正匍匐到他身邊。「來啊，來抓我們啊！」

「你不是應該和煤心在一起嗎？」獅焰厲聲問他。

蟾蜍步的目光一凜。「我想幫你的忙！」

「快回去！」獅焰用肩膀把黑白相間的公貓推回蕨叢裡。「蜂紋，你不會有事的，」他對另一個同伴喊道，「你想辦法再爬高一點。」

他沒有抬頭去看蜂紋有沒有照他話做，反而把所有注意力都放在那隻狗身上。牠停下動作，看起來有點困惑，頭轉過來看看獅焰，又轉回去看看蜂紋，然後又轉回來，接著突然往空地這頭猛衝，張開大嘴，連獅焰都聽得到牠的喘氣聲。

「待在這裡別動！」他對蟾蜍步嘶聲喊道，後者剛剛被獅焰一把推了進去，差點跌倒，現在還在蕨叢裡搖搖晃晃地想爬起來。獅焰縱身一躍，從那隻狗的身上跳過去，落在空地的另一頭，希望能引牠離開自己的同伴。

「不行！」蜂紋尖聲大喊，跳上低矮的樹枝。「別去那個方向……薔光在那裡。」

「什麼？」**一隻殘障貓怎麼會跑到林子裡來？**他看不到薔光，但聽得見身後那隻狗熱熱黏黏的喘氣聲，沒有時間多問了。獅焰知道他可以直接攻擊這隻狗，而且會毫髮無傷，可是蟾蜍步和蜂紋都在看他，他怕會露出馬腳。**尤其對蟾蜍步來說，他應該多學點防禦術，而不是盲目地模仿我。**

他只好往回跑，眼角餘光瞄見煤心和玫瑰瓣正瞪大眼睛站在空地邊緣，表情一致的驚恐。

「薔光在那裡！」獅焰吼道，同時用尾巴指指方向。

煤心倒抽口氣，趕緊小心繞過空地邊緣。那隻狗立刻轉向去追她，嘴裡發出興奮的尖叫聲。獅焰趕緊衝過去，試圖攔阻，但爪子沒有出鞘，只是輕碰牠的口鼻，讓牠聞到他的味道，引回牠的注意力。他跑進林子裡，誘使牠離開空地。他在蕨叢裡疾步穿梭，朝湖邊跑去。那條狗緊跟在後，距離近到連喘氣和腳步聲都聽得見。他本來可以爬上樹自保，但他擔心如果他這麼做，那隻狗又會回去薔光的藏身處，而她根本保護不了自己。

隔著前方的林子，他看見波光粼粼的湖面。**到了湖邊之後呢？**他反問自己。**要跳進水裡嗎？**他心跳如雷，呼吸急促，突然腳底一陣刺痛，原來是踩到了荊棘，但他仍舊忍痛繼續向前跑。

前方出現荊棘叢，獅焰一躍而過外圍的藤蔓，但沒想到錯估了距離，腳被藤蔓纏住，跌倒在地，驚聲尖叫地滾了幾圈，直到撞上樹幹才停止。他想要爬起來，但藤蔓依舊緊纏在腳上，而那隻狗已經躍然在目，牠發現他被困住了，眼裡兇光一閃。

星族救救我！獅焰暗自祈禱。

這時頭頂上方傳來一聲尖嗥，他抬頭去看，發現蟾蜍步正在一棵樺樹的枝椏間小心穩住身子。**他一定是學松鼠在樹枝間奔跳，一路追了過來！**

黑白相間的公貓跳回地面，擋住那隻狗，尾巴甩來打去。「來啊，來抓我啊，你這隻臭狗！」他挑釁道。

狗兒突然轉身，腳下揚起一陣草屑沙土。獅焰一想到同伴可能會被那條狗撕爛，突然力氣大增，掙脫掉荊棘，不顧身上仍黏著刺，就往狗兒身上撲過去，張嘴朝牠的尾巴用力一咬，隨即轉身往湖邊逃。

狗兒發出慘叫，緊追在後。獅焰回頭去看，發現牠只離他不到一條尾巴的距離。蟾蜍步竟也在後面猛追。

「快離開這裡！」獅焰大聲吼道，可是年輕公貓卻置之不理。

眼看狗就要咬到他的腳跟，獅焰趕緊衝出灌木叢，往湖邊奔去。他考慮要跳進水裡，但他知道狗兒也會游泳。

我這次完蛋了！

這時他突然瞄見遠處岸邊有隻兩腳獸正朝著林子裡呼喊，其中一隻前爪還抓著一根長長的籐狀物。當牠看見那隻狗時，立刻發出憤怒的吼聲。狗兒立刻煞住腳步，垂下耳朵，轉向朝兩腳獸的方向奔去。兩腳獸將籐狀物綁上牠的項圈，將牠拉走。

獅焰看見牠走遠了，立刻繞回來，在岸邊的灌木叢裡找蟾蜍步。「謝了，」他氣喘吁吁，四腳一癱，趴在蕨叢上，「還好有你趕到，不然我就要被牠抓到了。」

蟾蜍步也在他旁邊躺下。「我怎麼可能單獨丟下你。」

「說得好，」獅焰發現這是個好機會，可以說明他先前一直想強調的重點。「這件事可以讓你學到一個教訓，那就是千萬別憑一己之勇去挑戰對手，並肩作戰的勝算會比較大。」

年輕戰士點點頭，但又突然驚詫地瞪大眼睛。「你說得對，可是你剛跌進那堆荊棘叢裡，怎麼一點傷也沒有。」

「哦，我的毛髮很厚，」獅焰喵聲道，心想還好急中生智想到這個藉口。然後看看自己的腰腹處，又補了一句，「不過我大概被扯掉不少毛了吧。」

獅焰和蟾蜍步回到空地，發現煤心、蜂紋和玫瑰瓣都圍在薔光旁邊。這隻母貓身子扭曲地躺在冬青樹底下。獅焰猜八成是蜂紋一看見狗出現，就先把她藏在這裡了。

「牠走了嗎？」獅焰和蟾蜍步一回來，煤心便轉身問道。

獅焰點點頭。「有隻兩腳獸把牠帶走了。」他朝灌木叢下方探看了一下，大聲說道：「妳沒事吧？薔光？」

「如果能把我從這裡弄出去，我當然沒事。」薔光回嗆道，聲音聽起來很不滿又很窘迫。

「我們怕弄傷了妳，」煤心說道，「現在有獅焰來幫忙，馬上就能把妳弄出來了。」

「只要像拉根棍子一樣把我拉出去就行了！」薔光呸口道。「反正也不可能再弄傷什麼了，不是嗎？」

「妳別那麼激動，放輕鬆點。」煤心伸掌到灌木叢底下，輕輕按住母貓的肩膀。

薔光甩掉她。「我知道我惹出很多麻煩，」她哭嚎道，「但我再也受不了老待在那個窩裡。」

「都是我的錯。」蜂紋承認道。「是我帶妳出來的。」

獅焰看著年輕戰士，對他與薔光之間深厚的手足之情非常感動。他想他一定費了很多力氣，才把她從營裡一路拖出來。

「蜂紋，我不會讓他們怪你，」薔光執意道，聲音緊張尖銳。「是我強要你帶我出來的。」

現在說這些話都於事無補，獅焰心裡想道。這種太溫情的場合總是讓他很不自在，於是他說道，「我們先把你們兩個送回營裡吧。」

獅焰和煤心通力合作，把薔光從冬青樹叢裡輕輕拉出來。獅焰再蹲下來，讓他們把她拖上他的背。獅焰揹著她搖搖晃晃地站起來，走回山谷，蜂紋和蟾蜍步跟在兩旁幫忙穩住背上的薔光。

「這裡有百里香。」煤心用尾巴指著岩縫下方幾簇新長出來的綠葉。「它可以安撫妳的情緒，薔光，如果事後覺得肌肉痠痛，也能減輕疼痛。」

「謝謝妳，煤心，」薔光一邊嚼，一邊咕噥答謝。「妳很懂藥草欸。」

營地入口終於在望，煤心停下腳步。「獅焰，我們先停下來。」她的耳朵指向某個岩縫，那裡有水涓滴而下，形成小水塘。「我們先喝口水，大家會比較舒服點。」

於是獅焰緩步走到水邊，輕輕放下薔光，讓她先喝口水。「蟾蜍步、玫瑰瓣，」等大夥兒都喝過水之後，他喵聲道，「你們兩個先回營裡，如果大家一起回去，一定會引起騷動。」

「還有，沒必要提起那隻狗的事，」煤心補充道。「我不認為牠會再回來，所以不需要驚動大家。」

「蟾蜍步，」年輕的貓兒正要離開時，獅焰又說道，「你今天的表現很勇敢。」

「謝謝你，獅焰。」年輕戰士喜形於色。

「你上了一堂團隊合作的課，」獅焰繼續說道，「所以千萬記住，戰士不一定要當英雄，真正的英雄之舉來自於團隊合作。」

蟾蜍步興奮地點點頭，然後才跟在玫瑰瓣後面跳開，鑽進荊棘隧道裡。

「感謝星族保佑，」獅焰對煤心咕噥道。他向來害怕別的貓兒學他那種不把命當回事的打鬥方式，身邊能有隻懂他心事的貓兒聽他吐吐苦水，心裡多少能感到安慰。「我想他已經懂我要說的重點了。」

煤心低聲附和，然後轉身面對薔光，後者又喝了一些水。「妳離開營地要做什麼？」她柔聲問道。

「松鴉羽不在，所以我想幫葉池和亮心找點藥草。」薔光的聲音像是在哭，眼裡有倔強的神色。「我只是想讓自己有點用處。」

獅焰深感同情。

「我知道我不可能好起來，」薔光愈說愈小聲，爪子鑿進水塘邊的青苔裡。「可是……」

「這種事很難說，」煤心打斷她，「現在就下斷言未免太早。」

薔光搖搖頭。「我自己知道，所以我想找個方法來適應這種……半死不活的日子。」

「妳才沒有半死不活！」蜂紋反駁道，尾尖碰碰他妹妹的腰腹。「妳只是……有點改變而已。」

「是啊，只不過是變得很糟。」薔光的語調冷靜。「而且我總覺得如果我一點用處也沒有，部族憑什麼要照顧我。我又不是長老，又不是因為狩了一輩子的獵和打了一輩子的仗，才理所當然地退休坐享清福。我才剛當上戰士而已。」

「我保證我們會找到方法讓妳發揮所長的。」煤心慎重說道。「妳很與眾不同，」她看了獅焰一眼，又補充一句，「你是我所見過最堅毅和最勇敢的貓。」

薔光興奮地瞪大眼睛。

「我不能跟妳保證我絕對能在一夜之間改變這一切，」煤心提醒她，「但我一定會跟火星說，也會等松鴉羽回來後跟他說，我相信他們會想辦法找點事情讓妳做。」

「但是不准再偷偷摸摸地離開營地。」獅焰補充道。

年輕母貓點點頭。「我答應。」

「等一下我們就說……」煤心喵聲道，「妳只是出去了一下，不會提到你們碰到狗的那件事。因為要是蜜妮知道了，絕對不會再讓妳離開臥鋪了。」

「好！」薔光同意道。

「我會提醒玫瑰瓣和蟾蜍步不要多嘴。」獅焰打斷道。

「真的很抱歉我擅自帶她出來。」蜂紋喵聲道，心疼地舔舔她的耳朵。

「不，你沒做錯，」獅焰告訴他。「只有你肯用心去聽你妹妹的心聲，至於我們卻只會擅自幫她做好所有決定。」

蜂紋在她妹妹旁邊蹲下來，要她用前腳攀住他頸子。「來，我帶妳回家。」他喃喃說道，使力將她拖往山谷。

獅焰看見他們吃力回去的身影，不免心疼那隻患有身障的母貓。「妳剛剛那番話說得很對，」他對煤心喵聲道，「妳帶給了她希望。」

「你也是啊，」煤心回答道，「而且我很高興你沒真的和那隻狗打起來。」

「多虧星族庇佑！」有那麼一瞬間，獅焰的耳裡似乎仍能聽見那隻狗的吠叫聲，感覺到牠黏熱的鼻息呼在他身上。「妳也知道，除非必要，我不會隨便出手。」

「我很高興你沒有。」煤心輕聲說道。

「對了，」獅焰不太自然地說道，「我最好去看一下棘爪是不是要派我去巡邏？」

「我也得去看一下。」煤心附和道。

他們進入荊棘隧道時，灰色母貓仍挨著他走。獅焰腳步突然有些踉蹌，有點緊張彼此靠得太近，煤心好像也覺得尷尬，趕緊鑽進隧道裡。獅焰進了營地，看見蜂紋正把薔光輕輕放在巫醫窩外面，蜜妮立刻從戰士窩裡衝出來，跑到她面前。

「妳去哪裡了？」她質問道，並在薔光旁邊蹲下來，連忙用舌頭舔她。

「我只是出去透透氣，」薔光回答。「我沒事。」

獅焰和煤心互看一眼。

「她不會有事的。」灰色母貓喵聲道。

「妳那麼有把握？」

「我會搞定的。」煤心的聲音很篤定。「她是我的族貓欸，哦，對了，獅焰，」正當獅焰要去戰士窩找棘爪時，她又喚住他，「你剛剛對蟾蜍步說的話，其實有件事說錯了。對很多貓兒來說，你的確是英雄。」

第十三章

黑影在松鴉羽四周飛舞，他聽見遠處貓兒的哭嚎聲，但看不見身影。**祢在哪裡？**

祢找我做什麼？

他聽不到回答。淒厲的哭嚎仍在回盪。漸漸地，隆隆瀑布聲取代遠方的哭嚎，松鴉羽覺察到附近傳來輕柔的低語。黑影漸漸消失，沒入黑暗，他突然從噩夢中驚醒。

「別擔心，雲雀，」松鴉羽認出溪兒的小貓松石的聲音。「他是瞎子，不會知道我們偷偷接近他。」

哦，是嗎？

松鴉羽感覺到地面的輕微腳步聲，不由得繃緊全身肌肉，接著又聽見強忍住的笑聲，於是伺機等候。小貓們的味道愈來愈濃，鬚尖甚至能感覺到他們輕微的呼吸。

「你們在找什麼？」松鴉羽開口道，身子同時跳起來。

兩隻小貓尖聲大叫，聲音響徹整座洞穴。

雜沓的奔逃聲聽在他耳裡非常得意。

「媽，那隻怪貓故意嚇我們！」

「他要吃掉我們！」

松鴉羽的得意沒有持續多久，就突然覺得不好意思了起來，身體尷尬地發熱。**他們只是小貓，又沒惡意。**

「對不起！」他喊道。「孩子們，我不會傷害你們的。」

但他還是感覺得到小貓們的恐懼，溪兒的安慰聲從洞穴彼端傳來。

「老鼠屎！」他暗自嘀咕。

「別理他們。」有個離他很近的聲音說道。松鴉羽想了一會兒，才認出那是狩獵貓尖嗓的聲音。「我剛剛看他們偷偷摸摸地走過來。他們的確需要一點教訓，才知道什麼叫尊重。」他轉頭又說道。「不過這對他們來說很難，因為小貓精力無窮，又不可以到洞外去，得等到成了半大貓才行。」

松鴉羽點點頭，暗自提醒自己待會兒要去向溪兒道個歉。他從地上的凹洞裡爬出來，開始梳整自己，發出不耐的嘶聲，因為睡了一夜，身上都是羽毛。

要是有青苔就好了！

「嘿，松鴉羽！」鴿翅興奮的聲音打斷他的思緒。「鷹崖邀我和狐躍去巡邏邊界。」

松鴉羽感覺到她很開心自己終於能夠離開洞穴，去外頭探索。「那很好啊，」他喵聲道，「小心一點，別忘了打開耳朵，保持警戒。」

鴿翅嘆了口氣。「我一直都有啊。」

松鼠飛和溪兒走了過來。兩隻小貓躲在後面，松鴉羽想像得出來他們一定正瞪大眼睛，躲在母親後面偷偷看他。

「溪兒和我要去狩獵。」松鼠飛大聲說道。

「暴毛也會來，」溪兒補加一句，「鷹爪和飛鳥會幫忙照顧小貓，絕對不會再吵你了，松鴉羽。」

「我們不要待在洞裡。」雲雀尖聲說道。

「是啊，這隻瞎眼貓可能會再嚇唬我們。」松石說道。

「胡說！」暴毛走了過來，同時說道。「是你們跑去嚇松鴉羽，別以為我不知道。你們應該跟他說對不起。」

「對不起。」松石咕噥道。

「我們再也不敢了。」雲雀喵聲道，然後又很小聲地對她哥哥說，「可是很好玩欸。」

「我們不在家時，」暴毛繼續對小貓說道，「你們可以請鷹爪告訴你尖牙的故事，還有當年我是怎麼跟著部族貓來到山裡的。」

「好耶！」雲雀跳上跳下。

「這故事最棒了！」松石尖聲喊道。兩隻小貓立即往長老臥鋪的方向跑去。

松鴉羽察覺到洞裡出現騷動聲，聽起來很有秩序，原來是巡邏隊正在集合，準備出發。這裡沒有貓兒發號施令，但他們好像都知道自己該做什麼，不需要資深的部落貓來指揮，早就清楚各自的工作。

可是沒有老巫師的蹤影。松鴉羽甚至聞不到他的味道。**尖石巫師呢？他不用來督導嗎？**

「你自個兒待在洞裡，沒問題吧？」巡邏隊開拔了，松鼠飛問了一下松鴉羽。

「當然沒問題。」松鴉羽回答道，心裡奇怪她為什麼這麼問。**待在這裡會有什麼問題嗎？**他感覺得到松鼠飛好像有難言之隱，他心想溪兒和暴毛都到瀑布小徑那裡去準備出洞了，她幹嘛還不去呢？

「松鴉羽……」過了一會兒，她才小聲說道，「你查出來我們此行的目的了嗎？」

松鴉羽搖搖頭。「還沒有，」他承認道，「我還不知道。」

松鼠飛忍住想要嘆氣的衝動。他知道她還想再問下去，但這時溪兒已在洞口出聲喚她。

「我來了！」松鼠飛回喊道。「我們晚點再聊。」說完就跳走了。

巡邏隊一走，穴裡又恢復平靜，只剩下隆隆水聲。松鴉羽已經逐漸習慣這種聲音，幾乎不再注意到它。**這裡跟我們的營地很不一樣**，他心想。**我們那兒就算巡邏隊走了，還是有很多事情在忙。**他繼續梳理自己，但還沒梳理完便聽見小貓跳回洞穴中央的聲音，後面跟著鷹爪和飛鳥的緩慢腳步聲。

「好了，我們玩個遊戲吧。」鷹爪指示道，他抬高音量，蓋過小貓興奮的尖叫聲。「這堆羽毛是一隻鳥。」

「什麼樣的鳥？」雲雀喵聲道。「像我這種雲雀鳥嗎？」

「是老鷹！」松石提議道。

「是什麼鳥不重要，」鷹爪告訴他們，「就假裝牠是隻烏鴉，好不好？你們要去獵捕牠。」

「好耶！」這時突然傳來扭打聲，松鴉羽知道一定是松石等不及地跳進那堆羽毛裡。

「等一下。」飛鳥打斷道，她的聲音較輕柔。「沒那麼簡單。你們必須穿過這條石子路，偷偷走向那隻烏鴉。」松鴉羽聽見礫石在地上滑動的聲響。「如果碰到石頭，發出聲響，烏鴉就會飛走。」

「哇，好酷哦！」雲雀大聲說道。「我打賭我一定辦得到。」

「我也可以，」松石大聲說，「我以後會成為狩獵貓。」

松鴉羽丟下正在玩遊戲的小貓，穿過洞穴，朝著通往尖石巫師洞穴的地道走去。他緩步前行，四周都是岩石，走沒幾步就撞上岩壁，潮溼的地面害他差點滑跤。

他發出不悅的嘶聲。他很不喜歡鑽這種地道，因為很難辨識自己的位置，水滴的回音全被隆隆的瀑布聲蓋住。他好不容易站穩腳步，放慢步履，小心前進，在這裡，地面的踏感千篇一律，久了就覺得枯燥乏味，他想念森林，那裡的地面有青苔、有樹枝、有蕨葉、有青草，這些都能讓他馬上知道自己身在何處。

松鴉羽終於感覺到隧道的岩壁豁然開闊，穴洞在眼前開展。這裡瀑布聲變小了，相形之下，水滴的回音反而清楚許多。他的鬍鬚靈敏地感應到冰涼的空氣裡出現某種動靜。他知道那動靜來自穴頂上方的洞，那兒是月光和星光透進來的地方，同時也傳遞著殺無盡部落的訊息。

他嗅聞空氣，發現尖石巫師就在洞穴深處。

「是誰？」老貓咆哮道。松鴉羽還沒出聲回答，他又補了一句，「哦，是你啊。」

松鴉羽緩步走上前去，繞過石堆和水池，站在尖石巫師面前。

「你來這裡做什麼？」巫師吼道。「別再拿什麼你們部族裡的年輕小夥子需要磨練經驗這類可笑的理由來搪塞。你大可誠實地告訴我。」

松鴉羽很謹慎的回答。「我是被召喚來的。」

令他驚訝的是，尖石巫師並沒有問是誰召喚他。「我們不需要你的幫忙。」他堅稱道。「你幫不上忙的。」

「你還沒選出繼任者，」松鴉羽質疑他。「是因為你覺得部落沒有你就活不下去嗎？」

尖石巫師不屑地哼了一聲。「他們活不活得下去，不是我能決定的，就算我活著，也幫不了他們，連我們的祖靈也幫不了。」他傷心地說道。

松鴉羽知道這隻老貓覺得殺無盡部落背叛了他，因為當年野貓入侵時，祂們不願意為他指引方向。「你必須給部落一個活下去的機會！」他抗議道。「第一次遇到難題就放棄，未免太輕率了。」

「這不是第一次！」尖石巫師呸聲道。「難道你忘了我們有多少貓兒被尖牙當成獵物追？又有多少次在冰天雪地裡奮力求生？還有就因為天上有老鷹時時威脅我們，我們就得派一半的部落貓去保護另一半的部落貓，好讓他們安全地狩獵，要是沒有老鷹，我們其實可以捕到雙倍的獵物。貓后們甚至不能專心餵養小貓，因為她們也必須出外工作。」他甩打尾巴。「這裡不是貓兒該住的地方。」

尖石巫師說這番話時，松鴉羽發現自己突然看得見穴頂透進的微弱月光，照在溼亮的穴壁上，地上有一根尖椎狀的石柱正對穴頂懸垂而下的突岩，兩邊的尖頂僅差不到一隻老鼠的距離。如果他此刻看得見這些東西，但又不是在睡夢中，那就只代表了一件事……

松鴉羽不由得全身發抖，因為他看見了磐石的身影出現在那道月光裡。全身光禿的古代貓垂頭坐著，慢慢抬起頭來，兩隻盲眼轉過來望向松鴉羽。

「我們本來就屬於這裡，」祂粗聲道，「在貓兒還沒進駐湖邊之前，在他們還沒回到這裡重新開始生活之前，我們就曾定居此處，這兒是我的家。」

尖石巫師沒有反應，完全不知道他的穴裡出現了古代貓。松鴉羽張嘴想問問題，但磐石搶在他前面繼續說。

「我是最早的第一位尖石巫師，只不過有關我的一切早在他們離開這裡，落腳湖邊時就被遺忘了。就算急水部落離開了，也不可能永遠不回來。因為這裡一直是貓族的家。」

「祢是第一位尖石巫師？」松鴉羽低聲問道，但他的視線逐漸模糊，又變成黑暗一片。

「當然不是，」尖石巫師的聲音聽起來顯得不解。「我是我的導師選出來的。」

「那麼你必須再選一位出來。」

「為什麼要選？」尖石巫師反問他。

松鴉羽沮喪地用爪子刮著地面。「因為這座山是貓族永遠的家。」

「那些貓的確把這座山當成家了，」尖石巫師冷冰冰地回答，「而且好像過得比我們還舒適。這也是為什麼我們每天得花很多時間巡邏，免得入侵者偷捕我們的獵物。」

「可是我說的不是那些貓！」松鴉羽反駁道。「他們不是殺無盡部落帶來的。」

尖石巫師不屑地哼了一聲。「我只想圖個清靜。」老貓嘀咕道。他聽起來老態龍鍾又滿是疲憊。「我所引以為傲的一切已經不在。急水部落的時代已經沒落。我死後，我的部落貓將會離開山區，另覓一處安全的家園。」

老貓的話語剛落，松鴉羽的耳裡便充斥著洶湧的水聲，灰濛濛的大水在他眼前沖刷，白沫翻飛。他正身處瀑布當中！他愣了一下，以為自己會跟著急水往下沖，像落葉一樣翻滾於洪流裡。可是他仍舊感覺得到自己的四隻腳穩穩地站踏在地面上。

有一瞬間他驚恐地想尖叫，但強忍住，原來是他看見了幽暗湍急的瀑布裡都是貓兒，他們無助地揮打腳爪和尾巴，張大嘴巴，發出無聲尖叫，一個個往下墜，墜進白沫翻飛的幽暗漩渦裡消失不見。

可是……我認得這些貓！松鴉羽開始發抖。**那裡頭有黃牙……有曲星……有獅心……星族要被毀滅了嗎？**

霧星……和隼翔……還有部落貓，溪兒……鷹崖……

「不！」松鴉羽幾乎快要窒息，他還看見了火星，就連雷族族長也掉了下去，只剩下一個橘紅色的點在可怕的洪流中載浮載沉。

塵皮……鼠鬚……棘爪……

他所有的族貓，所有部落貓，都在往下墜，都被大水吞蝕，沒入黑暗。

松鴉羽發出尖嗥，往前一躍，因為他看見獅焰也從他面前掉了下去，他伸爪想抓住他哥哥，把他拖回安全的地方，但黑暗再度吞蝕他的視線，他發現自己又回到尖石洞穴。驚魂未定的他，腳步踉蹌地撞上一根突岩，腳沒站穩，身子往旁邊一摔，掉進水池裡。

尖石巫師開口說話，但松鴉羽沒仔細聽，他蹣跚爬起，倉皇而逃，這次好不容易走對了通道，在狹窄的岩壁間跌跌撞撞，氣喘吁吁地回到前面的洞穴。洞穴四周冰冷灰暗，銀白的月光隔著水幕滲透進來。一群貓兒正不安地繞著圈子，或者躺在岩壁旁。有那麼一瞬間，松鴉羽還以為是巡邏隊回來了。

他試圖穩住自己的呼吸，撫平過快的心跳，但突然警覺他怎麼會看見洞穴裡的貓呢？**所以這又是另一個幻覺囉？**

正當他在地道口猶豫不前時，一隻年輕的白色母貓奔過洞穴，在他旁邊止住腳步，她驚訝地張大嘴巴。

「松鴉翅！」

松鴉羽瞪著她。「半月！」

他的目光逐一掃過洞穴裡每張似曾相識的臉，貓兒的面孔開始變得熟悉起來。他的思緒突然飛回他剛從雷族下方的地道出來時所進入的古代貓時光。古代貓世代伴湖而居，通往月池的小徑早印滿了他們的足跡。

當我還是古代貓的時候，他們就決定放棄湖邊的生活，因為住在那裡太危險，我告訴他們可以到山裡定居……沒想到他們已經到了！

半月仍看著他，綠色眼睛瞪得大大的，如兩輪小小的月亮。「我們從湖邊出發時，你突然不見了，我還以為你再也不想和我……和我們生活在一起。」

儘管松鴉羽驚慌的情緒還沒恢復過來，但他強忍住。「我留在那兒沒走，因為我突然感到害怕，」他脫口而出，「可是等你們都走光了，我又覺得好孤單，所以決定跟你們來。」

半月眨眨眼睛，愁容滿面。「你……你甚至連再見都沒說，我還以為我再也見不到你了。」

他還沒開口回答，就看見了石歌，當時帶領古代貓離開湖邊家園的就是這隻強健的深灰色公虎斑貓。他站在洞穴中央，鉤雷在他旁邊，距離近到連松鴉羽都聽得見他們在說什麼。

「我還是相信來這裡定居是個正確的決定。」石歌喵聲道。「以前住的那個地方害我們失去了很多貓兒。不是獾就是兩腳獸……」

「話是沒錯，」鉤雷彈彈黑白相間的尾巴，打斷他的話，「可是我們在這裡也沒有比較好啊？我們又餓又累，我這輩子還從沒遇過這麼寒冷的天氣。我和梟羽想盡辦法才把我們的小貓帶上來，可是暗鬚卻犧牲了。」他補充道，語氣帶有一點挑釁。「如果我們留在湖邊，他就不會因風雪來襲而失足跌落懸崖。」

石歌垂下頭。「也許我們應該感恩我們只犧牲了一隻貓。」

「你有本事就去羞鹿面前說這句話，」鉤雷呸口道，「她的肚子裡還懷著暗鬚的孩子呢。你要她怎麼在這種冰天雪地的地方把孩子帶大？」

石歌面無表情，彷彿不知道該說什麼。但他也沒必要再說下去，因為升月匆忙跑過來找他，她揮動尾巴，指指挨著岩壁躺臥的貓兒們。

「追雲帶回一些獵物，」她喵聲道，「可是羞鹿不肯吃。雲日的腳掌在流血。奔馬說等暴風雪一停，他就要回湖邊去。」

「你看吧，」鉤雷貼平耳朵，「石歌，你必須承認這是個失敗的決定。」

石歌疲倦地嘆口氣。「我不承認，」他反駁道，「升月，等暴風雪停了，妳可不可以去外頭找點酸模葉回來幫雲日敷腳？我會找奔馬談。我們不可能讓一個長老獨自在山裡遊蕩，他自己心裡也很清楚。至於羞鹿，我們得給她一點時間克服傷痛。」

鉤雷正開口要回答他，洞穴另一頭突然傳來興奮的嗥聲。「松鴉翅！」

松鴉羽看見了魚躍，這隻年輕公貓曾在湖邊幫過他。只見他穿過洞穴，跳了過來，用頭頂頂松鴉羽的肩膀。「你去哪裡了？」他質問道。「我們還以為我們再也見不到你。」

「我……呃……我改變主意了。」

松鴉羽發現連石歌也看到他了，正朝他這兒走來，後面跟著鉤雷和升月。輕風也跑了過來一探究竟，銀色虎斑毛皮與洞口的水光交映閃爍。其他貓兒也都安靜下來，目不轉睛地看著松鴉羽，害他覺得身上像掉光了毛一樣。

「太棒了，」半月脫口而出，「松鴉翅回來了！」

石歌上下打量松鴉羽，瞇起眼睛，表情猜疑。「你怎麼來這裡的？這趟旅程對集體行動的大夥兒來說已經夠艱辛了，你怎麼可能單獨行動，找到這兒來？」

「這很重要嗎？」魚躍喵聲道。「反正他已經來了。」

松鴉羽聳聳肩。「我是跟著你們的足跡走的，找不到足跡時，就用猜的。」

「那你是怎麼進洞穴來的？」鉤雷咆哮道。「總該有貓兒看見你進來吧。我不喜歡這種偷偷摸摸的行徑。」

「我沒有偷偷摸摸！」松鴉羽反駁道，感覺到自己的頸毛全豎了起來。「你們全都精疲力竭，沒注意到我進來，這怎麼能怪到我頭上。我剛剛是在想我應該去探索這些小洞穴，」他補充道，試圖轉移話題，「或許會有什麼用途。」

松鴉羽注意到半月已經移動位置站到他這邊來，彷彿隨時準備要為他辯解。她身上的甜美味道挑撥著他的鼻子，令他想起當時他留下她，獨自穿越地道回到自己的今世時，心裡的那種空虛。

「怎麼樣？」輕風用肩膀推推他。「你在裡頭找到了什麼？」

「呃……後面有個洞穴有很多尖錐狀的石柱，」松鴉羽回答道，「還有一些水池，不過不適合把臥鋪放在裡面，因為穴頂有個洞。」

石歌咕噥道。「其他洞穴可以住嗎？」

松鴉羽很快地瞥了那條通往巫師臥鋪的通道一眼。「哦……呃……那個還不錯。」他回報道。**如果尖石巫師能睡在那裡，至少代表它不會滲水。**

輕風的藍色眼睛轉向石歌。「你不會真的考慮定居在這裡吧？」她問道，表情驚訝。「我們不是只待一下嗎？」

石歌用耳朵指指洞穴遠處的追雲，那隻灰白相間的貓正在清理身上的冰屑。「你們也看得出來這場暴風雪還沒結束，」他喵聲道，「暴風雪結束前，我們可以在這裡先好好休息一下。」

「好好休息？」輕風的頸毛豎了起來。「你瘋了嗎？這種地方怎麼可能好好休息？」

「我們根本不該離開湖邊。」洞穴暗處傳來一個溫柔的聲音，裡頭有著憂傷與疲倦。碎影一跛一跛地走進大夥兒的視線裡，松鴉羽心上一陣不忍。她是落葉的母親，如今的她看起來比他先前見到的還要憔悴，橘色身影顯得瘦弱，琥珀色眼睛呆滯無神。

「我們根本不該離開的，」她重複道，「要是落葉找到路從地道出來，卻發現我們都走了，他該怎麼辦？」

半月緩步走向她，尾巴輕輕撫著碎影的腰腹。「不可能的。」她低聲道。

「妳怎麼知道不可能？」碎影嘶聲道。「他會以為我不要他了。他會很孤單！」她掙開半月，轉身對松鴉羽說道：「都是你的錯，最後一顆石頭是你丟的，是你害我拋下了我的孩子。」

第十四章

「我以前怎會想離開湖邊呢？」鴿翅氣喘吁吁地爬上狹窄的溝谷，四隻腳老是不聽話的在雪地上打滑。「我真不敢相信怎麼會有貓兒住在這種地方！」

狐躍在她前面舉步艱難地走著，離她只有一條尾巴的距離，嘴裡咕噥回應她。兩隻雷族貓在巡邏隊裡幾乎一路殿後，只有一隻叫撲兒的護穴貓在後面壓隊，後者腳步穩健地走在雪地裡，不時環目張望。暴毛和其他兩隻狩獵貓灰濛和水花走在前面，鷹崖是領隊。風雪不時襲來，他們的身影在鴿翅視線裡模糊難辨。

現在的森林已經快到綠葉季了！她全身哆嗦地想道。

一個身影走近她。「妳還好嗎？要不要靠在我肩上休息一會兒？」

鴿翅認出對方是暴毛。「沒關係，我沒事，」她上氣不接下氣，「可以繼續走。」

暴毛垂下頭，眼神溫暖和善，琥珀色眼睛

在這冰天雪地裡散發出像小太陽一樣的光芒。「如果需要幫忙，就說一聲。」

「他們的腳還沒變成雪腳。」水花下了註腳，同時停下來等暴毛、狐躍和鴿翅趕緊跟上。

「不過別擔心，」她輕聲一笑，又補了一句，「你們會在不知不覺中變成雪貓的。」

「我現在就是隻雪貓啦！」狐躍說完甩甩身子，抖落滿身的雪塊。

真希望松鴉羽快搞清楚我們來這裡的目的是什麼，鴿翅心想，一邊費力地爬出雪堆。**這樣我們就能回家了。**

還好又過了一會兒，天空只剩下一點雪花，最後竟完全停了，雲終於散開，被山風吹成碎片。盡頭處已不見溝谷的岩壁，貓兒們佇立在光裸的山巔。少了溝谷的屏障，山風迎面襲來，像荊棘一樣直戳鴿翅的喉嚨，嚇得她倒抽口氣，風勢大到她差點站不住腳，只能將腳爪緊緊戳進結冰的地面和砂礫裡。她抬起頭來，環顧四周，只見白雪覆頂，綿延不絕的山峰。嶙峋櫛比的山景沒有太多顏色，卻有種自成一格的美，但這裡終究不像老家。

「你看！」鷹崖的驚呼聲嚇了鴿翅一跳。她順著那隻護穴貓的目光，一眼看見蒼穹之上有兩個小黑點在他們頂上盤旋。

「那是什麼？」狐躍問道。

「鷹式攻擊！」撲兒俐落回道。

兩個黑點愈變愈大，鴿翅知道牠們盤旋得愈來愈低，目標就是他們。

「我們該怎麼辦？」她喵聲道，邊說邊四處張望，想尋找掩護，又不敢表現出慌張模樣。

這時狐躍已經蹲伏下來，伸出爪子，隨時準備迎戰。

「走這裡！」鷹崖和撲兒帶著部落貓退回溝谷口，躲在突岩底下。暴毛、灰濛和水花也在他們旁邊蹲下來，然後鷹崖和撲兒又回到空曠的崖頂，對著老鷹張牙舞爪。

一會兒後，老鷹俯衝而下，巨大的棕色翅膀刷過空曠岩地。那一瞬間，鴿翅看見牠那雙炯炯的黃色眼睛和鉤狀鳥嘴，隨即又飛掠回去，留下憤怒尖嗥聲回盪在崖間。

「牠們是我們的獵物……卻在攻擊我們！」她大喊道。

「我們不常捕獵老鷹，」撲兒冷靜解釋道，「可是我們會捕獵老鷹的獵物，譬如兔子、老鼠和體型小一點的鳥。」

「所以我們是彼此競爭的。」灰濛補充道。

而且鳥是不管邊界這回事的，鴿翅想到這裡，不禁心裡發毛。

鷹崖從突岩下方往外窺看。「牠們走了，」他回報道，「我們上路吧。」

鴿翅小心翼翼地從岩石底下出來，總覺得很沒安全感。她可以想見尖銳的鷹爪戳進肩膀，被抓上高空的恐怖感覺。她越過山頂，步下另一端的溝谷，但還是不時抬眼往上瞄，試著釋出特異能力，想探查那些老鷹的位置。

結果她發現自己突然踩空，嚇得尖聲大叫，瞬間跌進柔軟的雪堆裡。她困惑地眨眨眼睛，這才發現原來自己掉進了小徑狹窄的溝縫裡。狐躍低頭看她，天空就映照在他的頭顱後方。

「妳沒事吧？」他焦急地問道。

鴿翅蹣跚爬起，白雪鬆軟到連腳都站不穩。「應該沒事吧，」她喵聲道，然後抬頭看看四周陡峭的溝壁，又補了一句：「我恐怕爬不上去。」

「沒關係，妳別緊張，」鷹崖取代狐躍的位置，聲音俐落又有自信。「我們會救妳出來的。」

怎麼救？鴿翅覺得無助，心裡納悶。她記得以前在森林裡，冰雲曾跌進地洞。當時他們用一根樹枝和一根藤蔓才把她救出來。**但這裡哪裡有樹枝和藤蔓啊？**

「我來好了，我個子最小。」水花喵聲道。她背對裂縫，前爪攀住洞口，垂下尾巴。「妳抓得到我的尾巴嗎？」

「可是妳的尾巴會受傷欸！」鴿翅大聲說道。

「不會啦，不會受傷的，」水花向她保證道。「反正妳抓住它就對了。」

鴿翅伸長身子，咬住水花的尾巴。還好溝壁不像她想像得那麼陡峭，仍然可以找到支撐點撐住身子，減輕水花尾巴的負重。

鷹崖和暴毛緊抓住水花，幫忙撐住她，最後鴿翅終於七手八腳地爬出裂縫，啪地趴在洞旁。「謝謝你們！」她上氣不接下氣。「真的很不好意思！」

水花很有經驗地舔舔自己的尾巴。「不客氣，」她回答道，「我沒事的。」

「下次我走路會小心一點，」鴿翅承諾道。她渾身哆嗦地站起來，身上沾滿了雪漬和砂土，總覺得身上髒到永遠清不乾淨，再也暖和不起來。

「要不要回洞穴去？」暴毛問道，「撲兒可以陪妳回去。」

鴿翅搖搖頭。她不想麻煩大家，害整支巡邏隊只剩下一隻護穴貓，尤其老鷹還在附近。

「不用，我可以繼續走。」她堅稱道。

狐躍緩步過來，快速地舔舔她。「如果需要幫什麼忙，告訴我一聲就行了。」他低聲道。

剛從溝縫裡爬出來的鴿翅全身肌肉和四隻腳都很痛，但還是咬著牙，跟上鷹崖的隊伍，爬下溝谷，越過山脊，最後停在高聳的釘狀岩前面，這裡有山泉從兩座岩堆中間汩汩流出，蜿蜒而去。水面雖然已經結冰，但鴿翅仍聽得見下方的潺潺流水聲。

「這是一條邊界。」鷹崖告訴部落貓，耳朵指向釘狀岩。「灰濛，你重新標一下氣味記號。」鴿翅趁等候時，放眼眺望連綿山巒，山風吹亂她的毛髮。「下一個邊界記號在哪裡？」她問鷹崖。

護穴貓用尾巴去指。「你看見那棵枯樹了嗎？就在那條山溪旁邊，邊界在那裡。」原來邊界就在山谷的另一頭，差不多是雷族營地到影族邊界的距離，那裡有棵矮樹依傍在狹窄的溝谷邊緣。鴿翅看看鷹崖。她以前不知道部落的領地有這麼大。「可是那裡好遠，你們要怎麼巡視邊界？巡一趟起碼得花上一整天的時間。」

「我們只巡邏一部分邊界。」撲兒解釋道，緩步走到鷹崖旁邊。「剩下的邊界會由其他巡邏隊來處理。」

鴿翅點點頭，心裡暗自想，他們的敵人肯定不用花多久時間就能找到巡邏隊的空檔破綻。她釋出特異能力，馬上就偵測到遠處貓兒的聲響，就在邊界的另一頭。

他們一定就是部落貓常提到的入侵者，可是現在聽進來沒什麼威脅，他們正在狩獵，但沒有跑進部落的領地裡。

突然她聽見老鷹的尖叫聲，緊張地抬頭去看，但那隻鳥只是天空上的一個小黑點，離他們的位置還很遠。她甚至聽見更遠處有小老鷹回應的聲音，她看見光溜溜的牠們瘦巴巴的，就窩在山頂的巢穴裡。

這時鴿翅突然聽見附近有搔抓聲，她發現那是一隻田鼠，正從溪邊的青苔裡鑽入，溪水已經結冰，牠藏身在邊坡的冰柱下方。她聞得到牠的味道，但是很淡，幾乎被雪地的味道蓋住。

「有田鼠！」她大喊一聲，就往溪裡跳。但沒想到暴毛竟撞倒她，害她跌趴在冰面上。

「你幹什麼啊？」她開口道，蹣跚爬了起來。

「如果不小心掉進水裡，會凍死的。」暴毛解釋道。「很抱歉，剛傷到了妳。」

鴿翅搖搖頭，「沒有啦。」**他意思是說只要我身上弄溼了，就可能凍死嗎？**「可是有獵物在那底下。」她補充道，心想他們八成都沒聽見那隻田鼠的聲響。她又聽了一次，卻發現聲響不見了。**老鼠屎，牠一定是發現我們了，這樣一來，就更難抓到牠了。**

灰瀁和水花走了過來，豎起耳朵，張開下顎，嗅聞牠最後的蹤跡。「妳不錯哦，竟然找得到牠。」水花低聲對鴿翅說道。「妳還能聽見牠的聲音嗎？」

鴿翅釋出所有感官，終於聽到一點搔抓的聲響，確定又是那隻田鼠。她沒說話，只是朝岸邊的可能藏身處點頭示意。

「就在邊坡下面。」灰瀁低聲道，水花點點頭。

兩隻部落狩獵貓跑到田鼠藏身處的兩邊就定位，伸出精瘦的腿往雪堆裡挖，鷹崖和撲兒則擔任守衛。

「護穴貓會跟在狩獵貓旁邊，」暴毛向鴿翅和狐躍解釋。「你看他們一直看著天空，就是怕萬一老鷹來了，可以立刻警告灰瀁和水花。」

鴿翅注意到兩隻狩獵貓都是從固定的角度鑽進去，這樣一來，上面的雪堆才不會塌下來。「他們這種鑽法不會嚇到獵物，」她喃喃自語，「回老家後，等禿葉季下雪時，或許我們也可以試試這一招。」

「沒錯，」暴毛喵聲道，「等田鼠察覺時，不管往哪裡逃，都有貓等著逮牠。」

就在他說話的同時，兩隻貓兒已經鑽到了溪邊，水花突然濺起，他們往後一彈，田鼠現身，沿著邊坡急忙往下游竄，水花已經守在那裡，縱身一躍，沒想到田鼠竟又衝向另一頭，害她的腳爪撞到冰面。

「老鼠屎！」水花吼道。

「運氣太背了！」狐躍朝她喊道。

這時候田鼠回頭往上游跑，灰濛早等著甕中捉鱉，他從邊坡一躍而下，逮個正著，張嘴往牠後頸一咬，迅速了結牠的性命。「感謝殺無盡部落的庇佑！」他喵聲道。

「簡直是合作無間！」狐躍大聲說道。

鴿翅低聲附和，但她心裡還是暗自驚訝，為了抓隻小田鼠，竟然得勞動四隻貓。

「你們會先把牠埋起來，等巡完邊界再回來拿嗎？」狐躍問道。「我們在森林裡都是這麼做的。」

灰濛搖搖頭。「在這裡如果這麼做，獵物會結冰，」他指出道。「我現在就把牠帶回洞裡。部落貓喜歡吃溫體獵物。」

他拾起田鼠，跳回去，往來時方向走。鷹崖看著他走遠，直到灰色身影消失在岩石後面，才轉頭繼續往下個邊界記號走去。鴿翅跟在後面，水花緩步走在她身邊。

「這裡的一切對妳來說一定很陌生吧，」虎斑母貓友善地說，「住在部族裡的感覺是什麼？」

鴿翅沉默了一會兒，不知道從何說起。「首先，我們有很多貓兒，」她終於回答，「總共有四個部族，不只我們雷族。我們會共用邊界，但也會遵守戰士守則，不必時時擔心其他部族侵略我們。而且我們的領地不像你們的那麼大，所以不必花很長時間巡邏邊界。」

「我們需要很大的領地，」水花辯解著，「因為山上獵物比較少，這是我們的生存方法。」

「我能瞭解這一點。」鴿翅向她保證。「而且我們族裡沒有分護穴貓和狩獵貓，」她繼續說道。「在部族裡，每隻貓都得學會做各種工作。」

水花點點頭。「這一點暴毛跟我們說過。不過讓貓兒各司其職，做自己擅長的事，也是很合理的。」

鴿翅覺得有點尷尬，她並不是在告訴對方，部族優於部落，但水花看起來就像是在為自己的部落捍衛什麼。

「我們已經在這裡住了好久，」水花小聲說道，彷彿猜穿了鴿翅的心思，「要我到其他地方去住，也不可能住得慣，我只屬於這裡……一個冰天雪地的地方。」

「我對森林也有同樣感覺，」鴿翅承認道，「我需要踏在草地和泥土上，我喜歡頭上有窸窣作響的樹枝。」

水花若有所思地看著她。「我覺得如果妳住在這裡，也可以適應得很好，」她喵聲道，

「妳能聽見雪地下方有田鼠，這一點就足以證明。」

「我不可能離開老家的，」鴿翅答道，「永遠不可能。」

水花嘆口氣，停頓一會兒，放眼眺望白雪靄靄的峰群。「我倒是有可能會離開這裡。」她悲傷地說道。

「你是說萬一尖石巫師到死之前都沒選出他的繼任者嗎？」鴿翅問道，「難道你們不能自己選？」

水花驚駭地瞪大眼睛，看著她。「絕對不可能！這是由殺無盡部落決定的。祂們也會保護你們嗎？」

鴿翅搖搖頭，一邊加快腳步，免得落後太遠，同時開口解釋：「沒有，我們有星族保護，祂們是我們的戰士祖靈，會和我們的巫醫交流。貓兒死了之後，就會成為星族的一員。」

水花眨眨眼睛。「這聽起來很像殺無盡部落。祂們是一起的嗎？」

「我不這麼認為，」鴿翅喵聲道，「四大部族的新族長不是由星族指派，但族裡若有了新族長，星族就會賜給新族長九條命。」

「嗯，我們這裡不是這樣。」水花說道，語氣聽起來好像想要爭辯什麼。「尖石巫師會照顧我們。他向來如此。」她環目四顧，看見雪地上有坨羽毛。「妳瞧，小貓一定會喜歡這個東西。」說完便衝了過去。

她不想談尖石巫師的事，鴿翅看著她走開，心想道。**不過也看得出來她很擔心尖石巫師要是不選出繼任者，部落的未來堪虞。**

第十五章

「夠了。」石歌上前一步，擋在松鴉羽和碎影中間。他的聲音堅定，卻是用不捨的眼神看著那隻悲傷的母貓。「碎影，是妳自己選擇要跟我們一起走的。我們全都得遵守最後的投石結果。」他用尾巴環著她的肩膀，帶她到洞穴邊緣。「去找些獵物吃，」他喵聲道，「妳應該好好休息一下，等大家都睡場好覺之後，就會好過多了。」

升月跟在後面去陪碎影，石歌則回到松鴉羽這兒來。「你還好吧？」他問道，聲音聽起來友善多了。「這陣子你都是單槍匹馬地一路追蹤我們爬上山來，想必很辛苦。不過當初你到底是為了什麼不跟我們一起走？」

「我突然膽怯了。」松鴉羽把剛剛編給半月聽的謊話，又搬出來。

「你？」石歌的聲音聽起來不太相信。「可是是你想離開那裡的啊？是你說服了我，說這座山裡頭有地方供我們落腳。」

「我知道。」松鴉羽用前爪刮著堅硬的岩地，暗自希望可以單純地用愧疚和困窘這些情緒來解釋自己的迷惑。「我害怕的就是這個。因為這代表我得為後果負起全責，可是我沒辦法扛起這個責任，對不起。」

「但你現在已經到了。」半月低聲說道。「所以說到底，你還是不願離開我們。」她的聲音裡帶著盼望。

「沒錯，我雖然害怕，但我從沒懷疑過我們所做的事情。這裡是我們應該來的地方。」松鴉羽突然覺得很疲憊，洞裡的光線灰暗，但他知道，現在不是黎明就是黃昏。他不曉得自己是怎麼來到古代貓的時代，又或者他現在該做什麼。

他站在那兒想釐清自己的思緒，這時追雲吃力地走了過來，外頭的風雪弄溼了他凌亂的毛髮，到現在都還溼漉漉的。「我們需要更多獵物，」他大聲說道，「我意思是說，我們得出去狩獵。」

但松鴉羽覺得，這隻灰白相間的公貓看起來已累到連隻老鼠都能輕易撞倒他的地步，可那雙藍色眼睛的眸光還是無比堅毅。

「那臥鋪怎麼辦？」輕風質問道。「去哪裡找青苔？還是去找乾草或羽毛？難道要我們直接睡在光禿禿的地上嗎？」

「等風雪停了，我們再去找。」石歌承諾道。「至於能找到什麼，我也不知道。」

輕風的鬍鬚氣憤地抽搐，但沒說話。松鴉羽看看她，再看看洞裡其他無助的貓兒們，突然惶恐起來。**他們在這裡要怎麼活下去？可是他們本來就屬於這裡，不是嗎？他們是磐石的後**

代，當然必須定居此處，組成急水部落。

他一想到磐石，就像受到召喚似的突然明白他對古代貓所肩負的責任，儘管他看不見磐石，但仍舊感覺得到耳畔有輕柔的呼吸聲。「是你幫忙他們離開湖畔，」磐石低聲說道，「現在這兒是他們的家了，你必須想辦法讓他們留下來。」

要怎麼做呢？松鴉羽很想大聲問祂，但他知道磐石不會直接回答他。再說，那隻古代貓才剛開口，身形就慢慢消失了。松鴉羽再次環目四顧，總覺得無法想像這群精神渙散、疲憊至極的貓兒要怎麼轉型成為一個以山為家的部落。**該從哪兒開始呢？**

「那狩獵隊怎麼辦？」追雲的聲音打破了他的思緒。

「我跟你們一起去，」石歌喵聲道。「半月？」

白色母貓點點頭。「我去。」

「我也去。」松鴉羽補了一句，但很訝異自己竟然這麼說。**你這個鼠腦袋，你又不會狩獵，**他提醒自己。**可是我在這裡眼睛又沒有瞎，**他在心裡跟自己爭辯。**所以應該不難。**

半月熱切地看著他，當眾貓一起走出洞外時，她一逕陪在他身邊。走到水幕前的松鴉羽再次回頭探看，只見兩位長老雲日和奔馬躺在地上，也不知道是睡著了還是昏了過去。羞鹿大著肚子氣喘吁吁地側躺在地，松鴉羽看得出來再過不久，她就要分娩了。**她根本經不起另一次的長途跋涉。**

松鴉羽看見一隻嬌小的灰色母貓緩步走向羞鹿，跟她說了什麼。松鴉羽立刻認出那是鴿羽，她是他在這一世的姊姊。松鴉羽總覺得她的認真態度給他一種似曾相識的感覺，但還沒來得及多想，思緒便被半月打斷，她伸掌過來碰碰他的肩膀。

「你有精神出去嗎？」她喵聲道。「你看起來好像很累。」

「我沒事。」松鴉羽回答道，隨即跟著她循小徑走到洞外。

山風在群峰間呼嘯，揚起雪屑，直接打在他們臉上，甚至吹進眼裡，黏上毛髮。松鴉羽低頭逆風前進，跟著追雲爬上瀑布對面陡峭的卵石坡。在橫越山脊時，松鴉羽還以為自己會被山風吹下崖去，那是個可怕的瞬間。還好最後終於爬到可以擋風的岩壁下方，其他隊員也擠在旁邊，個個上氣不接下氣。

松鴉羽試著回憶部落貓的狩獵方式。「他們是怎麼捕捉獵物的？」他低聲反問自己。「他們用的是一般的狩獵技巧嗎？」

「你在說什麼？」半月轉過頭來，退後一步，直視他的眼睛。

「呃，我……我只是在想要怎麼做。」松鴉羽結結巴巴地說道。

半月正要開口回答，突然一陣強風刮來，她被吹倒在結冰的岩面上，驚聲尖叫，整個身子往崖邊滑去，她試著用前腳巴住地面，但爪子怎麼樣也戳不進堅硬的岩面。

「撐著點！」松鴉羽喵聲道，衝上前去幫忙，張嘴咬住她的肩膀，用力拖住她，他閉上眼睛，不敢去看半月身後的萬丈深淵。情急之下，他突然變得力大無窮了起來，死命往後退了幾步，將她拖上來，這才發現追雲也擠在旁邊，叼住半月的另一邊肩膀。

半月蹬著後腿手忙腳亂地往上爬，終於在大家的幫忙下，爬上崖頂，她躺在地上好一會兒，渾身顫抖。

「妳還好吧？」追雲藍色的眼睛充滿恐懼，焦急地問道。他傾身過來，讓她搭著他的肩膀站起來。松鴉羽記得他是半月的父親。

「謝謝你們，」半月氣喘吁吁，感激地眨眨眼。「我很好，我們快點下去，免得全被風刮走了。」

追雲點點頭，再度帶隊，往下走進陡峭的山谷，雪地上到處是嶙峋的突岩。松鴉羽跟在後面，發現石歌就走在他旁邊。

「也許我們錯了，」深灰色虎斑公貓向他吐露心事，藍色眼睛滿布憂慮地看著松鴉羽。「我們怎麼可能住在一個連山風都不放過我們的地方呢？」

「我們沒有錯！」松鴉羽堅稱道。「我們本來就該來這裡。」可是石歌看起來並不相信。

松鴉羽心虛又焦急。他費力地爬下山谷，在冰天雪地裡頂著寒風前進。**我一定要想辦法讓他們留下來！我得教會這個部落在這裡的生存方法。**可是在他腦袋裡，似乎有個很小的聲音在嘲笑著他。**你要教會他們狩獵？你是鼠腦袋嗎？**松鴉羽的喉嚨不禁滾過一聲低吼。**如果我不教，誰教啊？**

漫天風雪中，他瞄見另一條狹窄的溝谷可以離開這座山谷，那裡兩邊的岩壁陡峭，剛好可以擋住強風，遠處下方甚至還有幾簇顏色暗沉的荊棘。

「嘿，」他朝前方離他幾條尾巴遠的巡邏隊大喊，「那裡看起來應該可以狩獵。」

其他三隻貓艱難地走回來，跟著他費力地走進溝谷。松鴉羽終於鬆了口氣，因為這裡的雪地雖然鬆軟，走在上面會陷下去，但至少風吹不進來。

「可能有小動物藏在底下，」他同時用尾巴指指荊棘叢，「至少值得我們試試看。」

「這倒是真的，」石歌咕噥道，「這地方不錯。」

松鴉羽小心翼翼地接近灌木叢，仔細聽獵物的聲響，並打開下顎，嗅聞空氣。雖然頭頂上有山風呼嘯，但仍然聽見微弱的搔抓聲，這代表灌木叢裡可能有老鼠或尖鼠在移動。

「我們一起合作吧，」他提議道，並試著回想獅焰和冬青葉上次來過部落後告訴他的狩獵細節。「我們派兩隻貓進灌木叢裡把獵物趕出來，另外兩隻守在外面逮牠。」

「好主意！」半月喵聲道，興奮地縮張著爪子。「我個頭兒最小，我進去好了。」她蹲下來，爬進外緣的枝葉叢裡，下腹毛髮輕刷雪地。可是當她想再爬進去一點時，背上的毛卻被刺勾住了，不管怎麼拉扯，就是掙脫不了。

「我卡住了！」她喊道。

「小聲點，別嚇跑獵物了。」石歌告訴她。

「剛不是說要把獵物嚇出來嗎。」半月嘀咕道。

追雲伸出前掌，想幫她移開樹枝。「不要動，」他喵聲道，「我馬上把妳弄出來。」

追雲用力扯動樹枝，想幫他女兒脫身，整株灌木叢開始搖晃。站在旁邊看的松鴉羽眼角餘光突然瞄見角落有動靜，一隻尖鼠倏地衝出灌木叢。

「跑出來了！」

尖鼠直接就往松鴉羽那兒竄，他一個揮掌，但速度太慢，動作又不夠靈活，竟差之毫釐地被牠溜走。尖鼠倏地轉向，趕在松鴉羽撲上來之前，鑽進岩縫裡。

「狐狸屎！」他罵道。

「運氣太背了。」令松鴉羽意外的是，石歌並沒有生氣，甚至沒有出現失望的神情。「至少這證明了這裡有獵物，」他繼續說道，「而且比追雲今天早上抓回來的老鼠肥多了。」

追雲總算把半月從荊棘叢裡弄了出來。半月從灌木叢下方退出來，抖抖身子，扭頭去看身上的毛有沒有扯落。

「我想這底下應該沒別的獵物了吧。」追雲喵聲道。「現在風雪更大了，如果在這裡迷路，一定會凍死。」

石歌點點頭，「我們先回洞穴吧，回去的路上再看看能不能找到獵物。」

於是他帶路往回走，爬上溝谷頂，但這次沒去攀爬半月剛剛差點失足掉落的山脊，反而走在岩間的縫隙。跟在後面的松鴉羽在岩間蹣跚而行，儘量尋找可以擋風的地方，感覺自己的腳好像走著走著就會結冰。突然天空暗了下來，他哼了一聲，心想這鬼天氣到底要肆虐到什麼時候。但就在一瞬間，一股惡臭突然淹漫過來，尖聲長嚎灌進他耳裡，空氣中刮起了一陣翅膀風暴。松鴉羽驚慌抬頭，只見一隻棕色大鳥朝他們俯衝而下，向半月伸出爪子。

「小心！」他大喊。

追雲和石歌趕緊閃到旁邊，躲過大鳥。半月則往岩石下方跳，想躲起來，無奈爪子在冰上打滑，整個身子趴跌在雪地上，四隻腳無助揮打。大鳥發出得意尖嗥，飛衝過來，爪子扣住半月的後背。松鴉羽急忙前衝，腳滑過冰地。大鳥張開翅膀，幾乎遮蓋整個天空，松鴉羽及時撲了上去，拉住半月，四目驚恐相對。

「我不會讓牠抓走妳！」他上氣不接下氣，感覺自己正騰空而起，因為那隻大鳥試圖再次起飛。

一聲長嚎劃破空氣，追雲撲向大鳥，利爪和尖牙戳進其中一隻翅膀，試圖把他女兒拉回來。大鳥終於放手，松鴉羽和半月跌了下來，翻滾在地。松鴉羽抬頭去看，嚇得倒抽口氣，只見那隻大鳥空中扭動著身子，用力甩掉咬住牠翅膀的追雲。躺在地上的追雲還來不及回神，那隻鳥又俯衝下來，尖銳的爪子一把抓住他的肩膀。

「不！」半月驚聲尖叫。

大鳥試圖飛向天空，但松鴉羽和石歌合力跳了上去，抱住追雲的腿。那一瞬間，松鴉羽還以為牠會把他們三個都帶走，但他們掉了下來，追雲重重跌在他們身上，淺色毛皮因為被爪子劃破而汩汩流出腥紅的鮮血。

突然間隆隆聲響淹沒了大鳥的憤怒嗥叫，松鴉羽抬頭一看，嚇得魂不附體，只見上方岩石的雪塊突然崩落，像大坨的白雲當頭罩下。

「快跑！」他虛弱地出聲喊道。

可是他們根本來不及爬起來，就被滾滾的雪塊當頭埋下。松鴉羽失去平衡，滾了幾圈，雪崩聲隆隆作響，他被一路掃了下去。大鳥已經不見，但也看不到自己的同伴。眼前什麼都沒有，只有白色風暴不斷怒吼，聲音愈來愈大，直到掩蓋了一切。

發生什麼事了？松鴉羽在心裡喊道。**一切就這麼結束了嗎？**

第十六章

「鼠鬚，拜託動一下尾巴好不好？我們沒那麼多時間。」

藤池聽見棘爪的玩笑聲，耳朵彈了彈。她蹲在見習生窩入口的蕨叢裡，看著山谷上方的天空漸漸釋出乳白的光，戰士們開始出現，準備展開黎明巡邏。

雷族副族長推了前面的鼠鬚一把，他們正穿過山毛櫸的枝葉叢，從窩裡出來。年輕的貓兒旋身一轉，玩笑似地揮拳打棘爪的鼻子，但沒打到，差了一隻老鼠的距離。藤池聽著這些剛起床的貓兒們發出快樂喧鬧聲，不禁嘆了口氣。今天天氣有點溼涼，天色灰暗，但空氣裡充滿綠葉和萬物生長的氣味。過去幾天來陽光普照，樹木開始抽芽，地上也有新芽冒出。這是過去好幾個月以來，獵物堆首度堆得這麼高。

綠葉季的到來令雷族貓兒歡欣不已，但藤池沒辦法和同族貓兒一起分享這個喜悅。自從鴿翅去了山裡以後，她就睡得很不安穩，她不習慣獨自睡在窩裡，不安的感覺像螞蟻一樣爬滿她全身。

藤池重重嘆口氣，緩步走進空地，棘爪正在那裡指派貓兒的巡邏任務。雲尾從戰士窩裡出來，張嘴打了個大呵欠。塵皮動作俐落地鑽出來，弓起背，伸個大懶腰。白翅和蕨毛正繞著彼此轉，看起來好像在練習戰技。栗尾看看他們，舔舔其中一隻腳掌，順順耳朵。

藤池的目光快速掃過空地，但沒看到花落。**她在哪裡？她昨晚去了黑暗森林了嗎？**藤池的爪子摳抓著地上的泥土。她最近睡得不好，已經有好幾個晚上沒去黑暗森林了，不過她相信那裡一定還在繼續進行著嚴酷的訓練。目前為止，她都還沒機會跟花落談談黑暗森林的事。

也許今天該找她談一下。

「嘿，藤池，」獅焰喊道，「煤心和我要去巡邏邊界，要一起來嗎？」

「好啊，謝了。」

「我們會沿著影族邊界……」獅焰開口說，但藤池沒注意聽，她看見花落從戰士窩裡蹣跚地走出來，蜂紋就在花落旁邊，那隻年輕母貓看起來毛髮凌亂，一臉疲態，而且還不敢跛著走路。

我太瞭解這些症狀了。藤池心想道，臉部肌肉不禁抽搐。

榛尾上前攔住正要朝棘爪走去的花落。「花落，妳還好嗎？」她問道，表情掛慮。

花落停下腳步。「我很好啊。」

「我覺得妳一點也不好，」榛尾直言道。「嘿，蜜妮，」她的尾巴朝花落的母親揮一揮，後者正穿過空地要去巫醫窩。「我覺得花落好像病了。」

「什麼?」蜜妮看了花落一眼。「哦,她沒事啦,我要去看薔光了。」

藤池發現到當她母親這麼說時,花落的眼裡閃過一絲不滿,但顯然蜜妮沒注意到,自顧自地離開,消失在刺藤簾幕的後方。

「花落,我要派妳和蜂紋、沙暴還有刺爪一起去巡邏風族邊界,」棘爪大聲說道,並朝這隻毛色黃白相間的母貓走來。「可是妳看起來好像連地上的枯葉都奈何不了。我看你們這支隊伍還是去狩獵好了。」

花落點點頭,蜂紋失望地垂下尾巴。「我昨天已經狩獵過兩次了,」他告訴棘爪,「我很想去巡邏邊界。」

棘爪嚴厲地瞪看年輕公貓一眼。「組織隊伍的工作不是由副族長負責嗎?」

蜂紋低聲咕噥,前爪刨著地上的土。藤池趕緊抓住機會,跳到他旁邊。「我要跟獅焰和煤心去巡邏,」她喵聲道,「不過我不介意跟你換……我是說如果棘爪同意的話。」

「隨便你們,」副族長冷冷地說道,「反正我要回窩了,你們兩個自己去喬。」

「謝了,藤池!」蜂紋精神一振,馬上跑去找準備要出發的獅焰和煤心。藤池看見兩位戰士並肩朝荊棘隧道走去,不免羨慕他們的親密友誼。蜂紋趕過去,三隻貓隨即消失在森林裡。

「好了,」沙暴甩著尾巴,「我們走吧,我想我們先去兩腳獸巢穴看看,我記得狩獵隊已經有一兩天沒去那裡了。」

他們進入林子後,沙暴和刺爪便走到前面帶路,藤池發現她和花落正沿著舊轟雷路走。這隻年輕的玳瑁色母貓呼吸急促,還在試著隱瞞她的跛姿。藤池甚至發覺花落有隻前腳的腳爪斷了。

「昨夜在黑暗森林裡被操得很兇，是不是？」她問道，但又覺得這樣直接質問一個經驗比她老到的戰士，不甚得體。「妳是不是……？」

「小聲點，」花落出聲警告，用耳朵指指前面兩隻貓。「別在這裡說。」隨即加快腳步，走到前面，藤池跟在後面，心想要怎麼樣才能找機會和她獨處。

他們來到兩腳獸的舊巢穴外面，沙暴走進松鴉羽的藥草園，穿梭其中，小心嗅聞新芽。「貓薄荷發芽了，要是影族沒逼我們交出其中一些的話，現在應該長出更多貓薄荷了。」

「對不起。」藤池低聲道。她到現在都還覺得很愧疚，因為當時影族監禁了她，威脅雷族交出藥草。

不過至少鴿翅和虎心一刀兩斷了，我們以後再不能相信虎心，因為他是黑暗森林的一員。可是我也是啊，她心裡想道，一股寒意突然竄起，**現在就連花落也……**

「藤池，專心點！」刺爪用尾巴彈彈她耳朵，嚇了她一跳。「別再做白日夢了，妳聽見沙暴對妳說的話了嗎？」

藤池尷尬地搖搖頭。

「她要妳去轟雷路那邊的斜坡，」虎斑戰士的尾巴指著方向解釋道，「那裡應該有很多松鼠在找牠們貯藏在橡樹底下的堅果。」

「我們會去兩腳獸巢穴那裡找找看，」沙暴補充道，綠色眼睛閃閃發亮，「那裡應該有老鼠，如果沒有，我就是豬。」

她才往兩腳獸巢穴入口走了幾步，就碰到一隻老鼠倉皇地往牆角縫隙逃。刺爪追了過去，攔住牠，老鼠轉向往回竄，結果直接衝進沙暴伺機等候的爪子裡。

「你們看，我說得沒錯吧？」她喵聲道，非常得意，腳下忙著挖土掩埋獵物。

「妳們兩個還在等什麼？」刺爪用尾巴彈彈花落和藤池，催她們快去。「難道我們是在上見習生的訓練課嗎？」

「他好愛管東管西哦！」藤池嘴裡嘀咕道，同時往斜坡走去。花落出聲附和，吃力地鑽進濃密的矮樹叢。一等兩腳獸的巢穴消失在視線裡，藤池就停下腳步。「妳要不要休息一下？我知道夜裡受訓很累。」她小心翼翼地說道。

花落直視她。「我覺得我們不應該討論這件事。」

是誰要妳發誓保守祕密的？藤池好奇地想。**虎星？還是鷹霜？**她沮喪地抽抽尾巴。如果花落拒絕談論黑暗森林，她就不可能有機會勸她離開那裡。

花落已經鑽進矮木叢，藤池只好跟上，毛髮輕刷過蕁麻叢，然後低頭鑽進低矮的榛木叢，撥開擋在前面的刺藤蔓，緩步走向花落，直接面對她。「妳怎麼知道有黑暗森林？」

花落的眼裡閃過一絲怒光：「我是受邀去的，好嗎？是鷹霜找我去的。他說這是個好機會，可以讓我成為更厲害的戰士，戰技會變得比以往只受雷族訓練來得好。我想他應該也跟妳說過同樣的話吧。」她轉身往山坡走去，回頭又補了一句：「我們現在可以狩獵了嗎？」

藤池趕緊跟上，頓時心亂如麻。**花落難道不知道黑暗森林的真面目嗎？他們想在四大部族之間發動戰爭！**她想告訴花落真相，想警告她為了她好，最好別再去黑暗森林。但如果她這麼做，就等於承認自己是在幫雷族到黑暗森林裡臥底。

如果我想拯救四大部族，我該讓花落繼續去那種地方，甚至死在那裡嗎？

「停一下！」藤池的思緒被前方花落的聲音打斷，注意力拉了回來。那位玳瑁色戰士停在一處樹木稀疏的地方。藤池往前一跳，發現原來已經來到冰雲曾失足跌落的地洞處。她看得出來塵皮和蕨毛在這裡疊了一堆木條，縱橫交織地像蓋子一樣蓋在洞口。

她心癢難耐，好奇心大起。以前巡邏時，她也曾經來過這裡，但這是第一次這麼近距離地觀察它。她和花落互看一眼，發現對方眼裡也閃著亢奮的黠光。

「要不要去看看？」她提議道。

花落點點頭，於是兩隻母貓相偕走下斜坡，來到地洞邊緣。藤池伸長脖子嗅聞那坨用木條編成的蓋子，花落拿頭去頂，整個蓋子竟被挪了開來，她忍不住輕呼一聲。

「嘿，妳看，」她喵聲道，又把蓋子往旁邊挪了點，「我們可以從這裡直接看到地道欸，我們下去看看好不好？」

藤池俯看地洞，內心升起一種詭異的感覺，讓她覺得有點怪，不太想接近。「那狩獵怎麼辦？」

「晚點再抓啊，」花落眼睛發亮，興奮到完全忘了先前的疲憊。「我們的技術比全雷族的貓都好，」她發揮她的說服力，「一定可以抓到松鼠的。」

藤池還在洞口猶豫不決，試圖克服內心的恐懼，但花落已經跑進長草堆裡搜找，最後拖了根樹枝回來。「幫我放下去，」她氣喘吁吁地把樹枝的一端往洞裡推，「這樣就可以爬著下去了。」再把樹枝較細的那端放在洞口，一架好，花落便迫不及待地爬了下去。

「來啊！」她朝藤池喊道。「這個地道深不見底，就在山坡下面。」

藤池心不甘情不願地爬下去，總覺得腳下樹枝不停彈動。她只能用爪子緊緊攀住，但樹皮乾燥到已近鬆脆，結果她才爬到離地底不到一半的距離，樹枝便突然塌了，她滑了下去，慘叫一聲，跌進洞裡，樹枝應聲折斷。她從殘葉枯枝堆裡爬出來，抬頭看看上方那一小塊藍色天空，現在已經沒有路出去了。

「我們被困住了。」她低聲道。

陰影環繞四周，她汗毛直豎。她也說不上來，只是很確定這裡頭一定有什麼可怕的東西。地道口陰森森的，她總覺得除了她們之外，一定還有什麼其他鬼魅。

花落的眼睛在幽光裡閃閃發亮。「現在不去探險也不行了。」她的語氣倒是挺開心的。

「可是很危險！」藤池反駁道。

花落哼了一聲。「還會有什麼更倒楣的事發生？難不成我跌斷腿啊？」

她們就著身後洞口的一點晝光，往地道深處走去。花落回頭瞥了一眼，只勉強看出地上那堆殘枝敗木。「現在要回去也不可能了，恐怕得等上好久才會有貓兒經過上面，」她不諱言道。「而且如果被他們發現了，我們的麻煩就大了。這裡一定有別的地方可以出去，對吧？」

藤池跟著同伴走進幽暗深處，心裡暗自希望別再鑄成什麼大錯。但儘管心上不安，還是忍不住跟花落一樣亢奮。當初冰雲掉進洞裡時，馬上就被救出去，根本沒走到這麼裡面過。

我們是最先進來探險的貓欸！

兩隻母貓一直往前走，這時候的她們早已被黑暗完全吞沒，毛髮不斷刷拂兩邊岩壁。地道曲折蜿蜒，最後連藤池都搞不清楚方向。她只知道她們又遇見了一條岔路，她一想到再這樣走下去，只怕會更深入山丘底下，就不禁全身顫抖。

「我感覺到風，」過了一會兒，前面帶路的花落回報道，「那邊應該有路可以出去。」

她們繼續前進。藤池終於可以就著前面的一點光隱約看出同伴的頭顱與筆直的耳朵，然而這時候的她，也因為長時間走在冰冷堅硬的岩地上，腳墊開始隱隱作痛。「我們快走到了！」。

花落加快腳步，藤池一路跳著跟在後面，結果差點撞上突然停下來的花落。藤池目光繞過同伴，往前探看，這才發現這條地道的盡頭是座很大的洞穴，穴壁高聳，一條幽暗的地下水貫穿其中，對面有座很寬的岩架嵌在石頭裡。

「我從沒見過這麼奇怪的地方。」花落低聲道，放膽走進去一點。

陽光從穴頂的小洞斜射而入，但穴頂太高，不用想也知道根本不可能從那裡爬出去。藤池小心地走進去，低頭舔了一口地下水。

「好冰哦！」她大聲說道，又退回去，抖抖鬍鬚，甩掉水滴。

藤池趁花落低頭喝水時，四處張望了一下，她一直有種被監視的感覺，好像有誰正從岩架那兒盯著她看。她霍地轉身，只見岩架上空無一物，但那種感覺還在，她有些毛骨悚然。

「我們不該來這裡。」她喵聲道，聲音迴盪在洞裡，異常大聲。

「為什麼不能來？」花落抬頭看她，伸舌舔舔嘴巴。「這裡又沒有誰會趕我們走。」

「那麼那些是什麼？」藤池聲音尖銳地說道，目光落在水邊沙地清晰可見的足印上，只離她和花落兩三條尾巴的距離。她毛髮瞬間倒豎，不安地伸出爪子，刮著地面。

「這裡有住貓?!」

第十七章

松鴉羽的四周又厚又重，一片寂靜，一切黑幽幽的，有那麼一瞬間，他還以為自己又變成瞎眼貓了。然後才恍然大悟是崩塌的雪塊封閉了他的視線。他身上雖然很痛，還是強迫自己睜開眼睛，卻什麼也沒看見，只有亮晃晃的白影。當他試圖大口吸入空氣時，竟被小小的雪珠卡進喉嚨。

我被活埋了！

這時似乎有光從他頭頂上方透進來，他趕緊朝上面一陣亂鑿，一會兒功夫後終於把頭探出外面，吸到空氣。他四處張望。暴風雪已經停了，山谷裡靜悄悄的，幽暗的峰群像剪影般與靛藍的天空相映襯，夕陽的最後一抹紅霞正在消散。雪地裡只有孤零零的他。

他驚恐萬分，直覺其他貓兒可能在這場雪崩裡遭到不測，但還是勉強自己撐起身子爬出來。他用力蹬著後腿，終於爬出雪堆，站了一會兒，甩掉身上的積雪。

「松鴉翅！」

那叫聲來自後方，松鴉羽轉身看見石歌半埋在山谷遠處的雪堆裡，奮力想爬出來。松鴉羽跌跌撞撞地越過鬆軟的雪地，將他拉出來。起初這隻暗色虎斑公貓嚇得說不出話，只瞪著這座山，彷彿不記得自己身在何處。

「你沒事吧？」松鴉羽問他道。「我們得找到其他貓。」

石歌甩甩頭，讓自己清醒過來。「我沒事，」他氣喘吁吁。「你看到他們了嗎？」

松鴉羽搖搖頭。

「他們一定在這裡的某個地方，」石歌咕噥道，「我們得找到他們。」

怎麼找？把整片雪地翻過來找嗎？松鴉羽驚恐地想道。這時他突然瞄到幾條狐狸尾巴遠的地方，有一處雪堆的顏色特別暗沉。他趕緊走過去，直覺那是血。「這裡！」他朝石歌喊道。「追雲受傷了，這一定是他的血跡。」

兩隻貓兒合力鑿開雪堆，追雲的身子赫然在目。松鴉羽看見這隻貓動也不動，像一坨軟綿綿的毛球被摔在地上，不禁心跳加快。

追雲這時突然咳了一聲，睜開眼睛。「咳……啊！發生什麼事了？」

「山上雪崩，」石歌解釋道，「我想應該是我們和那隻大鳥打鬥時，震動到山上的積雪。來吧，我們先幫忙你爬出來。」

松鴉羽和石歌把追雲拉出來。他蹲在雪地上，一臉頭昏腦脹，不時舔舔肩上皮開肉綻的傷口，大鳥把那裡的毛都扯掉了。

「半月呢？」松鴉羽喊道。「半月！」

沒有回答，但他注意到兩三條尾巴以外的雪堆裡好像有動靜。他趕緊爬過雪地，朝那裡走去。當他看見半月的耳朵和鼻子從白色雪堆裡探出來時，不覺鬆了口氣，過了一會兒，連頭也伸出來了。

松鴉羽趕緊幫忙她挖開四周雪塊，讓她爬出來。「謝了，」她上氣不接下氣。「你找到……」

當她看見她父親時，難過地哭了出來，她不發一語地奮力爬向她父親，蹲在旁邊，舔他的傷口。松鴉羽發現她的背上也有大鳥的抓痕，看得出來她雖然很痛，卻忍住不說，一心只掛念著追雲的安危。

暮色中，松鴉羽注意到在半月被埋的那個洞裡，好像長著什麼東西。他低下身子嗅聞，聞到狗舌草的味道。**這對體力很有幫助**，他想起上次來部落拜訪時，曾學到一些高山藥草知識。**吃下去應該可以幫忙壓點驚**。於是伸長脖子，咬了些莖梗出來，叼回去給其他同伴。

「把這個吃掉。」他把藥草放在他們面前。「這會讓我們精神好一點。」

三隻貓兒抬頭看他，然後低下頭舔食藥草。

看來他們都驚嚇過度到忘了質疑我怎麼會知道這種植物的藥性，松鴉羽心裡猜道，同時好奇附近有沒有蜘蛛絲可止血。洞穴裡應該有吧。

「我們該回去了。」他喵聲道。可是他們動也不動，他只好推了石歌一把。「走吧，難道你想在這裡凍死？我們好不容易長途跋涉來到山裡，現在就放棄，未免太可惜了。我們一定要有信心。」

石歌眼神呆滯地看著他。「信心？什麼信心？」

松鴉羽身子縮了一下，真希望自己可以當場呼喚星族或殺無盡部落，祈求祂們保佑，但這些名字對這些貓兒而言一點意義也沒有。**此刻他們有祖靈庇佑嗎？**

「我們應該對自己有信心，」他儘量用很有說服力的聲音告訴他們，「我們已經走了這麼遠的路了，一定活得下去，只是必須給自己一點時間。」

石歌眨眨眼睛。「我們可能沒有時間了，這座山早晚會害死我們。」

松鴉羽想到的卻是，這個部落將定居山中，世代傳承下去，直到許多季節過後，被一支為了尋找太陽沉沒之地，長途跋涉來此的貓兒探險隊發現。

「我保證會有足夠時間的。」他喵聲道。

⚡⚡⚡

當松鴉羽和石歌扶著追雲，蹣跚進入洞穴，後面跟著一跛一跛的半月時，洞裡的貓兒都發出驚慌的聲音。

「發生什麼事了？」鉤雷質問道。「你們被狐狸攻擊了嗎？」

「不，是鳥。」石歌回答道。

「鳥？」輕風從鉤雷後面擠了出來，藍色眼睛驚恐地瞪著追雲的傷口。「一隻鳥就把你傷成這樣？」

「是一隻很大的鳥。」追雲咕噥道。

更多貓兒聚了過來，他們互相推擠，想看個究竟，嘴裡不時絕望害怕地驚嘆。梟羽的小貓跳了過來，好奇地去聞追雲，結果聞到腥羶的血味，嚇得趕緊躲到母貓後面。

「我早就告訴過你們，」奔馬嘀咕道，「我們根本不該來這裡。」

升月撇過頭去，彷彿不忍再看下去。松鴉羽以前在森林裡，就知道她和追雲是一對伴侶貓。「這地方早晚會害死我們。」她喃喃說道。

松鴉羽突然心煩起來，尾尖不斷抽動。**他們光會站在那裡抱怨，什麼事也不做！**如果是在部族，他會立刻帶受傷的貓兒回巫醫窩，但這裡沒有巫醫。**看起來恐怕得靠我來處理了。**

石歌輕輕放下追雲，擠進惶惶不安的貓群裡。「夠了！」他大喊道。「冷靜點。追雲不會有事的，我們先好好想想接下來該怎麼辦。」

雖然領導者大聲疾呼，但驚恐的聲音卻不曾間斷。松鴉羽在貓群裡找到半月，他動動耳朵，示意她到群眾外頭與他會合。「我們需要蜘蛛絲止血，」他喵聲道，與她相偕從貓群裡擠出來，「後面的小洞穴裡可能會有一些。」

半月點點頭，跟著松鴉羽朝洞穴裡跑，鑽進後來成為尖石巫師窩的那個洞裡，松鴉羽則走進可通往尖石洞穴的地道。洞裡還是跟他下一世所見到一樣。地面突起許多釘狀的石柱，與穴頂懸垂而下的尖石連成一柱，地上到處是水塘，月光從穴頂的洞口滲入，映照水面，看得松鴉羽不禁毛髮倒豎，全身發抖。

這地方到底存在多久？又經歷過多少季節？是不是像森林裡的落葉日復一日地堆積呢？

他抖抖身子，緩步走了進去，在洞穴角落和岩縫處尋找。但沒找到蜘蛛絲，倒是在其中一座水塘邊找到一些青苔的殘梗。他抓了一把，浸到水裡，要是沒有蜘蛛絲，這個也行，可以用來清理傷口。他叼了一嘴還在滴水的青苔，回到大洞穴。

半月從另一條地道出來。「我在那裡什麼也沒找到。」她喵聲道。「裡頭好暗。」入口處的貓群已經漸散。追雲蹣跚地走到洞穴中央，石歌一路攙扶著他。松鴉羽環目四顧。這裡根本沒有地方適合充當巫醫窩。他瞄到一塊沙地，就在一座大圓石底下，那裡應該可以暫時湊數。「把他帶到這裡來。」他嘴裡含著青苔，呼嚕說道，拿尾巴向石歌示意。

有些貓還跟在後面，半月上前攔住他們。「他現在需要休息，」她喵聲道，「你們晚點再來看他。」

升月似乎想出聲反對，但輕風用尾巴環住她的肩，帶她離開。松鴉羽先和石歌幫忙把追雲安置在沙地上，再用浸了水的青苔輕輕拍撫他的傷口。

「舒服多了！」追雲咕噥道。

等松鴉羽確定傷口乾淨了，才又敷上更多青苔，壓緊邊緣，讓它固定住。「你別動，免得它掉下來。」他告訴追雲。「可以的話，先睡個覺。」

他察覺到石歌聽見他語帶權威的說話方式，眼裡不免驚訝。他沒理會。**我是不知道松鴉翅對醫療這種事究竟瞭解多少，不過這本來就是我的本行，我只是盡本分而已。**

「輪到妳了。」他對半月喵聲道。

當他清理白色母貓的傷口時，突然瞄見捲蕨被許多貓兒圍在洞穴中央。

有麻煩了嗎？松鴉羽有點納悶，不過沒吭氣，繼續小心清理半月的傷口。

松鴉羽第一次在湖畔遇見這群古代貓時，捲蕨還是他們的領導者。他丟下的是贊成留下的石頭，但最後結果和他想法不符，於是才把領導權讓給石歌。

「我認為當初大部分的貓兒同意來這裡，其實錯誤的決定。」捲蕨喵聲說道。「我們根本不該離開湖邊。等暴風雪一停，我願意帶領各位離開此地，回老家去。」

「是該回去了，」鉤雷大聲說道，「我跟你一起走。」

「我也是，」魚躍喵聲道，「我一開始就不贊成來這裡。」

羞鹿抬起尾巴，開口說道。「捲蕨，不是所有貓兒都同意你的看法。」她繼續說道，語調堅定。「難道要讓我孩子的父親白白犧牲嗎？」她的尾尖輕撫隆起的腹部，接著又說：「我現在沒辦法旅行，得等到我的孩子生下來，並且足夠強壯了才可以。」

「我也想留下來，」鴿羽也開口道，「我們當初待在湖邊時就遇到了一堆問題，現在那些問題還是沒解決啊。」

「可是落葉或許還在那裡，」碎影提議道，眼裡燃起希望，松鴉羽以前從沒見過她這樣。「捲蕨，帶我們回去吧。」

輕風嘆口氣。「我當初投下石頭贊成離開，」她喵聲道，「但現在我後悔了。我們錯了，我們應該回家。」

「當初我也想離開，可是現在我想回家。」梟羽的尾巴掃向她的孩子們。「我擔心如果我們繼續待在這裡，我的孩子會活不下去。」小貓也害怕地低泣。他們的母親彎身將他們圈在懷裡，溫柔地舔舔他們。

「所以我們都同意……」捲蕨開口道。

「不行！」松鴉羽出聲打斷。洞穴裡的所有貓兒都把目光轉向他。光影幽暗，那些眼睛顯得尤其晶亮。

梟羽把小貓拉近身邊，瞪著松鴉羽。「你說得倒容易，」她嘶聲道，「你又沒有孩子。」

松鴉羽突然覺察到半月走了過來，站在他旁邊。他瞥了她一眼，繼續說道。「我們不能這麼快就放棄，至少得等到暴風雪停了，看能不能想辦法捕到獵物再說。」

升月朝他前進一步，甩打著尾巴。「可是連我們自己都成了獵物了！」她咆哮道。「如果我們都被追捕，又要怎麼去捕捉獵物呢？」

松鴉羽心緒紊亂。「我們必須想出一種不同以往的狩獵方式。」他突然想起急水部落會把部落貓分成護穴貓和狩獵貓，讓他們各司其職。「由一些貓負責狩獵，其他的貓則負責保護他們……和我們捕抓的獵物，以防大鳥的偷襲。」

貓兒們看看彼此，低聲咕噥。松鴉羽看得出來他們不太相信他的說法。**可是這方法真的管用！我親眼見過！**

「我們可以試試看。」半月喵聲道，她站得更近了，與他毛髮互觸。

這種觸感令松鴉羽全身像是有股暖流流竄，有貓兒支持他的感覺真好。「謝謝。」他的鼻子輕觸她耳朵，低聲對她說。

「對啊，可以試試看啊，就讓更多的貓被剝皮拔毛啊！」鉤雷豎起頸毛，瞪著松鴉羽。

他說完，貓兒們立刻出聲附和。松鴉羽差點招架不住突如其來的這波敵意，蹣跚後退了幾步。他感覺得到這敵意全來自於捲蕨身邊的貓兒。看來光有半月支持還不夠。

「那就這麼說定了，」捲蕨的目光掃過其他貓，「等暴風雪一停，我們就出發回湖邊。」

松鴉羽不敢相信地眨眨眼睛，這時貓兒們都拖著腳步朝洞穴邊緣走去，各自找地方休息。**不會吧！**

「很抱歉！」石歌低聲道，剛剛大家在爭論時，他一直站在旁邊默不吭聲。「我們都累了。我們失敗了，但這不是我們的錯。也許我們真的不屬於這裡。」

松鴉羽直視他的藍色眼睛，發現裡頭只有懊悔。**當初最支持這個決定的貓兒就是他……如今連他也放棄！**松鴉羽無話可說，腳步蹣跚地離開。**石歌不會明白的。我們失敗了……是我失敗了！**

「如果他們馬上就要走，」他咕噥道，「那麼山裡的急水部落會落得什麼下場呢？」

他不知道自己在做什麼，只知道自己正不由自主地走進尖石洞穴。輕柔的腳步聲出現在他身後，他轉頭一看，只見半月跟在他後面。她停在地道口，瞪大眼睛，走進洞裡。

「哇！」她屏息道。

松鴉羽也跟她一樣訝異，他環目四顧頂端尖細如塔的白色石柱。不知怎麼搞的，和半月同遊這座洞穴，更令他對這座洞穴感到驚豔。

「我們去探險一下！」半月喵聲道，像隻興奮的小貓一樣跳了一下。

松鴉羽跟著她，只見她繞著水塘奔來跑去，伸長腳爪，想去碰其中一根石柱。「你看！」

她大聲喊道。「這石頭是從地上長出來的，幾乎要跟上面垂下來的碰在一起。」

「那兩根就碰在一起了。」松鴉羽的尾巴指著其中一根上下連成一柱的石柱。

「好奇怪哦！」半月跳進櫛比鱗次的石柱間，躲在其中一根後面，調皮地從另一邊探出頭來。松鴉羽假裝咆哮，撲了上去，但沒有碰到她，卻在水塘邊的溼滑岩面上踩滑，單腳掉進水裡，水花四濺。他笨拙地從水邊爬起來，還好沒整個身子掉進水裡。

「完了，你有一隻腳溼了！」半月揶揄他。

「我讓妳見識一下什麼叫做腳溼了！」松鴉羽開玩笑地吼道。

他舀水往她身上潑，半月尖聲大叫，逃了開來。松鴉羽在後面追，一下子突然找不到她在石柱間的蹤影。然後她猛地衝了出來，撲上他，與他抱在一起。松鴉羽發覺自己正凝神看著她的眼睛，就像森林裡兩潭熒熒發亮的綠色池水，她溫暖的毛髮輕輕拂過他。

「妳看，月亮出來了，」他喵聲道，把她放開，站在水塘邊，「現在一定是晚上了。」

當他的呼吸漸漸平穩後，這才察覺到大洞穴裡的貓兒正不安地走動。梟羽的小貓都在哭著喊餓。松鴉羽覺得很難過，悲傷的情緒像尖銳的爪子牢牢抓住他。**我可以理解他們為什麼不想待在這裡。**

「你看！」半月走過來站在他身邊。「水裡可以看見月亮。」

松鴉羽俯視水塘，只見小小的新月映在水面，月光從穴頂洞口灑進來。半月目不轉睛地盯著它。

「真漂亮！」她低聲道。「好小一顆哦……好像伸掌就抓得起來。」

她伸爪輕觸水面，月兒像銀色翅膀在水裡飄舞，直到水面靜止了才停下來。半月微微驚嘆，不停伸掌去碰，不管碰多少次，月兒還是在那裡。

「它就是不走，對不對？」半月對松鴉羽眨眨眼。「它永遠都在這裡，就像洞裡的石柱一樣恆古不變。也許我們應該學習水中月亮，不管發生什麼事，都堅守原地？」她往洞穴深處走去，再度環目四顧這些石柱，眼裡有了新的領悟。松鴉羽突然感動莫名。

「它們在這裡已經很久了，」半月喃喃說道，「如果我們留下來，我們的子孫也可以像這些石柱一樣活下來嗎？」

松鴉羽跳到她身旁。「當然可以，我保證可以。」

半月緊張地看他一眼。「你怎麼知道？」

「我就是知道，」松鴉羽答道，「相信我。」

她的綠色眼睛看進他眼裡，目光熱切。「我相信你，永遠相信你。」松鴉羽感覺到自己的尾巴正與她的交纏。「我希望別的貓兒也能相信你。」半月喵聲道。

這時松鴉羽瞄見她的身後出現動靜。磐石從遠處的石柱後方走出來，月光照在祂光禿的身軀上，祂的兩隻盲眼盯著他看，點了點頭。松鴉羽不禁全身發抖。

「半月！」尖銳的聲音突然從洞穴入口傳來，磐石的影像立刻消失。松鴉羽和半月趕緊彈開身子，發現升月就站在通道口。

「半月，妳在這裡做什麼？」升月不以為然地瞪了女兒一眼，聲音冷若冰霜。「松鴉翅，追雲想跟你說話，我剛剛一直在找你。」

松鴉羽恭謹地點點頭，從她身邊經過，走回大洞穴。追雲還躺在松鴉羽剛扶他過去休息的那塊沙地上。松鴉羽一走近，他便抬起頭來。「你救了我一命，」他聲音沙啞地說，「謝謝你。」

松鴉羽不好意思地蠕動著前爪。「我們大家都有出力。」他低聲道。

「我不敢相信，我們竟然把大鳥打跑了！」追雲的聲音已經恢復生氣，眼裡閃過一絲驕傲。

「是啊，你辦到了，」松鴉羽告訴他，「而且你還可以再打敗牠一次，如果願意嘗試的話，我們都可以辦得到。」

「不准再去了！」升月站得很近，不巧被她聽見。「太危險了。」

「她說得對，」鉤雷緩步走到毛色灰白相間的母貓身邊，「我們何苦冒著生命危險去抓獵物呢？」

「因為這是這裡唯一的求生之道。」半月大膽地挑戰這幾隻老貓。「如果我們好好訓練，就不會危險。」

升月的眼裡升起怒火，她張嘴想反駁，但石歌打斷她。「聽好，我們都累了，現在不適合做任何決定。大家先睡一下，明天再談這件事。」

升月和鉤雷本來還想開口爭辯，但最後選擇轉身離開，氣呼呼地走到洞穴另一頭，石歌和半月在地上找到凹洞，蜷伏下來，準備就寢。

松鴉羽猶豫了一會兒，往前走幾步，來到半月身邊。她抬頭看他，溫柔喵嗚。他突然覺得睡在她身邊是再自然不過的事。平常的松鴉羽只會和巫醫窩裡病況嚴重的貓兒一起睡，即便如此，也是各睡各的臥鋪。

這樣睡舒服多了。松鴉羽心想，打個呵欠，閉上眼睛。**即便不是睡在山谷裡常睡的青苔臥鋪上，也很舒服……**他漸入夢鄉，耳邊猶能聽見半月溫柔的呼吸。

悲戚的聲音劃破瀑布的隆隆水聲，驚醒松鴉羽。從水幕透進來的灰色光影正慢慢變亮，他想應該是黎明了，所以外頭天色漸亮。他抬起頭，看見洞穴那頭，梟羽的小貓正抬起小小的腳掌搥打母親的腹部，吵著要喝奶。

「孩子們，對不起，」梟羽悲傷地喵聲道，「我沒有奶給你們吃，因為我自己也沒東西吃。」

小貓繼續哀求。其他貓兒也開始出現動靜。除了曙河正在梳理自己，其他大部分的貓兒則是佝僂著身子坐在地上。松鴉羽感覺得到他們的失望像冰冷厚重的濃霧令貓喘不過氣。

「我們回不了湖邊。」輕風咕噥道，「我們會先死在這裡。」

鉤雷拖起身子從凹洞裡站起來，緩步走向梟羽，鼻子輕輕抵住她的頭。「我們得去狩獵，」他大聲喊道，「我不能讓我的孩子挨餓。」

魚躍轉身過來，用尾巴朝松鴉羽示意。「松鴉翅，你昨天提到兩兩分組是什麼意思？」

「不是只兩兩分組，」松鴉羽從自己的臥鋪裡爬起來，穿過洞穴，去他們那裡，起身的動作吵醒了半月，於是她也站了起來，很快伸個懶腰，跟在他後面。「我們需要一整支隊伍來保護狩獵的貓。」他繼續說道。「可以找兩三隻最擅長狩獵的貓兒來負責捕捉獵物，比較強壯的、擅於打鬥的貓則負責監視大鳥的動靜。」

「你的意思是趕走那些會抓貓的大鳥？」鉤雷的聲音滿是不敢相信。「我倒想看看。」

「不行，」梟羽抬起頭來，一臉焦急，「牠們會抓走我的孩子！」

「所以小貓絕不能離開洞穴，」石歌走過來加入他們，「這裡有很多空間供他們玩耍。」

「不用擔心，」曙河補了一句，「我們不會在這裡待太久的。」

「那剩下的貓怎麼辦？」升月質問道。「去找那種鳥打架，這主意太鼠腦袋了。」

「我不這麼認為，」石歌回應道。「昨天我們就把大鳥打跑了。沒錯，追雲是受傷了，但如果我們能有更好的自衛方法，不見得會受傷。」

升月哼了一聲，不願相信。

「我想我們應該先試試松鴉翅的點子。」鴿羽喵聲道。「就算我們決定回湖邊去，餓著肚子也走不遠啊。」

謝了，鴿羽，松鴉羽心裡想道。

「可是我們要怎麼擊退大鳥呢？」魚躍問道。「我們又不會飛，怎麼在空中攻擊他們。」

「不用，我們只要把牠引誘到地面上，」石歌勉為其難地說，彷彿知道這個提議會引來什麼反應，「然後我們再想想看用什麼方法來對付牠。」

「我不准你們用我的孩子當誘餌。」梟羽瞪著他，連忙拿尾巴和腳爪護住她的三隻小貓。

「當然不會。」石歌向她保證道。

「我來當誘餌，」半月提議道，「我可以假裝我受傷了。」

松鴉羽的心怦然一跳。「不行，」他喵聲道，「我來，這主意是我出的。」

石歌驚愕地看著他。「這任務很危險。」

「總得有貓兒去做吧，」松鴉羽強迫自己冷靜回答，但其實心裡很害怕。他可以想見被鷹爪抓上天的恐怖畫面。「事不遲疑，要做就快，我們很需要食物。」

雖然有些貓兒仍在猶豫，但也有很多貓兒圍著松鴉羽想加入狩獵隊。松鴉羽看著他們，裡頭有石歌、鉤雷和……捲蕨？這倒是很令他意外，另外還有半月、魚躍和鴿羽。他們看起來都很緊張，但態度堅定。

「我們走吧。」松鴉羽喵聲道，同時帶隊往洞外走。等他們從瀑布後方出來時，暴風雪已經停了，怒吼的狂風不再，取而代之的是微微的冷風，天空猶有雪花飛舞。頭上厚重的烏雲漸散。狩獵隊穿過雪地，踏雪聲嘎吱作響，他們爬上瀑布旁的岩堆，直抵崖頂。

松鴉羽深吸一口氣。他從來沒訓練過別的貓兒，尤其是打鬥技巧。他必須負責這些貓兒的安全——不是只有現在而已——不是光幫忙他們誘引大鳥下來，還得為他們的後世子孫著想。

莫非這就是星權在握的真正意義？

「我留在這裡，你們去躲起來。」他指揮道。「千萬記住，鳥是在空中，所以別讓牠從上面看見你們。石歌、鉤雷，還有捲蕨，到時候你們負責衝出來攻擊牠。魚躍、鴿羽、半月，你們先藏起來，見機行事，晚一點我們再討論其他細節。」

「我不可能躲在石頭後面，眼睜睜地看著你被撕成碎片。」半月出言反對。她的掛慮令松鴉羽窩心。「到時若有麻煩，妳再來救我好了。」他告訴她。

半月甩甩尾巴。「誰也擋不住我。」

「牠要是來了，我們該怎麼做？」魚躍問道。「又不可能像抓烏鴉一樣撲上去。」

「我們應該先攻擊牠的翅膀，」石歌建議道。「只要牠飛不起來，就沒辦法抓走我們。」

捲蕨點點頭。「跳上牠的頸子也是個好主意，不管鳥的體型多大，頸子都是弱點。」

「這主意不錯，」松鴉羽同意道。「你們快去躲起來吧，免得被牠看到。」

隊員隨即散開，各自找岩石藏身。

「一定會成功的，」半月走之前對松鴉羽鼓勵道，「我相信會成功！」

我也希望，松鴉羽心想道，但也察覺到恐懼的情緒就像在肚子裡裝了冰塊，令他全身發寒。**為了急水部落，我一定得辦到。**

松鴉羽站在河邊，感到孤單。其他貓兒都不見了，只看得見魚躍的棕色尾尖，襯在白色雪地上尤其顯眼。他抬頭望向天空，蒼穹灰濛遼闊，沒有大鳥的蹤影。他的肚子餓得都發痛了。

「快看！」半月的聲音小聲地從附近一座岩石後面傳來。

松鴉羽眨眨眼，專注望著天空。一個小黑點出現了，在高空緩慢盤旋。他一看到，四隻腳頓時僵住。那隻鳥現在已經近到可以清楚確定牠是老鷹，就跟以前在急水部落聽過的那種鳥一樣，體型甚至比昨天攻擊他們的鳥還大。他做好準備，等牠俯衝下來抓他，可是牠沒了興趣，兜了一圈又飛走了。

別走！松鴉羽很想大叫。**我是隻肥美的獵物！快來抓我啊！**

他故意跛著走路，只用一隻腳撐著，像受了傷一樣，還頻頻發出哀號。那隻老鷹掃過空中，不斷盤旋，向下滑翔，直到松鴉羽終於看見牠那鉤狀的爪子和黃色的銳眼。

星族啊……牠好巨大哦！

他在雪地裡蹲下來，喵喵哀鳴。翅膀的黑影覆上他，逐漸往四周擴散。大鳥的強烈體味朝他襲來，嚇得他閉上眼睛。

希望他們要撲上來了……

老鷹翅膀的拍打聲像雷鳴一樣，突然間，可怕的爪子戳進他肩膀，他慘叫一聲，說時遲那時快，貓兒齊聲尖嚎，劃破四周空氣，他的腳正要離開地面，地上的石頭全都動了起來。

「快攻擊牠的翅膀！」石歌喊道。「別讓牠飛走。」

他的話被貓兒的尖叫聲和狂亂的拍翅聲淹沒。松鴉羽看見捲蕨朝老鷹的喉嚨跳過去，爪子一揮，無奈揮空，只差了一隻老鼠身長的距離。半月狠咬老鷹翅膀外緣，但被甩開，一嘴羽毛地撞上石頭。魚躍抓住松鴉羽的尾巴，想拉他下來。

「不要抓我尾巴，快放手！」松鴉羽尖聲大叫，感覺到這拉扯的重力快把他的皮給剝了。

魚躍只得放手。有那麼一瞬間，松鴉羽以為老鷹贏了，因為牠就要飛離崖頂。他束手無策，四隻腳無助地揮打。這時石歌和鉤雷從兩邊衝出來，跳上老鷹翅膀，爪子同時戳進去。老鷹憤怒尖嗥，但翅膀上面的重量害牠飛不起來。鴿羽趁牠被困住時，從下面鑽了進來，她離松鴉羽很近，只見她張嘴啃咬老鷹的腿，咬完這邊，再換那邊。

老鷹哀號，終於鬆開松鴉羽，他掉了下來，撞上岩石，嚇得半死，眼見石歌和鉤雷在老鷹肩膀上猛揮，硬扯羽毛，然後再跳到一旁，以策安全。老鷹好不容易升空，羽毛漫天掉落，鮮血從牠裸露的雙腿滴落。松鴉羽氣喘吁吁地看著牠飛遠，變成空中一個黑點，最後消失不見。

「你沒事吧？」半月上氣不接下氣，在崖邊蹲伏下來，綠色眼睛看著松鴉羽，炯炯發亮。

「我沒事。」松鴉羽還在喘氣，剛剛肩膀被老鷹箝住，受了點傷，感覺像被火燒一樣。

半月站起來，朝他走去，聞聞他的傷口。「我們去找些青苔敷在傷口上，就像你昨晚處理追雲的傷口一樣。」她喵聲道。「不知道這附近有沒有酸模，它可以幫忙止血。」

其他隊員也都跌跌撞撞地爬了起來，各自檢查身上的傷。

「我們成功了！」魚躍粗啞說道。

「是啊，我們辦到了。」石歌的目光落在松鴉羽身上。「松鴉翅，你這套保護狩獵者的方法，或許能派得上用場，至少在我們離開山裡之前，應該找得到足夠食物。」他朝其他隊員揮揮尾巴，接著說道：「走吧，我們回去告訴他們。」

他率隊步下瀑布旁邊的岩堆，獨留松鴉羽和半月在崖頂。

「我剛剛好擔心你哦。」半月低聲道，鼻子輕撫他的腰。「我真為你感到驕傲！如果我們有了小貓，一定也像你一樣勇敢！」

小貓！松鴉羽倒吸口氣。「半月……」他的語氣有些不自然。

但還沒來得及說什麼，他就看見水邊的大圓石後方走出一隻貓兒。**磐石！拜託祢現在別出現行不行？**

那隻瞎眼貓靜靜站在那裡看。但面向著磐石的半月，竟不知道祂的存在。

「妳先和他們下去，好不好？」松鴉羽提議道。「我等一下就來。」

「好。」半月的綠色眼睛裡閃過一絲失望，但還是聽他的話，自行走下崖去。

「祢來做什麼？」松鴉羽質問正朝他走來的古代貓，聲音半帶惱怒。

磐石沒有回答。他們就這樣站在崖邊，俯看下方水潭、瀑布，眺望遠方山巒，白色峰群在視野裡綿延不絕，遠處雪地有紅光乍現，那裡是太陽即將升起的地方。

「幾乎沒有變……」磐石吁了口氣，轉身面對松鴉羽。「你不能久留此地，你很清楚這一點，不是嗎？」

「為什麼不能？」松鴉羽心裡苦惱，於是反問祂。

「因為部落需要你，部族需要你。」磐石的聲音毫不留情。「你的力量太強大了，不能迷失在過去。」

「我在這裡也可以發揮力量！」松鴉羽反駁道。「我可以養育我的小貓，把我所知道的知識全傳授給他們，以後再回到部族。」他瞪著磐石。「我……我不想這麼快離開這兒。」

第十八章

「我們得離開這裡！」藤池總覺得這兒隨時會有不懷好意的貓兒撲上來。

「我們只是在探險，」花落指正道，同時緩步走向那些足印處，好奇地聞一聞。「我們又不是在做什麼壞事。」

「但總覺得不太對，」藤池反駁道，有點氣花落的不在乎，「感覺好像是我們擅自闖入，反正我想離開這裡。」

花落聳聳肩。「好啊，那我們找路出去。」

地下水道的對面有很多條黑幽幽的地道。藤池率先躍過水道，往最近的一條地道走去，但才走了幾步，就被一座紮實的泥牆擋下。

「情況不妙，」她告訴跟在後面的花落，「這條是死路。」

她們只好回頭，又回到洞穴，挑了另一條地道，起初這條看起來還滿有希望的，一路都是上坡，偶爾還有光線從上頭的縫隙灑進來，但是，在前面帶路的花落卻在轉彎時突然煞住腳步。

「去它的老鼠屎！」她呸口道。

藤池伸長脖子，探頭去看，結果在微弱的光線裡看見前面有隆起的石堆擋住去路。她們只得再折回原來的洞穴，藤池的心跳開始加快。「我們一定得回到剛剛爬下來的那個地洞。」她喵聲道。「希望能有貓經過，救我們出去。」

花落嘆口氣。「我想妳說得沒錯。」

可是等她們跳回水道另一頭時，藤池才發現到這邊也有很多地道。「妳記不記得我們是從哪條地道出來的？」她問同伴。

花落搖搖頭。「我看我們得循著自己的氣味走回去了。」

可是岩地太潮溼，根本留不住任何氣味，而且水邊外的岩地都很堅硬，根本留不住腳印。

「我們迷路了！」藤池喊道。

「不會有事的。」花落向她保證道，不過藤池感覺到對方的聲音帶有一絲驚恐。「我們隨便挑一條地道走吧！」她跑著穿過洞穴，進入一條入口很寬的幽黑地道，藤池知道不是這一條，不過她還是緊跟在同伴後面，擔心走散。

「等等，」她喊道，「我們不能……」她的話突然被上方傳來的落石聲打斷。「花落！」她大喊。「那是什麼聲音？」

沒有回應。藤池嚇得腿軟，只能強迫自己繼續前進。才走了幾步，就在幽暗的光線裡看到花落，玳瑁色戰士動也不動地躺在地上，石塊散落一地。藤池抬頭看，發現上方出現一個凹洞，心想石塊應該是從那裡掉下來的。

「花落？」她在同伴旁邊蹲下來，低聲喊道。**星族，千萬別讓她死掉！**

花落的鬍鬚突然抽了抽，眼睛倏地睜開，藤池鬆了口氣。「藤池？」她喃喃道。「發生什麼事了？我的頭好痛。」

「落石砸到妳的頭了。」藤池回答道。「妳能站起來嗎？」

花落想爬起來，她吃力地抬高肩膀，又痛得倒下去。「我覺得天旋地轉的，」她瞪大眼睛抱怨道，神情害怕。「哦，藤池，我們會不會死在這裡？」

「當然不會。」藤池告訴她。

「可是萬一我們死了？蜜妮會想我嗎？」

藤池突然覺得她很可憐。「她當然會想妳。」她向花落保證道。「蜜妮愛妳就像愛薔光一樣。」她在這麼說的同時，心裡也大概猜出了鷹霜八成就是利用花落這個弱點來收編她，承諾她可以利用這個機會讓她母親注意到她，不再一心只顧著她的妹妹薔光。

這很像當初他在我和鴿翅身上施的伎倆一樣。

花落非常嫉妒她妹妹占據了她母親所有的時間，再加上又有那麼多族貓關心她的妹妹，只因她再也不能走路。

不過……藤池心想，**鴿翅雖然天賦異稟，恐怕也不是那麼快樂。也許我們都該滿足於自己目前所擁有的……**

花落猶豫了一下，這才聳聳肩回答她：「蜜妮也許很愛我吧，不過都是在她偶爾想到自己的孩子其實不只一個的時候。」她伸出一隻前腳，用力刮著地面，藤池不免擔心她會刮傷腳爪。「我討厭自己嫉妒薔光，」花落沒有看著藤池，自顧自地承認道，「我不忍心見到她受苦，而且我也知道她什麼都不要，只希望自己能站起來。這真的好不公平哦。」她又開始拿爪子去刮地面，繼續說道：「可是我還是忍不住會嫉妒她，這表示我不是好貓。」

「妳當然是好貓！」藤池大聲說道，非常驚愕。

「不，一隻好貓不會嫉妒身體殘缺的妹妹，所以我才會去黑暗森林。」她斜睨了藤池一眼。「我不是笨蛋，我知道那些死後去不了星族的貓兒才會去黑暗森林。不過我想我八成也去不了星族，因為我恨我身體不好的妹妹。所以黑暗森林才是我該去的地方，況且我在那裡受到很好的訓練，比雷族受到的訓練還要好。」她深吸口氣，有點發抖，然後環目四顧。「妳覺得鷹霜會來接我們嗎？」

「我告訴過妳，我們不會死！」藤池用僅存的信念，吐出這句話。**可是萬一我們真的死了呢？**她無法想像永遠被困在黑暗森林裡的感覺。「花落，妳覺得妳可以再爬起來嗎？」

「也許吧。」花落收攏四腳，勉強站了起來，但還是有點搖搖欲墜。

正當藤池還在懷疑自己的同伴能不能走路時，突然聽見後方傳來很輕的腳步聲。她心裡發毛，只覺得背脊發涼，鼓起勇氣，轉頭去看。

一隻陌生的貓兒從陰暗處走出來，那是一隻身材乾癟，毛色薑黃的公貓，一臉的愁眉不展。「哦，」他倒抽口氣。「我還以為是別隻貓呢。」

「什麼別隻貓？」藤池聲音顫抖。

陌生貓兒沒理會她的問題，只是用那雙困惑的眼睛打量她和花落。「只有妳們兩個？」他喵道。「妳們還好吧？」

「不好。」藤池害怕到根本不願花時間去多想這隻陌生的貓兒是誰，或者他在這裡做什麼。「我們得出去，我的同伴受傷了。」

「可是如果我告訴妳們怎麼出去，」陌生貓兒告訴她，「就又只剩下我一個了，妳們總是答應我會回來，但從來沒有回來過。」

藤池瞪著他。「我們以前沒來過！」她喵聲道。「拜託你，帶我們離開這裡。」

薑黃色公貓不高興地彈彈耳朵。「沒必要對我大吼大叫，如果妳們不想留下來，當初就不該來這裡。這裡不安全，妳們根本搞不清楚狀況。」

「我們是搞不清楚！」藤池回答道，心想到底要怎麼做，他才肯答應。「我們只想回家。」

陌生貓兒朝她走近，懷疑地瞇起眼睛。他先聞聞她，再聞聞花落，藤池緊張到全身肌肉緊繃。他身上的味道令她害怕，那是泥土和水的味道，還有古老的化石味。

「妳說得沒錯，妳們不屬於這裡，」他低聲道，隨即又補了一句：「好吧，妳們從這條地道直走，看到磨菇狀的石頭就轉彎，沿著路走大約十個狐狸身長的距離，就會看到通道一分為三。走中間那一條，那是條上坡路，然後妳們會碰到一堆石頭，石堆上面應該有夠大的空隙讓妳們鑽進去，然後就可以從那裡找到路出去了。」

藤池試著記住他說的方向，但腦袋卻像空心樹幹般充滿蜜蜂的嗡嗡聲。「你可以帶路嗎？」

「不行，」薑黃色公貓不斷後退。「妳們必須自己找。」

藤池還來不及反駁，他已經消失在陰暗處。「臭貓，」她甩著尾巴，嘴裡嘀咕，瞪著對方消失所在的那條地道好一會兒，才轉頭對花落說：「來吧，我們走吧。」

藤池要花落走在前面，才好看著她，免得又跌倒了。她們沿著地道繼續往前走，找到那座磨菇狀岩石，可是轉進去的那條地道黑漆漆，走在裡面根本不知道自己身在何處。

「我想我們走的距離已經超過十隻狐狸身長了，」藤池喵聲道，這時她們仍在小心地前進，「可是都沒有看到岔路啊。」

「也許我們走過頭了，沒注意到，」花落建議道。「我想我們應該回頭。」

「好吧。」藤池轉身沒入黑暗，她睜大眼睛，搜索可能的光線，但黑暗彷彿沒有盡頭。

「我們應該已經到了第一個轉彎點了吧。」花落喵聲道，聲音有點發抖。

「我知道。」藤池開口說話時，驚覺有風從旁邊吹來。「我想是這裡吧，」她喵聲道，覺得鬆了口氣，「我們走這裡。」

可是她才轉進新的通道，就直覺自己又走錯了。這裡根本沒有磨菇狀的岩石，而且是條很陡的下坡路，她走的時候，腳一直在溼滑的岩地上打滑。

希望我們不用再走回頭路，我真的不確定花落還有沒有力氣原路爬回來。

這時藤池隱約看見通道下方有灰濛濛的微光。「我們快走到了！」她士氣大振地喊道，同時加快腳步。

後面的花落走得很吃力，剛走出地道口的藤池停下來等她，卻突然發出失望的吼聲，原來她們竟又走回有地下水道的大洞穴了。

「怎麼會這樣？」花落嘶聲道，啪地一聲趴在地上。「我們永遠出不去了。」

「我真後悔當初沒問那隻貓叫什麼名字，」藤池喵聲道，「這樣我們或許還能把他叫出來。」她憤怒地抽抽鬍鬚，又補了一句，「不過我想他不會再來了。」

花落側躺在地，氣喘吁吁。「對不起，」她低聲道，「都是我的錯，是我堅持下來的。」

「我應該阻止妳。」藤池爭辯道。

「怎麼阻止？」花落的眼裡難得出現幽默的微光。「咬住我的尾巴不放嗎？」

藤池覺得好笑，哼了一聲。她無法想像咬住花落的尾巴，不讓她進洞的模樣。

「來吧，妳們還在等什麼？」

聲音從後面傳來，藤池當場愣住，心裡發毛，四條腿不停發顫。過了一會兒才勉強轉身，但什麼也沒看見，也許對方藏在暗處偷窺她們，不過她很確定那不是先前見到的薑黃色公貓。

「妳們想出去，不是嗎？」那個聲音不耐煩地說道。「妳們也知道自己不該來這裡。」

「是啊……拜託帶我們出去！」花落懇求道。

「好啊，跟我走。」

藤池瞄見一個暗色身影閃進離她們幾條尾巴遠的一條地道裡，但不管她怎麼用力地看，就是看不出來那隻貓是誰。她把花落拉起來，跟了上去。地道又窄又黑，藤池根本看不見前面的貓，只能從腳步聲還有泥土、水及森林的氣味知道對方的存在。

她們走了好久，在地道裡蜿蜒穿梭，越過岔路，這時花落的腳步已經有些蹣跚。還好地道終於變寬，藤池總算能傍著她走，讓她靠在肩上。

「還很遠嗎？」藤池朝前面那隻貓喊道。

沒有回應，但轉了個彎之後，就見到前面有光。通往光源處的小路坡度很陡，覆著土石，足印清晰可見，但救她們出來的那隻貓兒已經不見。

「那隻貓兒跑到哪裡去了？」藤池不解地問道。

花落累到無法回答，拖著身子爬了出去，身子癱在一棵橡樹墩旁，那裡陽光遍灑。藤池環目四顧，好像看見幾條尾巴遠遠的蕨叢裡有什麼在動。

「謝謝你！」她朝那裡喊道。

沒有回答，而且沒一會兒功夫，那個角落又變得靜悄悄了。出口的岩縫有水涓滴流下，形成小水塘。藤池抓一把青苔泡在水裡，拿給花落喝。

「謝謝！」母貓氣喘吁吁地說道，身子坐了起來。「哇，那地方好怪哦，能走出洞外，再回到太陽底下，真是太好了。」

「我們最好快回營地，」藤池喵聲道。「妳能走嗎？」

「不能走也得走啊。」花落倔強地說道。

藤池檢查她同伴的傷勢，不太確定她走不走得動。兩隻貓兒渾身髒污，疲憊至極，腳墊也因為長時間走在岩地上而破皮了。花落除了身上仍有黑暗森林帶回的傷之外，頭上還因剛剛的落石腫起一個包，腫到其中一隻眼睛幾乎睜不開。

「我們慢慢走好了。」藤池喃喃說道。她甚至不確定她們身在何處。**這裡的林木太多，不像風族的領地**，她心裡一邊想，一邊四處張望附近的老橡樹和山毛櫸，以及林裡茂密的矮木叢。**我們會不會跑進影族領地了？萬一碰上巡邏隊怎麼辦？**

她沒有告訴花落她在擔心什麼，不過她想她的同伴自己也知道處境危險。她非常緊張，矮木叢裡的一點風吹草動都會讓她嚇一跳。藤池也走得小心翼翼。因此當她聞到前面有強烈的雷族氣味時，馬上大大鬆了口氣，過了一會兒，她們就越過邊界，回到了雷族的領地。

「感謝星族保佑，我們回來了！」花落大聲說道。「藤池，妳覺得我們回營之後要怎麼跟他們解釋呢？」

「別跟他們說實話就行了。」藤池立即回道。

花落停下腳步，不太高興，藤池隨即又說：「反正我們都已經瞞著他們黑暗森林的事了。」

「那不一樣。」花落咕噥道。

雖然藤池沒爭辯，但心裡總覺得再多說一個謊其實也沒差。

「我們就跟他們說我們迷路了。」花落說道，跛著腳繼續走。

這種說法也不見得誠實啊？藤池心想道。「好吧，反正我們本來就迷路了。」

快到山谷時，她們才加快腳步，等她們跌跌撞撞，鑽進入口的荊棘通道，走進營地時，已經過了正午。幾隻貓兒蹲在獵物堆前。藤池看見沙暴和刺爪已經回到營裡，火星和灰紋也都在，還有她的母親白翅與其他資深戰士。她只能硬著頭皮，等著待會兒接受大夥兒的責難。她們走上前去，貓兒們全都抬起頭來，半張著嘴，瞪著她們看。蕨毛嘴裡還垂著一條鼠尾巴，栗尾的鼻子也還黏著一根烏鴉的羽毛。

「妳們去哪兒了？」沙暴質問道，同時站起來，走向她們。「刺爪和我以為妳們追蹤獵物去了，抓到什麼了嗎？」

花落搖搖頭。「我們迷路了。」

藤池知道這說法聽起來很沒說服力，所以也不能怪他們都用質疑的眼神看著她們，這時火星以尾巴示意，要她們過去，她的心跳開始加快。雷族族長仔細打量她們，一臉懷疑地瞇起綠色眼睛。「妳們迷路了？」他重複她們的話。「在雷族領地？」

「可是妳們看起來怎麼好像被哪隻貓拖進荊棘叢裡似的？」刺爪問道。「妳們遇見無賴貓了嗎？還是風族貓？」

「沒有，」藤池喵聲道，「我們只是……」

「藤池！」還好她的母親白翅及時走了過來，她推開刺爪，瞪了火星一眼。「她們去了哪裡很重要嗎？」她反問道，一邊說還一邊用舌頭舔藤池的臉和脖子。「顯然她們都受了點傷，我想妳們一定是被新葉季的獵物搞得方向大亂了。」隨後又對藤池補了一句：「妳要是真出了什麼事，我怎麼承受得了。」

「我們沒事，真的。」藤池堅稱道。

白翅的綠色目光滿是慈愛。「有個女兒不在身邊已經夠令我難受了，」她喵聲道，「要是連另一個也不見了，妳叫我該怎麼辦。」

藤池看見蜜妮從巫醫窩裡出來，正忙著扶薔光去獵物堆那兒。她似乎沒看見花落，直到白翅出聲喚她。

「蜜妮，花落和藤池剛剛迷路了，看來好像受了不少折騰。」

蜜妮隨即離開正拖著身子穿過空地的薔光，神情不悅地朝花落走來，尾巴不停甩動。

哇，藤池心想道，**難道蜜妮真的以為她只有一個孩子嗎？**

「妳跑去哪裡了？」蜜妮厲聲道。「要妳去狩獵，妳卻浪費一整個早上的時間。」她回頭看了薔光一眼，後者正費力地爬去獵物堆那兒找同伴，於是又補了一句：「妳妹妹恨不得能有雙腿去幫忙捕捉獵物，帶回來餵飽大家。花落，拜託妳成熟點，妳的行為舉止可不可以像個真正的戰士啊。」

幾隻貓兒在旁邊聽得目瞪口呆。

「這又不是什麼大不了的事，」蕨毛喵聲道，試著打圓場，「她們都平安回來了，這才是重點，不是嗎？」

「是嗎？」蜜妮齜牙咧嘴，表情不悅，轉身回去找薔光。

藤池一臉尷尬，緩步走到花落那兒。「妳母親不是有意的……」她開口道。

花落尾巴一甩，打斷她的話。「隨便她啦。」她咕噥道，目光一直緊盯蜜妮，她看見她忙著幫薔光從獵物堆裡挑出一隻肥美的田鼠。「反正就是這樣，我最好早點習慣，不是嗎？不過至少我在黑暗森林裡是受到重視的。」

她的話令藤池渾身發顫。天知道還有多少貓兒受鷹霜的話蠱惑，她反問自己，同時看看族貓們，只見他們祥和地圍坐在獵物堆旁。**但在他們當中，誰都有可能接受黑暗森林的訓練，等最後之役開戰時，反過來攻擊族裡的貓。**

第十九章

「求求祢，」松鴉羽懇求道。「讓我留在這裡陪半月久一點，這是我唯一一次有機會可以像族裡的貓兒那樣過正常的生活，生養自己的孩子，陪伴侶到老。」

「這不是你回來這裡的目的，」磐石陰沉地說道，「而且這也不是半月未來的命運。她將成為第一位尖石巫師。」

「什麼？」憤怒和沮喪像老鷹利爪似地逮住松鴉羽。「為什麼不叫別的貓當？」

「因為只有半月能解讀水裡的倒影，」磐石回答道，「她從月亮的倒影看見了徵兆。」

「任何貓都看得出來！」

磐石搖搖頭。「她命中註定不能有小貓，不能像她的同伴那樣過平凡的生活。你必須幫助她理解這一點。」

「祢為什麼不自己去告訴她？」松鴉羽怒氣沖天，克制不住自己的脾氣。「祢為什麼找我來？祢早就知道會有這樣的結果，祢知道我對半月有感情！」

磐石垂下頭，承認祂都知道。「松鴉羽，你是一隻星權在握的貓，有些事必須由你去做，不管它看起來多艱難。」

「這不公平。」松鴉羽氣到爪子一張一縮。「不過祢也不能對我怎樣。」

他轉身，想回洞裡去找半月，磐石突然擋在前面，祂的眼睛雖然瞎了，骨瘦如柴，全身光禿，卻能施展可怕的力量攔住他。

「必要的話，我自有辦法治你。」祂低聲警告松鴉羽。「你以為那個預言是打哪兒來的？這是你們的天命，你和半月的天命。」

松鴉羽氣得全身發抖，從祂身邊擠過去，爬下瀑布。但因為他憤怒過度，再加上先前擊退老鷹所造成的新傷舊痕，結果害他一個沒站穩，竟從離地面幾條尾巴高的岩堆上摔了下去，撞上潭邊空地，嘴裡白沫噴飛。他掙扎著站起來，瞄見升月就在瀑布後方的小徑盡頭朝他走來。他以為她是來冷嘲熱諷的，沒想到趨近時，竟見到她眼裡滿是關切之意。

「松鴉翅，謝謝你，你的勇氣令我欽佩，」她喵聲道，「希望我們能在這裡活下來，養精蓄銳之後，等體力恢復了再回湖邊去，到時你就是我們的大恩人了。」

松鴉羽跟著她回到洞穴，看見許多貓兒圍住石歌和其他隊員。

「然後我們就跳上老鷹翅膀……」石歌一邊說，一邊高高躍起。

梟羽的三隻小貓張大嘴巴看著他，完全忘了肚子餓這回事。

「來吧，悍爪，」其中一隻小貓對另外兩隻小貓說道，「我來當老鷹，你和奔狐攻擊我。」

「疊波，你就愛當老大，」另一隻小貓答道，「我要當老鷹！」說完便往其他小貓身上撲，結果三隻小貓在地上扭打了起來。

松鴉羽忍住笑，看見小貓們終於又恢復該有的天真，這是他第一次感受到這群貓兒的樂觀與幽默。

「所以那隻老鷹就放了松鴉翅，飛走了。」石歌終於說完。「我們贏了！」四周的貓兒紛紛出聲讚嘆，石歌讓他們自由發洩快樂的情緒，等過了一會兒，才抬起尾巴要他們安靜。「我們需要一支狩獵隊，」他繼續說道，「鉤雷，你跟我來，還有鴿羽和魚躍。你們都很擅長與老鷹打鬥，所以保護狩獵貓的工作就交給我們。」

「升月和曙河可以擔任狩獵的工作，」鉤雷點頭附和，「以前在湖邊，他們就很會抓獵物。」

「沒錯。」石歌揮揮尾巴，召集隊伍。「輕風也一起去，這樣應該夠了。」隊伍朝洞穴入口走去，其他貓兒目送他們離去。「祝你們好運！」半月喊道。

「帶點好吃的東西回來哦！」奔馬補了一句。

松鴉羽知道自己應該感到欣慰，雖然他們還是想回湖邊，但至少現在願意努力適應山裡的生活。可是他高興不起來，他滿腦子只想著他得教導半月，讓她成為尖石巫師，他才能回到自己的今世。

隊伍正往瀑布後方的小徑走去，石歌在經過松鴉羽身邊時，朝他點了點頭。「你辛苦了，」他喵聲道，「剛折騰了你這麼久，你就先留在洞裡，好好休息吧。」

松鴉羽垂下頭，但心裡其實很愧疚，**他們待我就像自己族貓一樣。**可是其實他來自於一個遙遠的地方，很遠很遠。

半月跳了過來。「你還有精神出去嗎？我在想我們昨天被埋在雪堆裡時，你在那兒找到了一些藥草。也許我們應該去看看還有沒有。」

松鴉羽凝視著那雙綠色的眼睛，心情沉重。「我們可不可先去那座有很多尖石的洞穴？」

半月一臉不解，但還是點點頭。「如果你想去的話。」

他們穿過洞穴，途中松鴉羽看見羞鹿躺在梟羽旁邊，肚子高高隆起。**她快生小貓了**，他心想道。

半月停下來用尾尖碰碰羞鹿的肩膀。「妳看起來精神不錯，」她低聲道，「狩獵隊會帶獵物回來給妳吃的。」

羞鹿感激地眨眨眼睛。

松鴉羽帶著她走進通往尖石洞穴的地道。曙光從穴頂的小洞灑進來，將水塘染成銀白。松鴉羽環顧石柱，一切看起來都和後來的急水部落沒什麼兩樣。即便急水部落出現後，這些石柱其實又已經長了不少，但他看不出來。水滴聲使這座洞穴好像活了起來，光影在這些石柱之間波動起伏。

「我很好奇這裡有沒有其他貓兒來過？」半月喵聲道，她的聲音回盪在穴裡。「你覺得月光每晚都會照在水塘上嗎？」

松鴉羽不安地吞吞口水。「我有事想告訴妳。」

半月朝他走近，漂亮的綠色眼睛帶著某種期待。「什麼事？松鴉翅？」

松鴉羽深吸口氣，看著水塘說：「我跟著妳來到這裡，是有原因的。我……我知道一些妳不知道的事。」他終於鼓起勇氣，抬眼去看半月時，卻發現她緊張地豎起毛髮，眼帶興味。顯然她以為她知道他接下來要說什麼。

「不……不是妳想的那樣。」松鴉羽痛苦地說出這幾個字。「半月，這是你們註定要來的地方，我是說妳和湖邊的貓。以前這裡有貓住過，雖然生活好像很艱苦，但還是活了下來。所以你們不能回去，你們的未來在這裡。」

半月瞪著他看，活像他是隻雙頭怪獸。松鴉羽想繼續說，卻很難開口。**我情願面對山裡的老鷹，也不願對她說出這些話。**

「妳將成為他們的領導者，」他繼續說道，「這個洞穴將成為妳的窩，妳的祖靈將透過水塘給妳預兆，為妳指引方向，就像昨晚妳看見的水中月影一樣。大家將稱妳為尖石巫師。這是妳的天命。」

他們沉默了一會兒，半月終於開口：「哇，這名字真拗口！」她的聲音有點發抖……不知是因為憤怒抑或只是打趣，松鴉羽無從分辨。「你在跟我開玩笑嗎？」

「不，不是玩笑。」松鴉羽的心沉了下來，因為他看見那雙原本柔情似水的綠色眼睛開始冒火。

「你大老遠地跑來這裡，就是為了告訴我這些？」她激動地說。「你這些鼠腦袋的念頭是從哪兒來的？松鴉翅，我告訴過你我對你的感情！難道你覺得我想跟你生小貓是件可怕的事？如果你沒興趣，你為什麼不能像正常的公貓一樣拒絕我就行了？」

她憤怒，她覺得被背叛。憤懣的情緒像大浪似地朝松鴉羽撲去，令他招架不住，他淹沒在情緒的大浪裡，嘴裡喃喃說道：「這不是我的錯，這是妳的天命！對不起！」

半月面對他，怒目瞪視了一會兒，隨即轉身，衝出洞穴。

「等一下……」

松鴉羽追在後面。但才追出地道，就看見她奔過空地，朝洞口跑去。**她不能單獨出去，太危險了！**

「別跑啊！」他喊道。

半月不理他。就在這時，洞穴旁傳來微弱的哭嚎，羞鹿躺在那裡。「半月，快幫幫我！我要生了！」

半月停下腳步，轉身尋找松鴉羽。「松鴉翅！快來這裡！」她喊道。

松鴉羽穿過洞穴，來到羞鹿面前和她會合。梟羽也走了過來，但隨即被腳邊的小貓們絆住。

「回去，」母貓斥責她的小貓，「小貓不可以去！」

「可是我們想看！」悍爪反駁道。

「不行，自己去那邊玩，別太吵。生產對羞鹿來說是很辛苦的事。」

松鴉羽低頭看著懷孕的母貓，不得不同意這個說法。這個肚子對體型嬌小的羞鹿來說是太大了一點，他不禁納悶裡頭到底有多少隻小貓。羞鹿瞪大眼睛，表情驚恐。

「求求你幫幫我，」她低聲道，「我不知道怎麼辦。」

松鴉羽發現她非常害怕，不免憤憤不平，她應該躺在育兒室柔軟的青苔和蕨葉上生產，而不是這種硬梆梆的岩地，更何況連像樣的藥草都沒有。

不過至少有巫醫幫她。他心想道。

「半月，」他俐落說道。「記不記得我們上次為了治療追雲，去挖青苔的那個地方？妳可不可以再去挖些青苔泡泡水，好讓羞鹿能喝口水？」

半月點點頭，立刻奔去。

「梟羽，我需要一根木棍，一根夠結實的木棍，好讓羞鹿陣痛時咬在嘴裡。水潭邊應該可以找到這種棍子。」

梟羽眨眨眼睛，很驚訝他竟然使喚她，但她沒有反駁，直接往洞口走去，只回頭說了句：「別讓我的小貓跟來。」

松鴉羽又把注意力轉回羞鹿身上。她的肚子一陣抽搐，開始陣痛，喘氣不已。

「放輕鬆點，」松鴉羽告訴她，「就快生了。」

半月嘴裡叼著一坨青苔出現，在羞鹿旁邊坐下來，幫忙她喝水，溫柔地舔舔她的耳朵，要她冷靜。

羞鹿的肚子又一陣抽搐，她尖聲哀號，開始用力。

「很好，」松鴉羽向她保證道，「進展不錯。」

梟羽帶著松鴉羽要的木棍回來了，她丟在地上，好讓羞鹿用嘴咬住。「你覺得會生出幾隻小貓？」她問松鴉羽。

松鴉羽伸出前掌摸摸羞鹿的肚子。「至少三隻。」他回答道，但又覺得能這樣清楚看見整個產程，這種感覺對他來說有點奇怪。「忍耐一下，我想第一隻小貓就快出來了。」

羞鹿的肚子突然一陣抽搐。接著松鴉羽就聽見木棍被咬斷的聲音，一坨溼漉漉的小毛球隨即滑了出來，掉到地上，半月伸掌接住，把他輕推到羞鹿身邊。

「是隻小公貓，」她喵聲道，「好漂亮哦。」

羞鹿低頭看著自己的小貓，眼裡的恐懼瞬間消失，取而代之的是滿滿的母愛。「他是黑的，像暗鬚一樣。」她喃喃說道，低頭舔舔他的毛。

松鴉羽伸掌戳她肩膀。「專心點，還有小貓在肚子裡。」

「是啊，我……哦！」羞鹿話還沒說完，又開始陣痛，哭嚎出聲。

松鴉羽按摩她的肚子，半月則搓搓她的頭。「深呼吸，」她鼓勵她，「就快結束了。」

她話還沒說完，又有隻小貓滑了出來。松鴉羽用前掌輕輕接住他，放在他哥哥旁邊。「又是一隻小公貓，」他喵聲道，「另一隻馬上要出來了。」

正當羞鹿使力生出另一隻小貓時，松鴉羽聽見洞外傳來歡呼聲，一轉頭便看見狩獵隊爭先恐後地擠進洞裡。石歌帶回一隻田鼠，鉤雷則拖了一隻毛色雪白、體型很大的兔子回來。

「我們成功了！」魚躍跳進洞穴中央。「有隻老鷹飛下來想攻擊我們，可是看見我們的爪子，又嚇得飛走了。」

「我們應該可以想出一套辦法來抓那些鳥，」鴿羽喵聲道，「一隻老鷹可以夠我們吃好幾天。」

這時狩獵隊突然鴉雀無聲，原來他們發現洞裡出了大事。石歌丟下嘴裡的田鼠，穿過洞穴，朝羞鹿奔來。「她的小貓生出來了！」他大聲喊道。「她沒事吧？」

「她很好。」松鴉羽答道。羞鹿的第三隻小貓是隻小母貓，終於也落了地。他低頭看看眼前筋疲力竭的母貓，不免懷疑剛剛那句話是不是說錯了，不過他沒打算更正。畢竟羞鹿在旅程中飢寒交迫，歷經千辛萬苦才抵達這裡，再加上哀痛已逝的伴侶貓，而這洞穴裡又顯得陰森荒涼，也難怪會身心俱疲，不過還好這次狩獵隊至少成果豐碩地回來了。

「快拿點東西給她吃，」他指揮道，「等我們把那隻兔子處理好了，就能拿毛皮給小貓們保暖了。」

羞鹿的三隻小貓已經吱吱在叫，不停蠕動，羞鹿引導他們貼近乳頭，可是當松鴉羽用前掌去探她肚子時，竟連忙用另一隻前掌撥開小貓們。

「妳還沒生完，」他告訴她，「還有一隻在肚子裡。」

羞鹿使盡力氣，尖聲嗥叫，終於最後一隻小貓也出來了，卻一動也不動地躺在地上。

「生出來了，」半月大聲說道。「太好了！」

羞鹿累得癱在地上，半月幫忙引導小貓爬到她肚子旁邊，讓他們各自找到乳頭，原本的吱叫聲終於因為開始吸奶而安靜下來。

松鴉羽伸掌去碰碰第四隻小貓。他也是隻小公貓，有著金黃虎斑紋的毛色，個頭兒雖小，看起來卻很結實。但是從剛才以來都沒有動過。

「他死了嗎？」半月低聲問道。

松鴉羽察覺到微弱的心跳，但好像沒有呼吸。「他沒死，」他回答道，「我不會讓他就這樣輕易放棄！」

他伸掌將小貓嘴裡的黏液清乾淨，開始大力舔他，反梳毛髮，活絡血路，讓小貓身子暖和起來。羞鹿抬頭焦急地看著。被松鴉羽抱在掌間的小貓，身子突然抽搐了一下，大口吸入空氣，張嘴就朝松鴉羽大叫一聲。松鴉羽看著眼前的金色毛髮和那似曾相識的肩形，不禁對這堅韌的小生命嘖嘖稱奇起來。

「他的吼聲像獅子一樣。」松鴉羽後面有隻貓這樣說。

「那我就把他取名為獅吼吧。」羞鹿非常驕傲地低聲說道。

不，松鴉羽想道。**他叫獅焰，哥哥，歡迎你來到這裡。**

他舔舔小貓的額頭，把他推到羞鹿的腹彎，他開始在哥哥姊姊旁邊大力吸奶。松鴉羽回頭去看貓群裡的鴿羽，那隻灰色母貓正驚訝地瞪大眼睛，看羞鹿為小貓們哺乳。

妳也在這裡，松鴉羽心想道。**真奇妙，她在這一世的名字跟來世也很相像。**他的目光從鴿羽移到獅吼，再回到自己身上。**我們三個總算都出現在同一個時空，即便他們兩個並不知道這件事。但三力量已經開始星權在握。**

突然間他感覺到肩後傳來熟悉的呼喚聲。

「時間快到了。」是磐石在低語。

松鴉羽全身頓時繃緊。有那麼一瞬間，他很想對這隻古代貓的警語置之不理。但後來還是嘆了口氣，因為他知道天命難違。他環目四顧，找到半月，朝她走去。「來吧，我們去外面透透氣。」他喃喃道。

半月點點頭，跟著他沿小路爬上瀑布旁的岩堆。松鴉羽驚訝地發現，禿葉季的短暫白晝已經結束，天上月亮閃閃發亮，比前一晚還要明亮飽滿。

她站在崖頂，山風吹亂她的毛髮。半月抬頭看著那彎新月。「它還在那裡。」她低聲道。

「是的，它永遠都在，」松鴉羽回答道，「就像妳的後代子孫也永遠會在這裡。半月，妳的責任是說服他們留下來，讓他們相信可以靠新的狩獵方法活下去。妳要好好利用自己的藥草知識來照顧他們。」

半月的綠色眼睛有著愁色。「我不想當領導者。」她抗議道。

「那就稱自己為巫師吧。」

母貓別過臉去，彷彿不想讓松鴉羽看見她眼裡的苦楚。「你真的相信這種事，是不是？」

松鴉羽向她走近，鼻子碰碰她的耳尖。「是的，我相信，一切都已經註定了，不管我有多希望這一切不是如此安排。」

半月長嘆一聲，閉上眼睛，倚著松鴉羽。「你又要離開我了，是不是？」

松鴉羽點點頭。「我很抱歉，我也希望留下來。」他舔舔她的耳朵，心裡還是無法完全放下她。「妳會成為一位很棒的巫師，」他繼續說道，「就讓月亮和星星為妳指引，我保證一切都會好轉的。」

半月抬頭看他。「我相信你，因為我信任你。」她低聲道。

松鴉羽退後幾步。彎彎的月牙兒灑下月光，半月的白色毛髮被染成銀白。這時他的腦袋裡好像有個聲音在催他，他自然而然地吐出了這些話：「從此刻起，妳將被封為尖石巫師。未來的繼任者將追隨妳，月升月落，恆古不變，妳要小心挑選，訓練他們，將部落的未來慎重交在他們手上。」

「部落？」半月重複道。

「是的，」松鴉羽回答道，「你們現在是個部落了，必須忠誠以對，互相合作。這不是件容易的事，但他們終將會瞭解該怎麼做才能在這裡安居樂業。」

「我會想你的。」半月的聲音很憂傷

「我也會，我答應妳，我永遠不會忘記妳。」

松鴉羽向前傾身。兩隻貓兒互碰鼻子。**要是能……**松鴉羽心想。

最後先主動退開的是半月，松鴉羽只能看著她俐落地從瀑布旁邊下去。到了小路盡頭，她又停下腳步，回頭看他最後一眼，然後消失在洞穴裡。

「再會了，尖石巫師，」松鴉羽喃喃說道，「願殺無盡部落為妳照亮前路，永遠不滅。」

第二十章

「老鼠屎！是哪隻貓提議夜裡訓練的？」刺爪咕噥道，他好不容易從蔓生的刺藤叢裡脫身，結果硬是被扯落一坨毛髮。「我連自己的腳都看不見！」

獅焰強忍住笑。「一定是火星啊，」他喵聲道，「你又不是不知道他老要我們多磨練戰技。」

刺爪跟著其他隊員往前走，哼了一聲，非常不屑。獅焰豎直耳朵在後面壓隊，但只聽見同伴的腳步聲，還有風中樹枝的窸窣作響聲。整座森林非常清冷，只有淡淡的銀白月光映照在貓兒們腳下的小徑上。

帶隊的蕨毛在下一個空地停住腳步。「好了，訓練開始。」他開口道。「我們分成兩組。我帶其中一組，隊員是刺爪、蜂紋和樺落。栗尾，妳來帶另一組，隊員是藤池、獅焰和莓鼻。」

「我們要怎麼做？」莓鼻問道，爪子刮著

地上的枯葉。

「兩支隊伍都要設法進入兩腳獸的老巢穴，取得控制權，」蕨毛解釋道，「當然也要阻止另一隊的進攻。如果能追捕到對方，抓幾個來當俘虜，那就更好了。」

「聽起來滿好玩的！」蜂紋大聲說道。

栗尾抬起尾巴。「蕨毛，我們不用打得太認真，是嗎？只要我們的隊員撲倒你們，就算我們贏了，是不是？」

「做妳的春秋大夢吧！」蕨毛眨眨琥珀色眼睛，一臉興奮地看著他的伴侶貓。「不過妳說得沒錯，這是重點，只要妳被對方撲倒，那就算輸了。這只是在做夜間追蹤訓練，不強調打鬥。」

其他貓兒都沒問題，於是蕨毛揮揮尾巴，示意隊員跟他走。栗尾看著他們走遠，眼睛瞇了起來。獅焰心想，她一定是在思考他們會走哪一條路。接著她尾巴一彈，召集隊員，帶他們走進林子裡。

這裡的矮木叢很茂密，移動時很難不發出聲響，想看見其他貓兒在哪裡，更是難上加難。彎彎的月牙兒和微弱的星光在這裡發揮不了作用。獅焰小心地朝下坡走，坡上覆滿蕨叢，結果一不小心撞上栗尾的臀部，這才發現她已經停了下來。

「對不起！」

栗尾點個頭，隨即抽動尾巴，召集大夥兒商量。「大家有沒有什麼建議？」她低聲問道。「藤池，妳覺得呢？」

藤池的眼裡閃著幽光。「我們最好隱身暗處，」她喵聲道，「儘量別碰到矮木叢，而且應該想想平常狩獵時都是怎麼抓獵物的。」

栗尾讚許地點點頭。「很好。」

獅焰聽見藤池的說法，有點心驚。看來黑暗森林的訓練已經讓她懂得該怎麼在夜裡自由行走了。

「我們為什麼坐在這裡？」莓鼻質問道。「另一隊現在可能已經攻進兩腳獸的老巢穴了。」

「我不這麼認為，」栗尾低聲道，「我很清楚蕨毛的思考模式。他們一定會繞遠路，從另一頭攻進老巢穴，所以我們不能去追蹤他們。」她的眼睛黠光一閃。「至少他以為我們會去追蹤。我們走吧！」

隊伍走下斜坡，穿過榛木叢。獅焰看見藤池一路腳步穩健，像影子一樣悠遊穿梭於矮木叢中，彷彿直覺知道何時該壓低身子穿過垂枝，何時該換地方隱藏自己，讓對手毫無所覺。他心裡非常欣賞，但另一方面又很憂心。難道黑暗森林的戰技已成了雷族的一部分？這一切是不是都在虎星的預料中？

藤池下次去黑暗森林時，會不會因洩露口風而深陷麻煩？獅焰嘆口氣。**不過至少她現在在這裡，不是在夢裡接受黑暗森林的訓練。**

「嘿，鼠腦袋！你睡著啦！」

莓鼻的喝斥聲嚇了獅焰一跳，他看見那隻乳白色公貓在前方幾步路的地方回頭瞪他。

「喔，我馬上來！」他低聲道，加快腳步趕上去。

栗尾在舊轟雷路邊緣停了下來。兩腳獸就在另一頭，雖然視線裡還看不見巢穴，但只離了幾條狐狸尾巴的距離。「我們會贏的，一定沒問題。」她聲音很低，幾乎快聽不見。「莓鼻，你跟我來，我們負責攻下巢穴。」年輕公貓立刻挺起胸膛。「獅焰，你和藤池去抓一個蕨毛的隊員回來。如果我沒算計錯的話，他們應該是在那裡的某個角落。」栗尾用尾巴指著轟雷路的彼端。

獅焰點點頭，表示懂了。藤池渾身抖擻，急著出發。栗尾彈彈耳朵，示意他們上路。隨即扭頭要莓鼻跟她走。他們朝轟雷路出發，儘量沿著路邊低垂的蕨葉走，以便隱藏行跡。獅焰等到他們消失在視線裡，才開始嗅聞空氣，但沒有聞到敵隊的味道。**很好，這表示他們也聞不到我們。**他用耳朵向藤池示意，然後偷偷摸摸地穿過轟雷路，蹲低身子，腹毛刷過地面。

他爬進另一邊茂密的矮木叢裡，直接往兩腳獸的老巢穴後方走去。他鑽進茂盛的枝葉叢，卻發現自己的個子太大，不禁羨慕起藤池靈巧自如的身型，雖然四周幽暗，但她的動作還是那麼俐落輕鬆。

獅焰再次嗅聞空氣，這次聞到味道了。**栗尾說得沒錯，蕨毛的確會從這裡進入巢穴！**他用耳朵朝藤池示意，然後朝那個味道前進。前方的藤池在黑暗中移動的速度比他快很多。突然她抬起尾巴示警，要他停下來。貓兒的味道更強烈了。獅焰豎直耳朵想聽出動靜，一開始什麼也聽不見，過了一會兒，才聽到微弱的碎裂聲響，彷彿有誰踩到地上的枯葉。

藤池也聽到了。她以尾巴示意，要獅焰繞到另一邊，以便從兩頭攻擊。獅焰悄悄就定位，等在刺藤叢旁的一株冬青樹底下。雖然他看不見蕨毛的隊伍，但他很清楚他們在哪裡，他不懂為什麼藤池要他繼續等候。

他不耐地抽動尾巴。**她在玩什麼把戲？**

這時微弱的窸窣聲傳來，刺爪從蕨叢裡現身，往刺藤叢走去。獅焰這才注意到刺藤叢裡有一條窄徑可通往兩腳獸巢穴。刺爪悄悄沿著小徑走，後面跟著樺落和蜂紋，蕨毛殿後，還不時回頭張望，探查栗尾的隊伍有沒有跟蹤他們。

沒有，我們沒有，鼠腦袋！獅焰竊喜。**我們早就到了。**

現在他懂藤池的策略了。他往她的藏身處瞥了一眼，看見她示意進攻的時候到了，於是繃緊全身肌肉，準備撲上去。

前面三隻貓兒已經走進灌木叢，由於小徑很窄，他們只能一個個進去。蕨毛停在小徑入口，回頭看了最後一眼，張開下顎嗅聞空氣，忽地瞇起眼睛，一臉懷疑。

上！

獅焰和藤池同時撲了上去，撞得蕨毛四腳朝天，薑黃色公貓被扳倒在地，驚聲尖叫。

「逮到你了！」獅焰大聲喊道。「現在你是我們的俘虜了，對不對？」

「是啊。」蕨毛沮喪地承認道，胸前仍被藤池的腳踩在上頭。

這時刺藤叢裡傳來咆哮聲。獅焰聽到刺爪抬高音量，懊惱地說道：「快回頭，看在星族的份上，快回頭走！」

「我回不了頭啦！」這是蜂紋的聲音。「根本沒有空間讓我轉身啊！」

「狐狸屎，我被卡住了！」樺落吼道。「我們只能前進。」

獅焰暗自竊喜，他朝藤池揮揮尾巴，要她放開蕨毛。「我們不用管他們了，」他喵聲道，「直接去巢穴吧。」現在他們透過比賽穿過樹林就不會被發現蹤跡了。獅焰帶頭鑽出矮木叢，穿過兩腳獸巢穴後方的松木林，再擠進石牆下方的縫隙。

「快滾出去……啊，原來是你啊。」獅焰帶著蕨毛和藤池鑽進牆縫時，莓鼻本來要撲上來阻止，還好及時煞住。正繞著圍牆監看動靜的栗尾，這時也驚訝地停下腳步，抬高尾巴，一臉稱許。

「太棒了！你抓到一個俘虜！」她走向蕨毛，和他互碰鼻子。「歡迎來到我們的巢穴。」

蕨毛喵嗚一聲，鼻子輕觸她的肩膀。「幹得好！」

過了一會兒，蕨毛的隊員終於氣喘吁吁地從刺藤叢裡掙脫出來，爭先恐後地鑽進牆縫。他們身上的毛都被扯落了一些，樺落的鼻子還有刮傷。看來刺藤叢已經幫這支勝利隊伍好好修理了他們一頓。

「好吧，你們贏了，」刺爪橫躺地上，「那招真的很聰明。」

「我們應該討論一下我們學到的教訓。」蕨毛喵聲道，並在他伴侶貓旁邊坐下來。「如果能重來一遍，該怎麼修正我們的做法呢？」

「離刺藤叢遠一點。」樺落老實不客氣地說，同時舔舔其中一隻腳掌和他的鼻子。

「他們分開行動，這主意不錯，」蜂紋評論道，「我們怎麼沒想到這一點？」

「是啊，這主意很棒。」蕨毛同意道，同時朝獅焰讚許地點點頭。「你和藤池分散了我們的注意力，栗尾和莓鼻才有機會攻占巢穴。」

「這不是我的功勞，」獅焰糾正他，「是栗尾提議分頭行動，而藤池建議在刺藤叢那裡等著逮住你們。」

其他貓兒都對她們非常刮目相看，栗尾和藤池也發出得意的喵嗚聲。

「我們也要從錯誤中學習。」蕨毛一邊說，一邊拍掉毛髮上的蕨葉屑。「我應該在進入刺藤叢的小路之前，先留兩隻貓在路口看守。」

「或者乾脆別選那條路，」刺爪補充道。「路那麼小，害我們一點機會也沒有。獅焰和藤池攻擊你的時候，我們根本不能回頭幫你忙。」

「我們也犯了一個錯誤，」栗尾喵聲道。「我忘了這個巢穴有很多通道。害我和莓鼻抵達這裡之後，簡直快把自己累死，因為得同時監看所有入口。萬一你們先到的話，我們的麻煩就大了。」她對蕨毛說道。

蕨毛用尾巴彈彈她的耳朵。「所以我們都學到一些教訓。等我早上跟火星回報之後，他一定會很高興的。」說完揮揮尾巴，要大家跟他回去。他站起身，步出巢穴，栗尾與他結伴而行。

獅焰發現自己跟藤池走在隊伍最後面。「妳做得很好。」他喵聲道，尾巴輕觸她的肩膀。

藤池不好意思地舔舔胸毛。「謝謝誇獎。」

「妳這些技巧……大多是從黑暗森林裡學來的吧？」獅焰試探道。

藤池倏地揚起頭來，眼裡帶有防禦的神色。「沒錯，不過我不會用這些招術來對付自己的族貓。」

「妳當然不會，」獅焰附和道，「我的意思只是妳的技術愈來愈好，沒別的意思。」

「不過我……我真的覺得身為雷族戰士，卻是用黑暗森林裡的戰鬥技巧，」藤池躍過路上橫倒的樹幹，自承道，「總像是背叛了雷族的正統訓練一樣。」

獅焰眨眨眼睛，想起以前他在夜裡接受虎星訓練時，也一樣會使出那位殘酷的黑暗森林戰士所傳授的技巧。「接受多方訓練不是件壞事，」他大聲說道，「作戰技巧是什麼不重要，重要的是取得最後的勝利。」

藤池點點頭，不過看起來還是不太安心。獅焰回想了一下他剛剛說的話，心裡也不免好奇是不是還有其他的貓正在接受祕密訓練。「妳在黑暗森林裡，有沒有遇見其他雷族貓？」他問道，語調故作漫不經心。

結果發現身旁的藤池突然變得有點緊張，好一會兒才回答他：「我們都是隔離訓練，」她回答道，「我見過一隻風族貓，是蟻皮，他在那兒受了傷。不過大多時候，我都是和其他黑暗森林的貓一起受訓。我想他們是故意隔開我們。」

獅焰聽得出來，黑暗森林的話題令她不安。眼看山谷營地已近在眼前，他朝藤池點了點頭，揮揮尾巴要她先走，自己繼續殿後，同時慢慢回想她剛剛說過的話。突然他止住腳步，全身不由得發抖。

她剛剛其實沒有回答我的問題！她從頭到尾都沒否認無星之地沒有其他的雷族貓。

獅焰感受到一股愈來愈強烈的寒意。

部族裡還有哪隻貓在接受黑暗森林戰士的訓練？

第二十一章

鴿翅的雙耳因為塞了雪而隱隱作痛，她的眼睛也沾滿了雪，連腳爪也被凍傷，害她覺得四隻腳像被火燒了一樣。「我討厭雪，」她咕噥抱怨道，「只要能回到森林，要我做什麼都行。」

「我也是。」狐躍附和道。

鴿翅注意到這些部落貓都能輕鬆自如地行走在山路上。他們好像直覺知道哪裡有岩石必須跳過去，即便上頭積了一層薄薄的雪，難以分辨。鴿翅非常羨慕地看著水花優雅的身影，一時竟忘了注意腳下的路，沒看見地上有坑，噗通一聲跌了進去。

「救命啊！」她喊道，四隻腳不停揮打，彷彿在白色雪花裡泅泳。

鷹崖跳回來救她，彎下身子，張嘴用牙齒咬住她頸背。**我像變成了小貓一樣！**鴿翅不悅地想道。她伸爪一陣亂扒，想抓住什麼來穩住自己，護穴貓也使力拉她，終於把她拖回紮實的岩地。

「謝了！」她氣喘吁吁地說道。

鷹崖眼裡閃過玩笑的黠光。「不客氣，儘管開口，」他喵嗚道，「我隨時為妳服務。」

「我們還要走多遠？」狐躍問道，同時彈彈耳朵，把雪甩掉。

「看見那邊那棵松樹了嗎？」撲兒用尾巴指著說。「就是被閃電打到的那棵，那裡是下一個邊界記號區。」

「等我們到達那裡，便等於巡完半個邊界了，」鷹崖補充道，「屆時就可以往回走，不過也會順道找找看有沒有獵物。」

鴿翅嘆口氣，看著那棵乾枯的松木。它就位在山谷對面的半山腰上，看起來路還很遠。

「獵物？」狐躍在她耳裡咕噥。「那棵烏漆墨黑的樹，頂多只有松鼠的骨頭藏在那裡。」

鴿翅心裡雖然煩躁，但還是忍不住笑了出來。「至少我們可以啃點骨頭。」

巡邏隊跟著鷹崖，舉步維艱地步下山谷，穿過結冰的山泉，爬上遠處的陡坡。但就在快抵達時，鴿翅突然聽見驚慌叫聲，接著是貓兒的痛苦哀號，還有狂暴的拍翅聲與腳步重踩岩地的聲響。她當場愣住。但顯然她的同伴都沒聽見，可是這聲音還在繼續，而且愈來愈大，愈來愈痛苦。鴿翅旋身一轉，眺望山谷。

是部落貓遇到麻煩了嗎？

就在山谷另一頭的斜坡上，她瞄到一小群貓兒正在雪地裡掙扎，一隻金棕色的大鳥盤旋在上方，用鉤爪攻擊他們。

「你們看！」鴿翅大喊道。

水花回頭張望，瞇起眼睛。「看來入侵者惹到老鷹了。」她冷冰冰地說道。「算他們罪有應得，誰叫他們侵入我們領地！」

「我們不去幫忙嗎？」鴿翅問道。

撲兒聳聳肩。「他們得學會怎麼保護自己，就像我們的老祖宗一樣。」

「可是我們不能眼睜睜地看著他們被宰啊！」狐躍反駁道。

「那隻老鷹不會把他們全宰了，」鷹崖冷靜說道，「頂多抓走一隻而已。」

狐躍的眼裡燃起戰鬥的火苗。「當部族貓遇到共同敵人時，」他喵聲道，「就會攜手合作，對付外敵。我們必須幫忙那些貓。」

撲兒的表情顯得遲疑，水花則是心不甘情不願地點點頭。「他說得沒錯。我們不能眼睜睜地看他們送死。而且如果我們去幫忙，他們就等於欠了我們一份情。」

鷹崖遲疑了一下，最後點頭同意，他揮揮尾巴，要他們跟他走。等到接近事發地點時，鴿翅的耳膜幾乎快被哀號和尖叫聲震破。**那隻老鷹就是不死心！**

他們衝上矮丘，爬上戰場所在的對面斜坡，只見四隻貓兒正在和一隻大鳥激戰。老鷹的利爪緊緊扣住一隻棕白相間的母貓，後者的四隻腳爪虛弱地揮動，另外三隻貓不停跳上大鳥的翅膀，猛抓、猛扒。

「那是花兒！」水花大聲叫道。

「水花，你跟撲兒進攻那邊的翅膀，」鷹崖下令道，「我來負責這邊的翅膀，聽我的命令。」

「需要我們幫忙嗎？」鴿翅喊道。

「你們不要靠近，因為你們沒受過這裡的格鬥訓練。」鷹崖回答道。這時撲兒和水花已經繞到老鷹的另一頭。

鴿翅和狐躍只好躲在大圓石底下觀戰，只見那隻老鷹奮力擺脫入侵者，其中一隻玳瑁色的入侵者年紀很輕，體型比見習生沒大多少，她被大鳥甩開，撞上岩面，昏倒在地，有隻耳朵流出血水。

「上！」鷹崖奮力一吼。

他撲上這邊的翅膀，撲兒和水花也躍上另一邊的翅膀，試圖將老鷹壓制在地。老鷹憤怒地發出刺耳尖叫聲，鴿翅可以想見牠的利爪一定把花兒抓得更緊了。她看見老鷹那雙兇狠的黃色眼睛，嚇得全身發抖。**這就是當獵物的感覺嗎？**

另外兩隻入侵者分別是一隻黑色的公貓和一隻耳朵很大、身形乾瘪的棕色公貓，他們又衝回戰場，揮爪攻擊老鷹的腿，因為他們已經受傷，早已筋疲力竭，所以攻擊毫無力道。那隻老鷹的體型很大，個性頑強，儘管部落貓壓著牠的翅膀不放，牠還是不死心。眼看著弱小的母貓就要被牠騰空帶走。

只有三隻貓而已，鴿翅心想，恐懼淹漫她全身。**光靠他們三個是不可能成功的。**

「我受夠了，」狐躍低聲咕噥，「我才不要站在這裡束手無策，像隻沒用的毛球。」

他跳上前去，趁老鷹尖聲一叫，甩開鷹崖之際，揮爪狠刮老鷹翅膀。鷹崖的身子在半空中一扭，又去攻擊老鷹曝露在外的兩條腿，他先用爪子狠扒其中一隻，再換另一隻。老鷹憤怒尖嚎，鬆開花兒，後者撞上地面，動也不動地躺在那兒。撲兒和水花趁機跳回地面。

「好了，狐躍，」鷹崖喊道。「可以放手了。」

可是狐躍沒有放手。鴿翅的心開始狂跳，因為她發現她的同伴被卡住了。他的爪子勾在老鷹翅膀上，怎麼也掙不開，但這時大鳥已經揮動翅膀要起飛了。

其他貓兒都還沒來得及反應，撲兒已經憤怒地大喊一聲：「不要走！」身子又撲了上去，單爪抓住老鷹翅膀，另一隻爪狠狠揮向狐躍，把他打了下來。狐躍的爪子總算從老鷹翅膀上鬆脫，身子掉了下來，撞上地面，躺在那裡氣喘吁吁。

可是就在撲兒要跳下地面時，那隻老鷹突然翅膀一揮，旋身一轉，沾血的利爪猛地戳向撲兒的後背。

「撲兒！」水花尖聲大叫，試圖跳高去抓撲兒，但老鷹已經升空。

「不！」撲兒放聲尖喊，四隻腳在空中不斷揮打。「救命啊！鷹崖！水花……」

老鷹大力揮動翅膀，抓著她愈飛愈高，漸漸消失在遙遠的山頭，鴿翅仍能聽見她的哀號。那驚恐的聲音回盪在她的腦袋裡，漸行漸遠，終於再也聽不見任何一點聲音。

鴿翅全身發抖，腳掌摀住耳朵。「對不起，撲兒，」她喃喃說道，「我救不了妳……」

現場一片死寂，雪白的山坡濺滿鮮血，羽毛四散飛落。部落貓靜靜地站在原地，看著鴿翅痛苦地扭動身軀。那些入侵者已經恢復過來，連全身發抖的花兒也都站了起來。只見他們滿臉愧疚地互看彼此，什麼話也沒說。

鴿翅抬起頭，只覺得全身冰冷。她現在已經聽不見撲兒的叫聲……但這也是最可怕的聲音。「她死了。」她低聲道。

狐躍蹣跚地爬了起來，面對部落貓。「對不起，」他喵聲道，聲音痛苦。「都是我的錯！」

「就是你的錯！」水花悲傷地斷聲道，瞇起充滿敵意的眼睛。「我們不是告訴過你別加入嗎？如果你乖乖聽鷹崖的話，撲兒就不會死了。」

「我知道，我很抱歉。」狐躍重複道。

鴿翅走向他，用鼻子抵住他的肩。「不是你的錯。」她低聲道。「你只是想幫他們忙。如果沒有你，那隻老鷹可能已經把花兒抓走了。」

「總比抓走部落貓好吧！」水花厲聲道。

狐躍沒說話，只是呆呆地看著自己的腳，眼神哀傷。

鷹崖長嘆一聲。「怪狐躍也沒用。我們還是回洞裡吧。」

正當他們要離去時，黑色公貓突然上前一步。「等一下。」

水花立即轉身，爪子一張一合。「你要幹什麼？」

「沒什麼，」黑色公貓表情尷尬，看起來一臉內疚，「只是……呃……想跟你們說聲謝謝。」

部落的母貓不屑地哼了一聲，跳著離開，回頭又看他一眼。「看你們以後還敢不敢越界。」她齜牙低吼。

鴿翅摸黑走在雪地裡，一路蹣跚，她心裡難過到幾乎忘了腳的凍傷和耳朵的疼痛。她只聽見撲兒被老鷹抓走時的驚恐尖叫，那聲音不斷在耳裡迴盪。

我們根本不該來這裡，這場旅行和那個預言一點關係也沒有，更幫不了四大部族抵禦黑暗森林。

等到瀑布進入視野，太陽已經沉入厚厚的雲層後方。巡邏隊腳步蹣跚地回到洞穴，本來在跟鷹爪和飛鳥說話的松鼠飛跳了過來。「發生什麼事了？」她質問道，同時往鴿翅那兒跳過去，眼神非常驚恐。

「我們去幫忙……」鷹崖正要開口，就被水花揮揮尾巴打斷。

「撲兒死了，」她聲音尖銳地說道，「她被老鷹抓走了，就為了救這隻貓！」她瞪看狐躍。「我們叫他別加入戰局，他就是不聽。」

松鼠飛驚駭地倒抽口氣。有愈來愈多的貓兒圍上來，暴毛和溪兒帶頭走了過來。

「太可怕了！」暴毛驚叫道。

溪兒點點頭，尾巴輕撫水花的肩膀。「老鷹抓走貓的這種事已經好久不曾發生了。」

「現在發生了！」水花呸口道。

「我最好去跟尖石巫師報告。」鷹崖低聲咕噥，同時往洞穴後方跳開。

溪兒的小貓雲雀和松石都驚慌地抬起頭來，瞪大眼睛看著她。「大鳥也會來抓走我們嗎？」雲雀啜泣道。

「不會的，」溪兒彎下腰，輪流輕觸他們的鼻子，「待在洞穴裡很安全。」

鴿翅緊挨著狐躍，毛髮互觸。「我們根本不該展開這場旅行的，」她喃喃說道，「松鴉羽不肯告訴我們此行的目的，結果現在有隻貓送命了。」

狐躍點點頭表示贊同。「我也想回去了。」

洞穴暗處出現了動靜，抓住了鴿翅的目光，她瞄見尖石巫師昂首闊步地朝他們走來，鷹崖跟在一旁。老貓在貓群前面停下腳步，琥珀色眼睛怒視前方，滿臉恨意。

「我們根本沒邀請你們前來，」他咆哮道，「結果現在有隻部落貓因為你們而送命了。」

「這事不能怪狐躍！」鴿翅上前一步，頸毛因憤怒而豎得筆直，「他當時很勇敢。」

「我不怪狐躍，」尖石巫師厲聲說道，「我怪你們這些部族貓。如果你們沒有上山，撲兒就不會死於非命。」

松鼠飛伸出尾巴去碰鴿翅的肩膀。「他說得沒錯，」她喃喃說道，「我們會盡快離開。尖石巫師，我們很抱歉。」

正當老貓要開口回答時，後面傳來一個低沉的聲音。鴿翅轉頭看見松鴉羽從尖石洞穴裡出來，藍色盲眼瞪著她看。「一切都是我的錯。」他粗啞著聲音說。「是我要求上山的，等我把該做的事做完，就會離開。」

第二十二章

松鴉羽感覺整座山的重量好像都壓在他肩上。但他還是硬著頭皮承擔，他朝尖石巫師轉身。「你的部落對尖石巫師忠心耿耿，」他喵聲道，「所以你必須相信自己的天命，以此回報他們。如果你能帶給他們信心，後代子孫就能生生不息。」

「可是……」尖石巫師正要開口。

但松鴉羽不讓他說。「時候已經到了，你該選出自己的繼任者了。」

此話一出，全場寂靜無聲。松鴉羽感覺得到急水部落都在等巫師的答案。

老貓拖著身子，站了起來。「太晚了，」他低沉咆哮道，「我們的祖靈已經不再庇佑我們。我們必須靠自己。」然後轉身，一跛一跛地走進自己的窩穴。松鴉羽想像得到所有部落貓此刻都瞪著他看，竊竊私語的抗議聲開始沸騰。

「這句話什麼意思？」

「殺無盡部落不要我們了嗎？」

「以後會發生什麼事？」

「冷靜下來，」飛鳥抬高聲量，壓過眾貓，「尖石巫師心情很亂，但他還是我們的巫師，他會保護我們的，先讓他睡一下吧。」

喧鬧聲這才平息，但松鴉羽感覺得出來大夥兒還是很不放心。

「我現在就想走了。」松鴉羽聽見鴿翅的腳踩在地上。

「我也是。」狐躍也這樣說。

「我知道，我也想走啊。」松鼠飛喵聲道。「可是我們現在不能出發，天黑了，我們得等到明天才能回去。松鴉羽，這樣可以嗎？你來得及完成你此行的任務嗎？」

松鴉羽點點頭，無視鴿翅的不耐。「可以，我們明天就走。」

「我先幫你們找個臥鋪睡覺吧。」松鼠飛帶走鴿翅，狐躍緩步跟在後面。「如果明天要出發，你們兩個最好先睡個覺。」

「我不想睡，」鴿翅回嘴道，「我會一直夢見撲兒，我知道我一定會。」

松鴉羽等到漸漸聽不見他們的聲音了，才回頭緩步走進尖石洞穴。再度恢復失明狀態的他，仍記得裡面有尖錐狀的石柱，和月光同照在淺水塘上。他也還記得半月曾輕拍水塘，水面光影婆娑。他深吸口氣，搜尋她的味道，但只聞到石頭和水的氣味。

他在其中一根石柱下方找到一塊乾燥的角落，躺了下來，蜷起身子，將鼻子埋進尾巴裡。他覺得好孤單，也對撲兒的遭遇感到哀痛與不捨，懊悔像小蟲一樣在他的心底深處狠狠啃噬。

我知道我該怎麼幫助這個部落，但如果這趟旅程是用撲兒的命換來的，代價未免太大了。

松鴉羽的眼睛倏地睜開，發現一條幽黑的水道在他眼前開展，水面星光閃爍。他跳起身來，這才知道他又回到了他曾經造訪過的那座山谷，當時是一位殺無盡部落的長老帶他去的。四周是高聳的峭壁，貓兒並排圍繞，身上有星光閃耀，個個不發一語地俯看著松鴉羽。

他抬起頭來，放膽迎視祂們，掃視一排又一排全身發光的貓兒。他認出了以前曾和他說過話的瀑兒和斜兒，還有他第一次造訪部落時仍是長老身分的雨兒。崖邊更遠處，甚至還看到梟羽、石歌以及升月的模糊身影。祂們向他垂頭致意，但沒有說話。

松鴉羽的心抽了一下。**半月也在這裡嗎？**感覺上好像才剛和她站在崖頂話別，但其實她已經死了很久。他逐一打量崖上那些臉，卻遍尋不著她白色的優雅身影。

難道她已經魂飛魄散？我來得太晚了嗎？沒來得及留住她的魂魄嗎？

他也沒看到松鴉翅、鴿羽或獅吼。但立即在心裡暗罵自己蠢，怎麼可能找得到他們。**他們當然不在殺無盡部落裡，因為都轉世到雷族去了！**

一隻淺灰色的母貓站起來，跳上崖底的大圓石，再緩步走到水塘邊，站在松鴉羽面前。「我是暴雲。」祂自我介紹。

「我見過祢，對不對？」松鴉羽回憶道。「我第一次來山裡時，祢還是部落長老。」

「沒錯，我是現任尖石巫師的母親，我兒子回到殺無盡部落的時候到了。」

松鴉羽全身發顫。「可是他還沒選出繼任者！」

「我知道，」暴雲的眼睛像一雙月亮一樣地直視著松鴉羽。「明天就由你負責選出下一任尖石巫師。」松鴉羽詫異地看著祂，但祂繼續說道，「不是所有殺無盡部落的貓兒都放棄了這個部落，我們當中還是有些貓兒相信這個部落會持續生生不息。」

「可是……我要怎麼任命新的巫師呢？」松鴉羽結結巴巴地道。

暴雲傾身向前，在他耳邊低語。「還記得嗎？第一任尖石巫師就是你選的。」說完抬頭看向懸崖，耳朵指向最上排一個閃閃發亮的模糊身影。

「半月……」松鴉羽倒吸口氣。他張大眼睛，想看得更清楚，但太遠了，難以辨識。

「這些年來，我們一直很感激你，」暴雲繼續說道，「我們知道你會回來，你的作為將影響所有貓族，包括過去和未來……從湖邊、山裡一直到貓族曾居住的舊森林。」

松鴉羽把目光從半月那兒移回暴雲的方向。「我不懂……」他有點結巴。

「星族的末日已近，」暴雲繼續說道，「若想挑戰恆古不衰的黑暗勢力，三力量必須成為四力量。」

松鴉羽後退一步，發現這些身上閃著星光的貓兒正在消失，山谷四周一片幽暗，只剩微弱的光影。

「可是我們已經有三力量了！」他喊道。「誰是第四力量？」

暴雲身上冰冷的星光開始模糊，連回答的聲音也變得愈來愈微弱。「第四力量已在你左右，不必捨近求遠。」

松鴉羽在幽暗尖石洞穴和水滴聲中驚醒過來。他慌張地爬起身，連忙跑回主洞穴，再鑽進通往尖石巫師窩穴的地道。他煞住腳步，氣喘吁吁，老貓的味道縈繞四周。他聽見尖石巫師氣若游絲地說道：「我看見祂們了，」他說得很吃力，「我的祖靈們！祂們沒有拋棄我們！我很抱歉……」

他的聲音漸弱。松鴉羽想等他先喘口氣，再跟他說點什麼，但只有一片死寂。松鴉羽垂頭站著。「願你安息，尖石巫師。」他低語道。「殺無盡部落正等待著你。」

他緩步走回大洞穴，聞到翅影朝他走來的味道。「一切還好嗎？」她喵聲道。

「不好，」松鴉羽回答道。「尖石巫師死了。」

翅影驚恐哀號，其他部落貓聽見聲音，開始騷動。驚慌的心情像浪潮似的不斷襲向松鴉羽，他們因為失去了領導者而感到哀傷、失落與害怕。

「尖石巫師死前曾說過誰是繼任者嗎？」翅影問道。

大家突然沉默下來，氣氛緊繃。松鴉知道整個部落都在等候他的答案。他深吸口氣。

「有，」他喵聲道，「他說了。」水聲隆隆，松鴉羽率先走出洞穴，爬上崖頂。部落貓全跟著他。其中幾隻貓兒合力抬出尖石巫師的屍首，將他放在水邊的岩石上。

飛鳥走上前來，站在尖石巫師旁邊。「再會了，尖石巫師，願你回到天家與祖靈們遨遊星際，庇佑我們。」

她後退一步，大家靜默不語。松鴉羽感覺到部落貓的目光現在全落在他身上。他知道他得做出決定，但他心亂如麻，他勢必得欺騙在場所有貓兒。畢竟尖石巫師走得太快。

我要怎麼選出新的繼任者呢？

他打起精神。殺無盡部落早就知道這件事會發生。但祂們相信他可以做出正確決定，而且是再次做出。巫師不能太年輕，他心想。這個部落需要一隻有膽識和有經驗的貓，他必須親眼目睹部落最黑暗的時期，但仍對部落充滿信心，相信可以繼續生生不息。這隻貓也必須把部落看得比自己還重要，會不惜一切地保護部落。

「鷹崖，請上前一步。」他喵聲道。

「我？」鷹崖朝松鴉羽走來，滿臉驚詫與不解。

「從此刻起，」松鴉羽大聲宣布，「你將被封為尖石巫師。」他的心突然揪緊，因為他想起上次他也對半月說過同樣的話。「未來的繼任者將追隨你，月升月落，恆古不變，你要小心挑選，訓練他們，將部落的未來慎重地交在他們手上。」

「我很榮幸成為繼任者。」鷹崖的聲音很嚴肅。「我會為我的部落奉獻，直到生命的最後一刻。」

飛鳥上前來。「恭喜你，尖石巫師，」她喵聲道，「願殺無盡部落庇佑你，賜你智慧。」然後她走下懸崖，跳過岩石，腳步顯得蹣跚。鷹爪接著上前來，用同樣的話向尖石巫師道賀。松鴉羽在旁邊等所有部落貓說完，並看著他們魚貫回到洞穴。

最後只剩下尖石巫師和松鴉羽站在崖頂。

「我沒有想到會是我，」這位尖石巫師坦承道，「尖石巫師……我是說上一任尖石巫師從來沒說過我必須準備接任。不過我不懷疑這個決定。我會盡我所能地實現他和殺無盡部落交付給我的任務。」他深吸一口氣。「這裡好美，」他低聲道，松鴉羽知道他一定是在眺望山景。

「可是我想我大概會有好一陣子再也不能欣賞這片美景了……至少得等到那些半大貓受過訓練之後。」

他輕嘆口氣，然後往洞穴走去，松鴉羽聽見他的腳步聲漸漸遠離。這時松鴉羽突然感覺到身邊空氣的流動，有種熟悉到令他心痛的甜美味道在他四周縈繞。

「半月？」他喃喃低語。

他看不見白色母貓的身影，但他知道她就在身邊。她的鼻子輕觸他的耳朵，感覺像是一道閃電流竄全身。

「你選得很好。」她低聲道。

松鴉羽吞吞口水。「我不會忘記妳的。」他承諾道。

「我也會永遠想你。」半月回答。「自上次別離後，月升月落，我從沒有忘記過你。去吧，回到你的部族，找出第四力量。」

她的味道慢慢消散，松鴉羽這才發現松鼠飛、狐躍和鴿翅已經爬上崖頂與他會合。

「我們現在可以回家了嗎？」松鼠飛問道。

「可以，」松鴉羽告訴她，「我做完我該做的事了。」

他等兩隻母貓爬下岩堆，準備要跟上去。但就在他小心攀下崖邊時，聽見半月的聲音在後面呼喚。

「松鴉翅，我會永遠等你。」

國家圖書館出版品預行編目(CIP)資料

貓戰士四部曲星預兆. IV, 月亮蹤跡 / 艾琳・杭特（Erin Hunter）著；約翰・韋伯（Johannes Wiebel）繪；高子梅譯. -- 三版. -- 臺中市；晨星出版有限公司, 2023.01
面；　公分. --（Warriors；22）
暢銷紀念版（附隨機戰士卡）
譯自：Warriors : Omen of the Stars. 4, Sign of the Moon
ISBN 978-626-320-309-9（平裝）

873.596　　　111018639

貓戰士四部曲星預兆之IV

月亮蹤跡 Sign of the Moon

作者	艾琳・杭特（Erin Hunter）
繪者	約翰・韋伯（Johannes Wiebel）
譯者	高子梅
責任編輯	謝宜真、陳涵紀、陳品蓉、郭玟君
文字校對	謝宜真、蔡雅莉、陳涵紀、許芝翊、葉孟慈
封面設計	陳柔含
美術編輯	張蘊方、陳柔含
創辦人	陳銘民
發行所	晨星出版有限公司 407台中市西屯區工業30路1號1樓 TEL：04-23595820　FAX：04-23550581 行政院新聞局局版台業字第2500號
法律顧問	陳思成律師
初版	西元2011年11月30日
三版	西元2024年05月31日（二刷）
讀者訂購專線	TEL：（02）23672044 /（04）23595819#212
讀者傳真專線	FAX：（02）23635741 /（04）23595493
讀者專用信箱	service@morningstar.com.tw
網路書店	http://www.morningstar.com.tw
郵政劃撥	15060393（知己圖書股份有限公司）
印刷	上好印刷股份有限公司

定價250元

（缺頁或破損的書，請寄回更換）

ISBN 978-626-320-309-9

□ 我已經是會員，卡號 ______________

□ 我不是會員，我要加入貓戰士會員

姓　名：______________ 性　別：________ 生　日：______________

e-mail：______________________________

地　址：□□□ ______ 縣／市 ______ 鄉／鎮／市／區 ______ 路／街

______ 段 ______ 巷 ______ 弄 ______ 號 ______ 樓／室

電　話：______________________________

□ 我要收到貓戰士最新消息

貓戰士鐵製鉛筆盒抽獎活動

將兩個貓爪和一顆蘋果一起貼在本回函並寄回，就可以獲得晨星出版獨家設計「貓戰士鐵製鉛筆盒」乙個！

貓爪在貓戰士書籍的書腰上，本書也有喔！蘋果則是在晨星出版蘋果文庫的書籍書腰上！

哪些書有蘋果？科學怪人、簡愛、法布爾昆蟲記、成語四格漫畫...更多請洽少年晨星官方Line ID：@api6044d

點數黏貼處

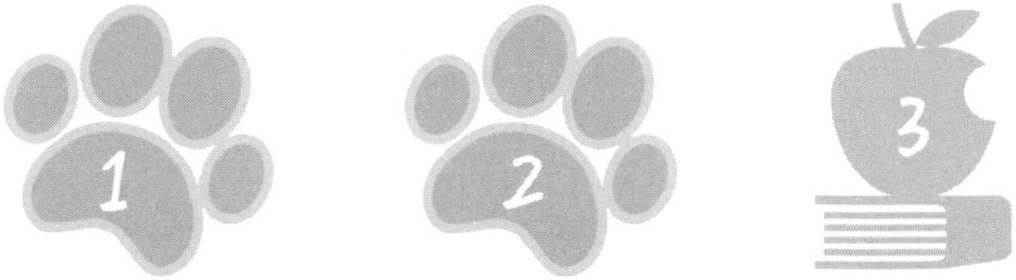

請填妥後對折裝訂，再貼妥郵票寄出

請黏貼
8 元郵票

407

台中市工業區30路1號

晨星出版有限公司

TEL：（04）23595820　　FAX：（04）23550581

e-mail：service@morningstar.com.tw

http://www.morningstar.com.tw

請沿虛線摺下裝訂，謝謝！

加入貓戰士俱樂部

【貓戰士會員優惠】

憑卡號在晨星出版社購書可享優惠、擁有限定商品、還能獲得最新消息等會員福利。

【三方法擇一，加入貓戰士會員】

1. 填妥本張回函，並寄回此回函。
2. 拍照本回函資料，加入官方Line@，再以Line傳送。
3. 掃描後方「線上填寫」QR Code，立即填寫會員資料。

Line ID：
api6044d

「線上填寫」
QR Code

★寄回回函後，因郵寄與處理時間，需2～3週。